Johann Christian Friedrich Hölderlin wurde 1770 in Lauffen am Neckar geboren und starb 1843 in Tübingen. Seine berühmtesten Werke sind der Briefroman *Hyperion* und die Gedichte ebenso wie das Fragment gebliebene Drama *Der Tod des Empedokles.*
Eine Chronik kann keine Biographie, wohl aber das Gerüst einer Biographie sein. Eine Chronik von Hölderlins Leben, das so viel bescheidener, so viel ärmer an großen Ereignissen, Begegnungen und dazu so viel fragmentarischer überliefert ist als etwa das Goethes oder Schillers, kann mehr Einzelnes aufnehmen, aufschlußreiche Momentbilder, Streiflichter auf einzelne Erlebnisse, Zustände, Stimmungen werfen – nicht zuletzt während der Jahrzehnte der Krankheit. Die vorliegende Chronik versucht die Vermittlung der Fakten des äußeren Lebens mit Elementen einer „biographie intérieure" zu verbinden.
Über 70 Abbildungen mit Erläuterungen zeigen die in Hölderlins Leben wichtigen Menschen sowie Ansichten von Orten und Handschriften.

insel taschenbuch 2873

Hölderlin

Chronik seines Lebens

Hölderlin

Chronik seines Lebens

Mit zeitgenössischen Abbildungen

Herausgegeben von Adolf Beck

Insel Verlag

insel taschenbuch 2873
Erste Auflage 2003

Hinweise zu dieser Ausgabe am Schluß des Bandes
Vertrieb durch den Suhrkamp Taschenbuch Verlag
Umschlag nach Entwürfen von Willy Fleckhaus
Druck: Nomos Verlagsgesellschaft Baden-Baden
Printed in Germany
3-458-34573-6

1 2 3 4 5 6 – 08 07 06 05 04 03

Inhalt

Chronik

1770

20. März Johann Christian Friedrich Hölderlin zu Lauffen a. N. im Klosterhof (s. Abb. 1) als erstes Kind seiner Eltern geboren, die am 17. 6. 1766 zu Cleebronn im weinreichen Zabergäu, dem Heimatort der Mutter westlich Lauffens, getraut worden waren.
Der Vater: Heinrich Friedrich Hölderlin, geboren am 25. 1. 1736 in Lauffen; nach Besuch der Lateinschule dort und des Gymnasiums zu Stuttgart Studium der Rechte in Tübingen; 1762 als Nachfolger seines Vaters »Klosterhofmeister und geistlicher Verwalter« der Güter des vormaligen Regiswindis-Klosters; auch Besitzer eigner Landwirtschaft. (S. Abb. 3.)
Die Mutter: Johanna Christiana Heyn, geboren am 8. 7. 1748 zu Frauenzimmern im Zabergäu als Tochter des Pfarrers dort. (S. Abb. 2.)
Die Großeltern von Vaterseite: Friedrich Jakob Hölderlin (1703–62), Lizentiat beider Rechte, Klosterhofmeister in Lauffen; 1730 vermählt mit Elisabetha Juliana Haselmeyer (1710–65), Tochter des Murrhardter Prälaten, der als Assessor des Engeren Ausschusses der Landschaft deren Politik dem Herzog gegenüber mitbestimmte.
Die Großeltern von Mutterseite: Johann Andreas Heyn (1712–72), Bauernsohn aus Friemar bei Gotha, 1743 Pfarrer in Frauenzimmern, 1753 in Cleebronn; 1744 vermählt mit Johanna Rosina Sutor (1725–1802; s. Abb. 4), Tochter des Dekans Sutor in Güglingen, durch ihre Mutter Nachkommin Regina Bardilis (1599–1669), der »schwäbischen Geistesmutter«, Ahnin einer größern Anzahl schwäbischer Dichter und Denker. Die Familie Hölderlins gehörte seit Generationen zum württembergischen Pfarrer- und Beamtentum, das, eng versippt, das Gesicht des Landes stark bestimmte.

21. März Taufe Hölderlins. Die Paten gehören alle zur selben sozialen Schicht gehobenen Bürgertums; schon ihre Anzahl ist Standessymbol. Darunter Urgroßmutter Sutor und Großeltern Heyn; Oberamtmann Bilfinger von Lauffen (1774 von Nürtingen), Freund des Vaters und des späteren Stiefvaters.

1771

7./9. April Geburt und Taufe einer Schwester (die schon am 16. 11. 1775 stirbt).

Oktober Vermählung der jüngeren Schwester des Vaters, Friederike Juliane, mit Oberamtmann Ernst Ludwig Volmar in Markgröningen.

1772

5. Juli Plötzlicher Tod des Vaters mit sechsunddreißig Jahren nach Schlaganfall bei Besuch in der Oberamtei. (Vgl. die Erl. zu Abb. 3.)

7. Juli Begräbnis des Vaters, bei Nacht: *Der Leichenreihen wandelte still hinan, Und Fackelnschimmer schien auf des Teuren Sarg, . . . Als ich, ein schwacher, stammelnder Knabe noch, O Vater! lieber Seliger! dich verlor.*

15./17. August Geburt und Taufe der Schwester Maria Eleonora Heinrike (Rike).

Am 25. 9. Tod des Großvaters Heyn in Cleebronn.

Bald nach dem Tod des Vaters Umzug der Mutter aus der Dienstwohnung in ein nahe gelegenes Haus. Mitbesitzerin und Mitbewohnerin ist ihre Schwägerin von Lohenschiold, Witwe eines Tübinger Professors der Geschichte. Sie wird der jüngst Verwitweten eine »mütterliche Freundin«.

1774

Frühjahr Entschluß der Mutter zur Ehe mit Johann Christoph Go(c)k, geboren am 30. 10. 1748 in Nordheim bei Heilbronn, Sohn eines Schulmeisters; um 1769 Schreiber in Lauffen; Freund des Vaters und des Oberamtmanns Bilfinger.

10. Mai Daher auf Antrag der Mutter Inventur und »Eventualteilung« in Lauffen. Die Gesamthabe an Liegenschaften, Fahrnis, Pfandbriefen und Bargeld: 10800 Gulden, das Vermögen des Vaters: 9030 Gulden, die unter die Witwe und die drei Kinder gleich zu teilen sind. Der Mutter fallen mit Einschluß ihrer Mitgift 4020, dem Sohne 2230 Gulden zu. (Die Kaufkraft des Guldens entsprach ungefähr der heutigen Kaufkraft von 12 DM.) – Hölderlins Vermögen wird fortan, in Pfandbriefen und Darlehen angelegt, von der Mutter sorgfältig verwaltet. Aus Pietät fordert er auch nach seiner Mündigkeit niemals eigene Verfügung.

30. Juni In Nürtingen Erwerb des Schweizerhofs an der Neckarsteige durch Gok um 4500 Gulden: ein sehr stattliches Anwesen, mit landwirtschaftlichen Gebäuden und Kellern. Dazu 1774–78 mehrmals Ankauf von Äckern und Wiesen.

Juli bis September In Lauffen Verkauf der liegenden Gründe.

10. Oktober Wiedervermählung der Mutter in Nürtingen, wo Gok mit Bilfinger einen Weinhandel anfängt, Landwirtschaft betreibt, städtische Ämter versieht und 1776 Bürgermeister wird: laut seiner Frau ein Mann von »tätigem Geist«. Von seinem Stiefsohn sehr geliebt als *zweiter Vater.*

1775

6. Juli Erwerb eines gegen vier Morgen großen »Baum-,

Gras- und Küchengartens vor dem Neckar-Tor«: links des Flusses, gegenüber der vom Turm der Kirche überragten Stadt, hinter der Berge der Alb sichtbar. Sicher ein Ort der *Knabenfreude,* der *Stunden des Spiels und des Ruhelächelns.*

Sommer Vermählung der jüngeren Schwester der Mutter, Maria Friederike Heyn, mit dem Helfer (Diakon) Majer in Löchgau bei Bietigheim, wo Hölderlin dann öfters zu Besuch weilt. Noch der Kranke: *Der Mann hat mir viele Wohltaten in meiner Jugend gezeigt.*

1776/77

Beginn des Schulbesuchs, ergänzt durch Privatunterricht zur Vorbereitung auf das Landexamen.
Bis 1784 Teilnahme am Nürtinger Maientag, einem alten Fest der Jugend auf den Neckar-Wiesen, eben damals von Dekan Klemm in philanthropischem Sinne reformiert.

29./31. Oktober Geburt und Taufe des Stiefbruders Karl Gok.

11. Mai 1777 In Lauffen Tod der Tante von Lohenschiold im 45. Lebensjahr. Von ihrem Vermögen erbt Hölderlin ein Viertel, 1393 Gulden.

1778/79

Fortsetzung des den Besuch der Lateinschule ergänzenden Privatunterrichts.

November Starkes Hochwasser, Überschwemmung der unteren Stadt, Beschädigung der Feldsteinmauer an dem großen Garten. Gok zieht sich »in der eifrigen Erfüllung seiner Berufspflichten« eine »hitzige Brust-Krankheit« zu.

13. März 1779 Tod Goks mit dreißig Jahren an der »Brust-Krankheit«: der achte Verlust der Mutter seit 1770. Tiefer Eindruck auf den Neunjährigen, der noch 1799 seinen

Hang zur Trauer von dem *unbegreiflichen Schmerz* über den Verlust seines *zweiten Vaters* und über der Mutter *tägliche Trauer und Tränen* herleitet. Er wächst fortan in einem »Mutterhause« auf, erzogen von der Mutter und der Großmutter. (S. Abb. 4 und die Erl. dazu.) Doch ist die Jugend des Knaben weder verzärtelt noch von Trauer verdüstert. Er liebt die *Stille* als die *holde Freudengeberin,* der er in einsamen Gängen durch Wald und Flur nachgeht; er nimmt jedoch an kühnen Knabenspielen ebenso teil wie am Rhythmus des Jahres: *Da sucht ich Maienblümchen im Walde mir, Da wälzt ich mich im duftenden Heu umher, Da brockt ich Milch mit Schnittern ein, da Schleudert ich Schwärmer am Rebenberge. Und o! wie warm, wie hing ich so warm an euch, Gespielen meiner Einfalt, wie stürmten wir In offner Feldschlacht, lehrten uns den Strudel durchschwimmen, die Eich ersteigen!*

November Möglicherweise Reise Hölderlins mit der Mutter zu den Verwandten im Unterland und Besuch im väterlichen Hause zu Lauffen, wo er vielleicht in eine Fensterscheibe Verse Höltys einritzt (vgl. 1788, zweite Hälfte März).

1780

Beginn des Klavierunterrichts für den Hochmusikalischen, bald ergänzt durch Flötenspiel.

2. Hälfte April Besuch der Mutter und Schwester in Löchgau und Markgröningen, wo der Schreiber, nachmalige Schwiegersohn und Nachfolger des Oberamtmanns, J. Fr. Blum, in seinem Tagebuch die Mutter »eine junge schöne Witwe . ., voller Anmut und . . sehr vernünftig«, die Kinder »sehr wohl gezogen« nennt.

Mitte September Erstmals Landexamen in Stuttgart zur Aufnahme in eine der ev. Klosterschulen. Bis 1783 Wiederholung.

1782/83

Privatunterricht auf höherer Stufe: je eine Stunde täglich bei Helfer Nathanael Köstlin und Präzeptor Kraz. Fächer: vermutlich Religion und Hebräisch, sicher Latein und Griechisch, Dialektik und Rhetorik, in denen möglichst viele Definitionen aus Kompendien zu lernen. Köstlins Persönlichkeit, vom Pietismus geprägt, erweckt *Ehrfurcht und Liebe* in seinem Schüler.
In der Lateinschule Bekanntschaft mit dem fünf Jahre jüngern Schelling, der von Hölderlin »gegen die andern, den so viel Jüngeren zu mißhandeln geneigten Schüler« beschützt wird.
Unter Einfluß der Schule und des Privatunterrichts frühe Vorliebe für das Altertum. Ebenso frühe, und bleibende, Liebe zu Reisebeschreibungen, die ihm den Zauber fremder Welt vermitteln. *Der Wanderer* erinnert sich des Ganges *hinab an den Bach,* wo er *einst im kühlen Gebüsch, in der Stille des Mittags Von Otahitis Gestad oder von Tinian las.* Wohl Lektüre von Georg Forsters ›Reise um die Welt 1772–75‹, und von der ›Weltumsegelung des englischen Admirals Lord Anson 1740–44‹. – Ebenso vermitteln dem Knaben die Patriarchengeschichten des Alten Testaments *süße Begeisterung.*

9./11. September Viertes, letztes Landexamen. Noten: Latein und Rhetorik »recht gut«, schriftliche Übersetzung ins Lateinische, Dialektik und Griechisch »sehr gut«.

1784

18. April Konfirmation in der alten Stadtkirche. Geschenk einer Denkendorfer Bekannten: Philipp Friedrich Hillers ›Geistliches Liederkästlein‹, ein Lieblingsbuch pietistisch-bürgerlicher Familien.

Mai Vielleicht 1784, eher in einem der folgenden Jahre an einem *Maitagnachmittag* mit dem Bruder Lektüre von Klopstocks Bardiet ›Hermanns Schlacht‹ am »Winkel von Hardt«, einer Felskluft im Walde bei Nürtingen. Dem Winkel von Hardt gilt eines der ersten, verlornen Gedichte wie einer der späten ›*Nachtgesänge*‹.

1. Oktober In Markgröningen Tod des Onkels Volmar.

20. Oktober Einzug Hölderlins in die Klosterschule Denkendorf, nur 7 km nördlich Nürtingens. Die Promotion besteht aus neunundzwanzig Alumnen und sechs Hospites. Unterzeichnung einer Urkunde, wodurch sich der Alumne verpflichtete, »denen Statutis und Ordnungen dieses Closters zu geleben . .«, besonders aber sich »auf keine andere Profession, dann die Theologiam zu legen«, im Fall der Abtrünnigkeit aber »von der wahren Augspurgischen Confession . . (welches doch der allerhöchste Gott gnädig verhüten wolle)«, alle Unkosten zu erstatten. – Formell noch immer in Kraft die Statuten von 1757, die das Leben durch ein System von Geboten und Verboten einzäunten. Der Zuschnitt wie der Kleidung so der Lebensweise mönchisch und gegen »die Üppigkeit dieser Zeiten« gerichtet, »weltförmige Kleidung in und außer dem Closter« untersagt, der Tageslauf streng geregelt, durch vier Andachten gegliedert, »Rekreation« und Ausgang karg bemessen. Die Lektüre mystischer und pietistischer Schriften – mit Ausnahme von Arndts ›Paradiesgärtlein‹ und Speners Katechismus – widerraten, das Lesen »schädlicher Bücher und Romanen« bei Karzerstrafe verboten, der Bücherbesitz der Alumnen kontrolliert. – Der Vorsteher: Propst J. J. Erbe, damals siebzig Jahre alt. Die »Hauptzüge seines Charakters« nach Magenau: »Geiz . . ., Heimtückigkeit und Unverschämtheit . . .«. Fortsetzung des Klavierunterrichts (beim »Speisemeister«).

18. November Verlesung der Statuten; nochmals am 24. 5. 1786.

Bald nach Hölderlins Weggang Anlage einer Liste durch die gewissenhafte Mutter: »Ausgaben vor den L. Fritz«. Bis fast an ihr Lebensende fortgeführt. (S. Abb. 7.)
Erste erhaltne Gedichte: Schlußteil eines Dankgedichts an Lehrer oder andre Förderer; ›*M(einem) G(ott)*‹, am 12. 11. geschrieben.

1785

15./18. Januar Dreizehn Einträge von Kompromotionalen in Hölderlins Stammbuch, das an Originalität, Schmuck und Reichtum andern Stammbüchern der Zeit, z. B. dem seines Freundes Chr. F. Hiller, nachsteht.

22. Januar Hölderlin und drei andre werden als »Censores publici« – die Alumnen hatten reihum Aufsicht zu führen – »wegen Vernachlässigung ihrer Pflicht« mit zweimaligem Entzug des den Alumnen zustehenden Tischweins bestraft.

28. Febr./2. März »Examen solenne« mit Zeugnisgebung. Hölderlins Noten in Latein, Griechisch, Hebräisch und Poesie: »gut«. Seine »Gaben« gelten als »gut«, seine »Sitten« als »polit«.

21. März Auf Grund des Examens Lokation (bis zum Ende des Studiums ungefähr gleich). Hölderlin wird der Sechste. Der Erste schon jetzt wie immer Karl Christoph Renz, im Stift als geistiger Bundesgenosse von Hegel und Schelling hochgeschätzt.

April In den Osterferien Besuch bei den Verwandten in Markgröningen.

31. Mai/4. Juni Herzogliche Visitation mit Examen und Lokation, die am 5. 6. feierlich verkündigt wird. Um Mitte September »Gaben« Hölderlins: »recht gut«.

Sommer Hölderlin erwirbt sich ›Gellerts Lieder in Noten‹.

Etwa 20. Sept. bis 20. Oktober Herbstferien in Nürtingen. Wohl Verkehr im Haus des Paten Bilfinger.

November Erster erhaltner Brief Hölderlins: an Helfer Köstlin, den er sich zum Gewissensrat erwählt. Pietistisch getönte Gewissensprüfung läßt ihn schon wesentliche Züge seines Verhältnisses zu Gott, Natur und Mitmensch erfassen.

Kurz vor Weihnachten Der erste erhaltne, noch rührend kindliche Brief an die Mutter. In der Freizeit über Weihnachten – Ferien gab es nicht – plant Hölderlin *tausend Entwürfe zu Gedichten*. (S. Abb. 8.)

27. Dezember Bei der Vesperlektion, einem sonn- und feiertäglichen Nachmittagsgottesdienst, kurze Predigt über Hebr. 1.

November bis Dezember Reges lyrisches Schaffen, verschiednen Vorbildern verpflichtet (Gellert, ›Räuber‹, ›Messias‹). Besonders ›*Die Nacht*‹, ›*Das menschliche Leben*‹.

1786

April Osterferien in Nürtingen. Konfirmation der Schwester.

21. Juli Hölderlin wird »wegen Umherstreifens in der Kirche während der Chorandacht« einmal der Tischwein entzogen.

Etwa 20. Sept. bis 20. Oktober Herbstferien in Nürtingen. Vermutlich Wanderung mit dem Kompromotionalen und *Herzensfreund* Chr. L. Bilfinger aus Kirchheim/Teck ins Uracher Tal, das in dem Gedicht ›*An meinen B.*‹ ossianisch gezeichnet ist. Bis 1789 in den Ferien wohl öfters Zusammenkunft der beiden Freunde.

18./19. Oktober Einzug der Promotion in das Kloster Maulbronn. Nach Magenau stand es »im Rufe alter Verdorbenheit«. Der Vorsteher: Prälat J. Chr. Weinland. Nach Magenau »ein eigenliebiger und daher schwacher Mann . . . Er kam, ein neuer Prometheus, und alles erwartete, daß er himmlisches Feuer mit sich bringen würde ... Und siehe da, es hieß: ›Parturiunt montes, nascetur ridiculus mus!‹«

Ende Okt./Nov. Bekanntschaft und erste Zusammenkünfte mit Louise Nast (geboren am 9. 5. 1768), jüngster Tochter des tüchtigen Klosterverwalters (s. Abb. 13 und die Erl. dazu). Hölderlins Liebe bleibt, obwohl bald herzlich erwidert, bis in den nächsten Sommer hinein starken Spannungen ausgesetzt (*Tage, wo Zweifel gegen den Lenker meines Schicksals in meiner Seele aufstiegen*).

7./8. November Solenner Empfang des durchreisenden Herzogs Karl Eugen und seiner Gemahlin Franziska. Extemporiertes Examen mit Austeilung von Belohnungen. Hölderlin überreicht Franziska ein Huldigungsgedicht.

3. Dezember Am ersten Advent Teilnahme Hölderlins und seiner Promotion am Abendmahl. Spätere Abendmahlsgänge in Maulbronn: 1787 am 25. 2., 27. 5. (Pfingsten) und 2. 12. (Advent), 1788 am 16. 3. (Palmsonntag) und 3. 8.

18. Dezember Eintrag ins Stammbuch des Kompromotionalen Rümelin, mit Worten Amalias aus den ›Räubern‹, die wohl Hölderlins gedrückte Stimmung in der Zeit, da er von Louise *beinah über einen Monat geschieden* war, spiegeln.

Gedichte: ›*Die Meinige(n)*‹: umfangreiches Gedicht der Frömmigkeit und der Liebe zu den Seinigen; ›*An Stella*‹ und ›*An die Nachtigall*‹ (Louise geltend); ›*An meinen B.*‹ (Bilfinger).

1787

Um Neujahr Besuch von Louisens Vetter Immanuel Nast (geboren 1769), Schreiber in Leonberg. Herzliche Freundschaft zwischen ihm und Hölderlin, der dann in Briefen dem Feinsinnigen seine wechselnden Stimmungen anvertraut. Während seines Besuches Gespräch über die ›Räuber‹. Um dieselbe Zeit Freundschaft mit Franz Karl Hiemer, Zögling der Karlsschule, wo er zum Maler ausgebildet wird, in Gedichten dilettierend. (S. die Erl. zum Frontispiz.)

Jan. Morgens 4 Uhr Brief an Nast, Klage über Isolierung im Kloster. *Ich .. habe einen Ansatz von meinen Knabenjahren — von meinem damaligen Herzen — und der ist mir noch der liebste — das war so eine wächserne Weichheit — .. aber eben dieser Teil meines Herzens wurde am ärgsten mißhandelt.*

18. Februar Im Brief an Nast Erklärung gegen Wieland und seinen ›Neuen Amadis‹ für den *großen Messias-Sänger,* für Schubarts lyrische Rhapsodie ›Der ewige Jude‹, für ›Fiesco‹ und ›Kabale und Liebe‹ des *feurigen Schiller.* In Gedanken an Louise Nast: *In der letzten ist gar ein gutes Mädchen — denk an mich, wann Louise so da steht, mit ihrem Blick in die unparteiische Ewigkeit — ob ich nicht recht habe.*

Etwa Ende März Begeisterung durch Ossian, *den Barden ohne seinesgleichen, Homers großen Nebenbuhler.* (S. Abb. 12.)

April Osterferien in Nürtingen. Hölderlin und Bilfinger besuchen sich gegenseitig und leben *herrlich bei einander.* — Bei den Freunden geht *Wielands Merkur* umher. — Aussprache mit der Mutter über den Wunsch, aus dem geistlichen *Stand zu treten.* Nach Rückkehr ins Kloster Verzicht darauf, wohl in Gedanken an Louise: *man kann als Dorfpfarrer der Welt so nützlich, man kann noch glücklicher sein, als wenn man, weiß nicht was? wäre.*

Mai/Juni Klagen über das *Klosterkreuz.* Bitte an die Mutter um etwas Kaffee, da zur Zeit *die Geisteskräfte ziemlich stark angegriffen werden.* Galgenhumor der Alumnen.

Sommer Besuch Immanuels. Er fällt in eine Zeit tiefer Verstimmung und starker Kränklichkeit Hölderlins, der mehrmals Blut auswirft und wieder an Ausscheiden aus dem

Kloster oder doch an längere Kur zu Hause denkt. *Der Schlaf floh mich bei Nacht – und bei Tag alle Tätigkeit.* Das Gebet des Prälaten während eines furchtbaren Gewitters macht auf Hölderlin tiefen Eindruck.

Mitte September Herbstexamen und Zeugnisgebung. Hölderlin ist in Griechisch, Poesie und Rhetorik »recht gut«, in Mathematik »mittelmäßig«. Seine »Gaben« werden nur als »gut« beurteilt.

Etwa 20. Sept. bis 20. Oktober Herbstferien in Nürtingen. Heimreise wahrscheinlich zu Pferde, mit Aufenhalt bei Nast.

Ende Oktober Nach Rückkehr ins Kloster *wieder .. im Stillen – nach so vielen Zerstreuungen. ... Ach Bruder, .. bin dann ich nur allein so? der ewige, ewige Grillenfänger!*

November In zwei hochgestimmten Briefen entdeckt Hölderlin Immanuel endlich seine Liebe und ihren wechselvollen Gang seit einem Jahre.

13. Dezember Louise blickt in empfindsamen Versen auf »der frühen Trennung Leiden« voraus.

Gedichte: ›*Klagen. An Stella*‹; ›*An meine Freundinnen*‹; ›*Auf einer Heide geschrieben*‹, in Hexametern; Feier der Natur im Gegensatz zur verderbten Kultur; ›*Mein Vorsatz*‹: bedeutsames Zeugnis erwachender Ruhmbegierde des Dichters, der *Pindars Flug* und *Klopstocksgröße* erreichen möchte und zwischen Zuversicht und Verzagtheit schwankt.

1788

11. Februar Der 60. Geburtstag des Herzogs wird mit den Honoratioren und ihren Familien *sehr festlich gefeiert*. Hölderlin hat *die Ehre, .. als Dichter aufzutreten.*

Gegen Mitte März Hölderlins »Sitten« im Zeugnis als »fein« bezeichnet; in Poesie wie 1787 die Note »recht gut«, doch mit Zusatz: »auch teutsch«.

2. Hälfte März Nach dem Palmsonntag (16. 3.) Ostervakanz. Am 18. 3. mit Mutter und Schwester Ankunft in Markgröningen, wo Frau Volmar schwerkrank. Eintrag ins Stammbuch Blums, der sich am Krankenbett mit Frau Volmars Tochter Friederike verlobt. Bis nach Ostern meist am Krankenbett. Dann nach Löchgau zu den Verwandten im Pfarrhaus. Von dort vielleicht Besuch des väterlichen Hauses in Lauffen, wo Hölderlin vielleicht Verse wehmütiger Erinnerung in eine Fensterscheibe ritzt: *Wo? wo seid ihr? seid ihr ganz verschwunden, .. Süße, unaussprechlich süße Stunden ...* (vgl. 1779, November). Am 28. 3. Rückkehr zu der Kranken notwendig. Wohl schon Bekanntschaft mit Magenau, der in Markgröningen zu Hause. Er leiht Hölderlin Pseudo-Longins Schrift ›Vom Erhabenen‹ und spricht vielleicht mit ihm über seine Gedichte.

7. April Nochmals nach Löchgau. Am 11. 4. Rückkehr zu der Kranken, die am 18. 4. stirbt. Um Mitte April zurück ins Kloster, noch erfüllt vom *Gedanken an die Ewigkeit.*

Nach Mitte April Neue Lektüre Ossians, erste des ›Don Carlos‹. An Schiller noch 1799: Das Stück war *lange Zeit die Zauberwolke, in die der gute Gott meiner Jugend mich hüllte, daß ich nicht zu frühe das Kleinliche und Barbarische der Welt sah, die mich umgab.*

Frühsommer Gedichte Hölderlins sind *auf der Wanderschaft,* wohl zu Magenau. Auch für Schubart macht er *über Hals und Kopf Verse.* (An Louise schreibt er: *Auf meinen Spaziergängen reim ich allemal in meine Schreibtafel — .. an Dich! an Dich! und dann lösch ichs wieder aus.*)

2.–6. Juni Auf Einladung Blums, der mit seiner Braut seine Heimat Speyer besucht, Reise in die Pfalz, zum ersten Mal über die engere Heimat hinaus. *Mein Herz erweiterte sich in all den Erwartungen deß, das ich sehen und hören werde.*

2. Juni An einem *belebenden Morgen* Ritt nach Bruchsal, am Nachmittag zur Rhein-Ebene bei Rheinhausen. *Ich hielt lange still. Der neue, unerwartete Anblick einer so ungeheuren Ebene rührte mich.* Nach Überfahrt gegen Abend Ankunft in Speyer.

3. Juni Um 5 Uhr mit Blum und Friederike im Wagen nach Schwetzingen. Bewundernder Gang durch die *Lustgärten* dort. *Das Ganze ist, was Hohenheim und die Solitude mit einander.* Um Mittag Ankunft in Heidelberg. Schon jetzt Blick für die schöne Lage der Stadt und für die soeben erbaute Neue Brücke. (S. Abb. 16.) Am Nachmittag nach Mannheim. Im Nationaltheater Aufführung von F. L. Schröders Schauspiel ›Der Fähndrich‹: wohl der erste von wenigen Theaterbesuchen Hölderlins. Danach Besichtigung einiger Bauten, so der Jesuitenkirche: *das prächtigste Gebäude, das ich auf meiner Reise fand.*

4. Juni Nach einem das Schloß und das Bollwerk berührenden Gang durch die dem Kleinstädter imponierende, großzügig angelegte Stadt Fahrt nach Oggersheim. Rast im Wirtshaus zum Viehhof, dem Fluchtort Schillers 1782. *Der Ort wurde mir so heilig – und ich hatte genug zu tun, eine Träne im Auge zu verbergen.* Um Mittag Ankunft in Frankenthal, der Industriezentrale der Pfalz. Besuch der Porzellanfabrik – *wo ich im Magazin sehr schöne Arbeit antraf* –; dann Rückkehr nach Speyer.

5. Juni Vormittags Bewunderung des Kaiserdomes: *eines der merkwürdigsten Gebäude, die ich auf meiner Reise sah.* Nachmittags Streifzug durch die Umgebung. Gegen Abend am *majestätisch-ruhigen Rhein* tiefgreifendes Erlebnis der Landschaft: *Meine Gefühle erweiterten sich, mein Herz schlug mächtiger, mein Geist flog hin ins Unabsehliche – . . . ich ging gerührt nach Haus, und dankte Gott, daß ich empfinden konnte, wo Tausende gleichgültig vorübereilen.*

6. Juni Zurück ins Kloster. *Es war mir noch nie so eng.*

10. Juli Freundschaftliche Kritik von Gedichten Hölderlins durch Magenau, der ihn ermahnt: »verwerfen Sie den gesunden kernhaften Ausdruck nicht um des neuern schallendern«.

23. Juli Tod des Prälaten Weinland.

Gegen Ende August Hölderlin erhält in Poesie die Note »vorzüglich« und gilt als »fermer Grieche«.

Mitte September Hölderlin und Louise tauschen zum Abschied Verse, durch die sie sich der »Ewigkeit« ihrer Liebe versichern.

20. September Die Promotion verläßt Maulbronn nach »gebührendem Abschied«. Hölderlin reitet nach Leonberg zu Nast und bleibt dort mehrere Tage, in Gegenwart Louisens, mit der er *glückliche Zeiten* verlebt. Gegen Ende September wandert er heim. *Als ich die Berge um Nürtingen sahe, und der Wald vor Leonberg .. sich hinter mir verlor – da stürzten mir Tränen des bittersten Schmerzens aus den Augen.*

Herbstferien Vielleicht schon jetzt Gespräch mit der Mutter über künftige Verbindung mit Louise und Zustimmung der Mutter. Bald darauf Mitteilung an Louise, die beglückt antwortet.

Gedichte bis zum Herbst: insgesamt zehn. Die wichtigern: ›*Die Unsterblichkeit der Seele*‹: hymnisch hochgestimmte religiöse Ode, von Klopstock beeinflußt, der neben Young auch in dem Gedicht ›*Der Lorbeer*‹ als Vorbild religiöser Dichtung genannt wird; ›*Die Stille*‹: nach ihrem Anruf im ersten Teil Vergegenwärtigung der idyllischen Jugend; anscheinend Kenntnis der ›Götter Griechenlandes‹ (März 1788); ›*Hero*‹: melodramatisches Gedicht, nach einer von Ovids Heroiden; ›*Die Teck*‹: in Hexametern, wohl in den Herbstferien zur Zeit der Weinlese geschrieben (s. Abb. 15); im Stil beeinflußt von Friedrich Leopold Stolberg, im Inhalt durch die von Klopstock geweckte Begeisterung für »altdeutsche« Vorzeit; ›*Am Tage der Freundschaftsfeier*‹: anscheinend eine wirkliche festliche Zusammenkunft zu dreien dichterisch erhöhend; mit dem Eingang: *mein Wunsch ist, Helden zu singen* flüchtiger Anschluß des jungen Hölderlin an den Heroenkult der schwäbischen Dichtung.

Sommer/Herbst Sammlung der lyrischen Ernte der Klosterjahre in einem Heft von Reinschriften (Marbacher Quartheft).

21. Oktober Einzug der Promotion ins Tübinger Stift. Dazu vier begabte Schüler des Stuttgarter Gymnasiums, darunter Hegel und J. Fr. Märklin. Seit längerem Ungenügen der geistig Beweglichen und musisch Begabten am Geist des Stifts.
Der Vorsteher (Ephorus): Professor Chr. Fr. Schnurrer, bedeutender Orientalist; ohne reges Interesse für Kants Philosophie und die notwendige Auseinandersetzung der Theologie mit ihr. Als Mensch und Ephorus human; gegen den Herzog loyal, nicht servil. Unter ihm sechs bis neun Repetenten, den Stiftlern im Alter, oft auch in der Gesinnung nahestehend.

27. Oktober Eigenhändiger Eintrag Hölderlins mit seiner Promotion in die Tübinger Matrikel sowie in das Verzeichnis: ›Fac. Philos. Contubernium‹. Der Eintrag war verbunden mit einem Actus Depositionis: ein aus dem Mittelalter stammender, lange Zeit derber »Initiationsritus«. An den Novizen wurden symbolische Handlungen vorgenommen, die das Abtun (die Depositio) des früheren Wesens und das Anziehen eines neuen Menschen bedeuteten. In der Aufklärung hatte sich die Derbheit abgeschliffen. – Die ersten zwei Jahre galten der Philosophie, die folgenden drei der Theologie. Die Professoren der Philosophischen Fakultät: außer Schnurrer und Gottfried Ploucquet, der nicht mehr las, A. F. Bök, Professor der Moral und Eloquenz, »von wenig wissenschaftlicher Beweglichkeit«; Chr. F. Rösler, Historiker, Feind aller spekulativen Geschichtsbetrachtung; Chr. F. Pfleiderer, Mathematiker und Physiker; J. F. Flatt, seit 1792 Professor der Theologie; Anhänger des Supranaturalismus der Tübinger Schule, der sich jedoch gründlich mit Kants Philosophie auseinandersetzte, an der er das Postulat der praktischen Vernunft und den Primat des sittlichen Handelns schätzte, gegen die er jedoch Orthodoxie und Dogmatismus zu retten suchte.

10. November Erstmals Quartalzeugnisse mit Lokation. Sie findet jährlich viermal, der Semestralbericht über »ingenium« und »mores« zweimal statt. Hölderlin ist noch der Sechste und im Griechischen »sehr gut«.

Nov./Dez. Reger Briefwechsel mit Louise. Einmal mehrtägiger Ausflug zu ihr.

3. Dezember Verleihung des Baccalaureus-Grades an Hölderlins Promotion. Am 11. 12. Eintrag in das »Album Facultatis Philosophicae«.

Etwa Mitte Dez. Mehrtägiger Besuch der Schwester. Hölderlin schickt Louise seinen Schattenriß, mit einem Brief voll Hoffnung auf gemeinsame glückliche Zukunft. *Du wirst mich aufheitern in trüben Stunden .. Du wirst mir alles, alles sein.*

Winter Aufnahme Hölderlins in den Freundes- und Dichterbund Neuffers und Magenaus, die seit Herbst 1786 im Stift. Magenau 1793: »In gleicher Laufbahn rangen wir nach dem Ziele, dem Dank der Musen. . . Eine Seele in drei Leibern waren wir!« (s. die Erl. zu Abb. 29)

Gedichte in Tübingen 1788:

›*Männerjubel*‹: enthusiastische Feier der Gerechtigkeit, Freiheit und Vaterlandsliebe; ein religiöses Gedicht ›*Die Bücher der Zeiten*‹; ein hymnisches an die *Vollendung* als *der Geister heiliges Ziel.*

1789

Januar Noch reger und inniger Briefwechsel mit Louise. Vorfreude auf einen Besuch an Ostern (12. 4.).

Zum 26. Januar Poetischer Brief zu Neuffers 20. Geburtstag (nicht erhalten).

Zum 24. Februar Gedicht zur Hochzeit einer Base Louisens: das erste, das gedruckt wurde (verloren).

20. Februar: Wegen Fußleidens vierwöchiger Kur-Urlaub zuhause, der in die Osterferien übergeht.

Etwa 20. März In Stuttgart besucht Neuffer Schubart, wohl auch Stäudlin, und empfiehlt Hölderlin, der »fürs Ernsthafte, Erhabene und etwas Schwärmerische eingenommen« sei.

März/April Briefwechsel mit Louise über Lösung des Verlöbnisses, die sie schließlich *selbst für nötig einsah.* Wohl im April noch Abschiedsbrief. Ausschlaggebend nach Hölderlins Erklärung: außer der Ungewißheit seiner beruflichen Zukunft sein *mürrisches, mißmutiges, kränkelndes* Wesen, der ihm eigene *unüberwindliche Trübsinn* und sein Grund: *unbefriedigter Ehrgeiz.*

17. April Erster und letzter Brief Immanuels nach Tübingen. Die Jugendfreundschaft erlischt wie die Jugendliebe mit Hölderlins Eintritt in einen weiteren Lebenskreis.

20. April In Nürtingen Stammbuch-Eintrag der zwei Strophen aus Klopstocks ›Zürchersee‹, die Ruhm, Unterblichkeit und Freundschaft preisen. Um dieselbe Zeit Eintrag ins Stammbuch eines Unbekannten mit den erhabenernsten Versen über den Tod aus Klopstocks Ode ›Die Zukunft‹.

20./21. April Von Nürtingen nach Stuttgart zu Neuffer. Besuch bei Schubart; beglückt ob seiner *väterlichen Zärtlichkeit: O es wär eine Freude, so eines Mannes Freund zu sein.* Für stetige Verbindung sind die Naturen jedoch zu verschieden. Vielleicht auch schon Bekanntschaft mit Stäudlin.

23. April Hölderlin kommt zu seinem Verdruß *um die zwei Stuttgarter, Hegel und Märklin, hinunter* auf den achten Platz.

Etwa 26. April Teilnahme Hölderlins am Abendmahl.

Mitte Mai Bedrückter Brief an die Mutter. Bitte um Geld; Rechtfertigung gegen Vorwürfe wegen der Lösung des Verhältnisses zu Louise. Sorge, *in den alten Lebensüberdruß* zu fallen. *Aber hab ich doch ein gutes Gewissen, und weiß mich unter meinen Büchern zu trösten, und das ist herrlich! Ich wäre vielleicht schon oft auf Irrwege gekommen, wenn mein Los nicht wäre, mehr zu dulden als andere.*

Sommer Flöten-Unterricht bei dem berühmten Virtuosen Dulon. Vielleicht Mitwirkung an Musikaufführungen des Stifts.

Wohl im Sommer Wanderung mit Neuffer nach Großheppach im Remstal, zum Grabe des frühverstorbnen, von den Freunden verehrten Dichters Thill. Wohl schon 1789 öfters Gänge der drei Freunde an Lieblingsorte, wo sie sich dichterischer Stimmung hingeben: »Thills Tal«, das Wankheimer Tälchen (südlich Tübingens), der Spitzberg (zwischen Tübinger Schloß und Wurmlinger Kapelle). Neuffer 1793: »Da besuchten uns gern die lieblich lachenden Musen, Gossen die himmlische Glut uns in das schlagende Herz, Daß uns werdende Lieder wie Lichtgestalten umschwebten, Und der süße Gesang eilig den Saiten entquoll«. Magenau: »wenn wir hinab uns stürzten im Mondscheine in die spiegelhelle Fluten des Neckars, o wer mißt die Freude, wie sie uns beglückte!«
Entfremdung Hölderlins und Bilfingers, der zum Semesterende aus dem Stift ausscheidet, um Jura zu studieren.

Wohl 19. Sept. Zum Semesterschluß geselliges Beisammensein in kleinem Kreise, woran vielleicht auch Hölderlin, sicher Immanuel Niethammer, dessen Zeit im Stift um war, Bilfinger und Hegel mit seiner Schwester teilnehmen.

20./21. September Beginn der Herbstferien und Heimreise.

Ende September Besuch Neuffers in Nürtingen.

Anfang Okt. Mit Neuffer für ungefähr acht Tage nach Stuttgart. Besuch bei Stäudlin, der Hölderlin als *herrlicher Mann* erscheint und dem er seine Hymnen auf Gustav Adolf vorlegt. Bekanntschaft wohl auch mit Stäudlins drei Schwestern.

5. Oktober In Stuttgart Eintrag ins Stammbuch eines Unbekannten, mit Versen düstern Inhalts: *Es kommen Stunden, wo das erschütterte Gepreßte Herz umsonst in der Hoffnung Land Sich flüchtet.*

Vor Mitte Okt. Rückkehr nach Nürtingen. Der Schwester verspricht Hölderlin ein Preislied auf *Schwabens Mägdelein,* das er nach den Ferien schickt: sein einziges reines Gesellschaftslied.

Etwa 20. Okt. Rückkehr ins Stift. Griechisch, Hebräisch und Logik werden durch Physik, Metaphysik und Moral abgelöst. Am 10. 11. erhält Hölderlin in Physik die Note III, in Metaphysik und Moral II.
Neuffer hat Kur-Urlaub und fehlt daher Hölderlin in den kritischen November-Wochen.

Um Ende Okt. Arbeit *in einigen glücklichen Stunden* an einer Hymne auf Kolumbus, Plan einer Hymne auf Shakespeare.

5. November Aus Anlaß der Prorektor-Wahl am Nachmittag Besuch des Herzogs — seit Jahren der erste — mit Franziska im Stift. Vor der ganzen Belegschaft Disput mit dem Ephorus und den Repetenten über deren Amt; Erteilung von Lob, Prämien und Verweisen; sodann Examen, in Hölderlins Jahrgang über »das Dasein Gottes«. Von da an wachsames Auge des Herzogs auf das Stift, in dem er »auf strenge Ordnung und Gesetzlichkeit« dringt. Am 11. 11. hält er in einem Schreiben, das allen Stipendiaten vorzulesen, den Ephorus zur Strenge an und befiehlt ihm, alle vierzehn Tage »die schuldhaft Erfundenen« zu melden. Der Erlaß kommt vier Monate nach Erstürmung der Bastille, zweieinhalb nach Erklärung der Menschenrechte.

16. November Der Ephorus diktiert Hölderlin sechs Stunden Karzer zu »wegen Ungebühr auf offner Straße gegen einen Schullehrer«, dem er am 10. 11. in der Münzgasse den Hut vom Kopf schlug, weil er ihm wie sonst den Gruß schuldig blieb. Im Verhör »bezeigte sich der Beklagte .. anständig und bescheiden«.

Nach Mitte Nov. Hölderlin drängt aus dem Stift hinaus. Er möchte Jura studieren und seinen Wunsch mit der Mutter besprechen. Der Brief an sie bekennt tiefe Verstimmung seiner *körperlichen und Seelenumstände* durch *Mißhandlungen, .. Druck und Verachtung*: sicher Ausdruck der Empörung durch den Eingriff des Herzogs, die auch in den gleichzeitigen Oden ›*Einst und Jetzt*‹ und ›*Die Weisheit des Traurers*‹ durchbricht: maßloser Ausbruch von Zorn und Haß: *Ewige Rache den Völkerschändern!*

24./25. Nov. Nach neuer Fußverletzung Fahrt nach Nürtingen zu vierwöchigem Kur-Urlaub. Maßgebend wohl der Wunsch, von den jüngsten Erlebnissen Abstand zu gewinnen und die Berufsfrage mit der Mutter zu besprechen.

Anfang Dez. Brief an Neuffer aus mißmutiger Stimmung. *Auch sieht es ziemlich unpoetisch in meinem Kopfe aus.*

Den Gedichten auf Gustav Adolf soll die ›Geschichte der Gräfin Thekla von Thurn‹ (1789) von Benedikte Naubert, ein Roman nicht ohne Rang, zugute kommen, den Hölderlin zu Hause liest und für ein Werk von Bürger hält.

Wohl 1789 Erwerb von Schillers ›Geschichte des Abfalls der vereinigten Niederlande‹ (1788).

29. Dezember Rückkehr aus dem Urlaub ins Stift.

Weitere Gedichte 1789:

Ein unvollendetes Gedicht, ›Die heilige Bahn‹ genannt: die wagnisreiche Bahn des Dichters; Ode ›*Kepler*‹: Feier des Astronomen, der Newton *voran leuchtend sich wagt' ins Labyrinth,* als Sohn der *Mutter der Redlichen, Suevia*; eine ›Zornige Sehnsucht‹ genannte Ode; die Oden ›*An die Ruhe*‹ und ›*An die Ehre*‹; ›*Burg Tübingen*‹: Klage um den Untergang ritterlichen Lebens in *der Väter Feste,* die zu wahrer Freundschaft, Liebe und Freiheit aufruft.

1790

Beginn produktiver Berührung begabter Stiftler durch Kant. 1790—92 als Repetent im Stift Carl Immanuel Diez, ein »Kantischer enragé«, der das Dogma als »Aberglauben und Phantasterei« preisgibt. Der ganz unphilosophische Magenau über die Auswüchse: »Kants Philosophie machte die meisten Köpfe schwindeln, und die Kanzel widertönte von Raum und Zeit«. — Spuren der Beeinflussung Hölderlins durch Kant seit August 1790.

Januar Resignierte Mitteilung an die Mutter, in der geistlichen Laufbahn bleiben zu wollen. *Elternrat beruhigt immerhin.*

29./30. Januar Eintreffen des ersten Ministers und einer Abordnung des Konsistoriums, tags darauf des Herzogs selbst zur »Visitation«, bei der er die Notwendigkeit neuer Statuten betont.

März Besuch des Dr. jur. Clemens Christoph Camerer aus Reutlingen (nachmaligen Bürgermeisters dort), der auf die Hand der Schwester hofft und den Hölderlin ihr zum Manne wünscht.

Wohl 9. März Erster »Aldermannstag« der drei Freunde, nach Vorbild der ‹Gelehrtenrepublik› Klopstocks, mit Einweihung eines Bundesbuches. Hölderlin trägt sein ›*Lied der Freundschaft*‹ ein. Magenau: »Wir versammelten uns . .

des Donnerstages bei einem Becher Weins oder Bier, und da mußte jeder ein Gedicht seiner Muse vorlesen«.

Nach Mitte März Beginn der Osterferien und Heimreise. Konfirmation des Bruders.

20. April Zweiter Aldermannstag. Hölderlin trägt ins Bundesbuch sein ›*Lied der Liebe*‹ ein: erstes Zeugnis seines Glaubens an die Liebe als kosmische Macht.

1. Juni Dritter (und wohl letzter) Aldermannstag. Hölderlin trägt sein Gedicht ›*An die Stille*‹ ein.

Sommer Sicher auch jetzt öfters Gänge der drei Freunde zu den Lieblingsorten. Zuweilen auch (nach Magenau) »ein Gesellschäftchen guter Freunde beim mäßigen Rheinweine«, das Hölderlin »über alles« liebt und das »elektrisch heilsam für seine Seele« ist. Dabei Vorlesung von Oden Klopstocks. Einmal, am »heitersten Tage«, Feier im Gartenhäuschen des Lammwirts (am Neckarhang des Österbergs). »Wir sangen alle Lieder der Freude nach der Reihe durch«, zuletzt das Schillers. Bei dem Verse: »Dieses Glas dem guten Geist traten helle klare Tränen in Hölderlins Auge, voll Glut hob er den Becher zum Fenster hinaus, und brüllte ›dieses Glas dem guten Geist‹ ins Freie, daß das ganze Neckartal widerscholl.«

15. Juni Entlassung Rümelins wegen schlechten Verhaltens. *Überhaupt ists unbeschreiblich, unter welchem Drucke das Stipendium wirklich ist.*

Wohl im Sommer Erste Bekanntschaft mit Elise Lebret (geboren 1774), der Tochter des Kanzlers.

Mitte August Ernstlicher Verweis des Konsistoriums für Hölderlin, Neuffer, Magenau; Karzerstrafe für den Primus Renz.

Mitte/Ende Aug. Erwachen der Leidenschaft für die Philosophie, deren Studium fast *zum Bedürfnis geworden ist,* vornehmlich die Philosophie Kants.

Sommersemester Hölderlin hört wahrscheinlich Schnur-

rers Vorlesung über die Sprüche Salomons und nimmt teil an den Disputationsübungen Böks. Besonders hört er die Vorlesung des Repetenten Conz über die Tragödien des Euripides und, wohl früher, die des Repetenten Bardili über den »Gebrauch profaner Schriftsteller in der Theologie«, sowie Flatts Erklärung von Ciceros ›De natura deorum‹ und seine Vorlesung über empirische Psychologie.
Ausarbeitung der zwei Specimina: *›Geschichte der schönen Künste unter den Griechen‹* (Einfluß Winckelmanns; Pindar als *summum der Dichtkunst*) und *›Parallele zwischen Salomons Sprüchwörtern und Hesiods Werken und Tagen‹*.

Ende August Beginn des Magisteriums: mit Hegel, Fink und Autenrieth, die zu den Besten gehören, Verteidigung der gedruckten Dissertation Böks: ›De limine officiorum humanorum seposita animorum immortalitate‹.

9. September Vormittags Disputation der Thesen Schnurrers über Psalmen und Apostelgeschichte durch die ganze Promotion. Danach »Thesenschmaus«. Schnurrer: »Ich lasse meine Theses defendieren, oder richtiger: ich defendiere sie selbst.« – In den Tagen davor und danach Defension der Thesen Ploucquets, Böks, Röslers und Pfleiderers. Karl Reinhard über die Prozedur: »Zwanzig bis dreißig Kandidaten stehen vier Stunden lang in einer dreifachen Reihe auf dem Katheder aneinandergereiht, wie Ruderknechte, und fächeln sich aus Langeweile mit dem Bogen Papier, auf dem die Theses gedruckt stehen.«

22. Sept. Feierliche Verleihung der Magisterwürde. – Hölderlin: *Meinetwegen könnten alle Magisters- und Doktors-Titel .. in Morea sein.*

23. September Beginn der Herbstferien und Heimreise.

1. Oktober Zu Neuffer nach Stuttgart. Mit ihm Besuch im Stäudlinschen Hause. Mitteilung der *›Hymne an die Unsterblichkeit‹*, in der zum ersten Mal das »Menschenrecht« berufen wird: *Wenn die Starken den Despoten wecken, Ihn* *zu mahnen an das Menschenrecht.* – Mit Stäudlin wohl Abrede über Teilnahme an seinem ›Musenalmanach fürs Jahr 1792‹. In den folgenden Jahren herzliche Freundschaft mit ihm. Von seinen Schwestern nimmt Charlotte tieferen Anteil an Hölderlin, während Rosine, nach ihrem Neffen F. Th. Vischer ein Wesen von herzgewinnender »Anmut und Schönheit«, Neuffers Braut wird.

Etwa 20. Oktober Rückkehr ins Stift. Eintritt Schellings mit fünfzehn Jahren. Mit ihm und seinem Vetter Breyer, Hegel und sechs andern tagsüber Wohnung und Arbeit in einer der großen heizbaren »Winterstuben« auf dem zweiten Stock, wohl der Augustinerstube.
Die theologischen Lehrer: J. F. Lebret, Kanzler der Universität, vorwiegend Kirchenhistoriker; L. J. Uhland, vorwiegend Alttestamentler; G. Ch. Storr, vorwiegend Exeget und Dogmatiker, Haupt der supranaturalistischen Tübinger Schule; seit 1792 J. F. Flatt (s. 1788, 27. Oktober).

Wohl Ende Okt. Bei einer Auktion Wiederbegegnung mit Elise Lebret, in der sich eine von der ersten Begegnung herrührende Gespanntheit löst. Entgegen seinem Vorsatz, *wie zuvor den Zurückhaltenden zu spielen,* faßt der Dichter in den Monaten darauf tiefere Neigung zu dem verwöhnten Mädchen aus vornehmem Hause, der Lyda der Gedichte ›*Meine Genesung*‹, ›*Melodie*‹, ›*An Lyda*‹, worin der Ton der Tübinger Hymnen vorklingt im Preis der heilenden, erhebenden, begeisternden Liebe, die das All *zauberisch umwunden hält.*

Anfang Nov. Starke Berührung durch Leibniz. Unter seinem *Einfluß* Arbeit an einem ›*Hymnus auf die Wahrheit*‹, aus dem die ›*Hymne an die Göttin der Harmonie*‹ wird.

8. November Zweistündiger Besuch des Herzogs, der auf Vollendung der Neuen Statuten dringt.
Unmittelbar zuvor Brief Hölderlins an Neuffer, worin er Gesetz und Verhängnis seiner Existenz auf die bündige For-

mel bringt: *Ich bin zum Stoiker ewig verdorben . . . Ewig Ebb' und Flut.*

10. November Im Quartalzeugnis Note II für die theologischen Fächer.

15. November Humoristisch-poetische Epistel Magenaus an Neuffer, worin er ein komisches Bild des mit seiner Hymnik schwer ringenden Hölderlin zeichnet.

Wohl 16. Nov. Gang mit Hegel zur Wurmlinger Kapelle.

Ende November Beginn erzieherischer Einwirkung in Briefen auf den Bruder, der in der Lehre beim Nürtinger Stadtschreiber unbefriedigt ist. Vorschlag, zur *Beschäftigung des denkenden Geistes* kleine Aufsätze zu wechseln. Der Austausch kommt nicht in Fluß.
Lebret empfiehlt Hölderlin für Unterricht in Latein und Griechisch bei dem Jura-Studenten Philipp Emanuel von Fellenberg aus Bern, nachmals Gründer der Erziehungsanstalt Hofwil.

Kurz vor Weihnachten Bitte um die zuhause gelassenen Fechtdegen. (Vermutlich lernte Hölderlin im Ballhaus fechten.)

Wohl Dezember Predigt Hölderlins, wie sie die Magister reihum beim Mittagessen zu halten hatten; vielleicht über 2. Joh.7–9.

Wohl 1790 Lektüre, vielleicht Besitz, der Schrift Friedrich Heinrich Jacobis: ›Über die Lehre des Spinoza . . .‹. Reger Anteil an dem von Jacobi entfesselten Pantheismus-Streit. – Übersetzung des 1. Buches von Lucans ›Pharsalia‹ in Hexametern. Weitere Gedichte 1790:
›*Hymne an den Genius Griechenlands*‹: Bruchstück in freien Rhythmen; das erste dichterische Zeugnis der Hingerissenheit durch den griechischen Genius, den *Erstgebornen Der hohen Natur,* dessen Epiphanie ein neues Weltalter nach sich zog: *Du gründest auf Liebe dein Reich*; die ersten Tübinger Hymnen: ›*Hymne an die Muse*‹, ›*Hymne an die Freiheit*‹,

vielleicht schon die größte: ›*Hymne an die Göttin der Harmonie*‹.

1791

12. Februar Eintrag in Hegels Stammbuch mit dem Satz aus ›Iphigenie‹: *Lust und Liebe sind Die Fittige zu großen Taten.* Hegel setzt dazu das pantheistische Symbolum: *Εν και παν* (Eins und All).

Wohl 13. Februar An einem Sonntag wieder Mittagspredigt. Der Kern: *ohne Glauben an Christum finde .. gar keine Religion, keine Gewißheit von Gott und Unsterblichkeit statt.*

14. Februar Der Mutter skizziert Hölderlin den Gang seiner *Erkenntnisse von der Gottheit* und seiner Auseinandersetzungen mit Spinoza, Leibniz-Wolff und Kant. Noch Einfluß der supranaturalistischen Dogmatik Storrs.

8. März An Fastnacht anscheinend Besuch in Nürtingen. Von da vielleicht kurz nach Stuttgart.

Ende März Wieder Mittagspredigt Hölderlins, in der er *recht vom Herzen weg zu reden* gestimmt ist, nachdem er der Schwester Vorstellungen von Erneuerung des gesellschaftlichen Lebens entwickelt hat, in dem Konvention durch *Wahrhaftigkeit* ersetzt werden soll. *Jeder sei, wie er wirklich ist.* Sein *höchster Wunsch* derzeit: *in Ruhe und Eingezogenheit einmal zu leben – und Bücher schreiben zu können.*

1. Hälfte April Vorbereitung einer Wanderung in die Schweiz mit C. F. Hiller, dem einstigen Maulbronner Hospes, und F. A. Memminger aus Reutlingen, Student der Medizin.

Wohl 14. April Aufbruch (mit Memminger; Hiller war schon voraus) nach Schaffhausen.

Wohl 17. April Treffen mit Hiller in oder vor Schaffhausen. Gang zum *donnernden Rheinsturz.* Von da nach Zürich.

19. April Besuch bei Lavater. Eintrag in sein Fremdenbuch. Hölderlins Namen versieht er mit »NB«.

Nach dem 19. April Morgens Fahrt im Boot auf dem Zürcher See (wohl bis Wädenswil). Wanderung nach Kloster Einsiedeln. Von dort aus Höhepunkt der Reise: Wanderung, vielleicht nachts, über den Haggenpaß am Großen Mythen vorbei hinab zum Vierwaldstätter See mit seinen *friedsamen Hütten,* zu den *Heiligtümern der Freiheit,* zur *Stätte des Schwurs* und zum Morgarten, den *schmückte der Freien Opferblut* im Siege gegen Leopold von Österreich. *Selig, wie du, o Tag am Quelle der Freiheit! Festlich, wie du, sank keiner auf uns vom rosigen Himmel!* Rückreise wohl wieder über Schaffhausen, von da noch gemeinsam bis Öffingen (südlich Schwenningens), wo Hiller einige Zeit, Hölderlin vermutlich kurz Gast des Pfarrers Biberstein ist. Anfang Mai noch Besuch zu Hause.
Auf dem Hin- und Rückweg durchquert der Dichter das Gebiet der obern Donau, die viel später noch Ausgangspunkt der Hymnen ›*Am Quell der Donau*‹ und ›*Der Ister*‹ wird.

Wohl im Mai Niederschrift des Hiller gewidmeten Gedichtes ›*Kanton Schweiz*‹ in Hexametern. Am Anfang Sehnsucht nach dem *Land der göttlichen Freiheit,* am Schlusse Scham und Kummer im Gedenken an die *heiligen Kämpfer,* aber auch Hoffnung auf einen Wandel in der Gegenwart, auf den Tag, *wo in erfreuende Tat sich Scham und Kummer verwandelt.*

Juni Erste Fassung der ›*Hymne an die Schönheit*‹.

Um Mitte Juni Nach einer Mitteilung der Mutter über Heiratsaussicht Louise Nasts begründet Hölderlin den Vorsatz, *nie zu freien,* mit seinem *sonderbaren Charakter* und besonders seinem *Ehrgeiz.* Dabei wohl auch Gedanke an Elise Lebret, von der er sich im Innern schon entfernt. Im Rückblick 1798: *Ich hab in meiner schönsten Lebenszeit so manchen lieben Tag vertrauert, weil ich Leichtsinn und Ge-*

ringschätzung dulden mußte . . . Nachher fand ich Gefälligkeit und gab Gefälligkeit, aber es war nicht schwer zu merken, daß mein erster tieferer Anteil . . . erloschen war. Mit dem dritten Jahre meines Aufenthalts in Tübingen war es aus. Das Übrige war oberflächlich.

Juli Chr. Fr. Cotta, älterer Bruder des großen Verlegers, geht als begeisterter Anhänger der Französischen Revolution nach Straßburg, bleibt aber in Verbindung mit seinen Stuttgarter Freunden, darunter sicher Stäudlin.

Ende Juli Vorzeitiger Weggang Magenaus in seine Heimat. In »schöner mondheller Nacht« bewegter Abschied von den Freunden.

1. August Besuch in Nürtingen.

Sommer In einem Separatvotum zu den Neuen Statuten legt der junge weltliche Konsistorialrat Georgii die Gebrechen des Stifts bloß und vertritt dem Herzog gegenüber den liberaleren Standpunkt: man müsse zu vernünftiger Freiheit erziehen. Er *allein protestierte wider des Herzogs Einfälle, wurde aber überstimmt.*

Anfang September Stäudlins ›Musenalmanach fürs Jahr 1792‹ erscheint. Darin von Hölderlin, der damit debütiert, vier Gedichte: ›*Hymne an die Muse*‹ (die den Almanach eröffnet), ›*an die Freiheit*‹, ›*an die Göttin der Harmonie*‹, ›*Meine Genesung*‹.
Widmung eines Exemplars an die Mutter (s. Abb. 23). Schon am 20. 9. Anzeige Schubarts in seiner Chronik (»Hölderlins Muse ist eine ernste Muse . .«).

Gegen Ende September Beginn der Herbstferien. Neuffer wird Vikar am Waisenhaus in Stuttgart, wo er am geistigen Leben der Hauptstadt regen Anteil nimmt. »Zum Abschied von Tübingen« sentimentales Gedicht an Hölderlin und Magenau.
Nach kurzem Aufenthalt zuhause nach Stuttgart zu Neuffer, mit dem Hölderlin wohl über seinen alten Wunsch, das

Stift zu verlassen, spricht. Vereinsamung in Tübingen läßt ihn bald die Stunden in Stuttgart als *Götterstunden* empfinden.

10. Oktober Tod Schubarts, dessen Chronik Stäudlin in einen schärferen politischen Kurs führt. – Am 15. 11. Aufruf zu einer Lyrik hohen Stils, der Hölderlin wohl stark berührt, mit verdecktem Hinweis auf die Revolutionsereignisse: »Wie . . reichen Stoff zu kühnen, auf alle Welt wirkenden Dichterwerken gibt nicht seit mehrern Jahren der Geist der Zeiten!«

10. November Hölderlin bekommt in allen Fächern die Note I.

14. November Besuch des Herzogs im Stift, wo er sich »sehr geärgert, und die Stipendiaten scharf durchgezogen«.

Mitte November Schlechte Verfassung und Stimmung Hölderlins. *Morgens manchmal Kolik, und dann öfters nachmittags Kopfweh Und dann hat das innere Leben seine jugendliche Kraft nimmer.* Besuch zuhause; Besprechung des Wunsches, auszuscheiden; Verzicht darauf der Mutter zuliebe.

27. November Nach Wochen wieder frohes Zusammensein mit Elise. Sonst anhaltend freudlose Stimmung. *Selten gibts lucida intervalla.* Deren Frucht: Vollendung der ›*Hymne an die Menschheit*‹. Motto aus dem ›Contract social‹ Rousseaus, von dem sich Hölderlin *ein wenig über Menschenrecht belehren* läßt.

November Erwachen der Liebe zur Astronomie. Für Hölderlin sind Sternkunde und Poesie eng verbunden; er weidet sich *an Orion und Sirius, und dem Götterpaar Kastor und Pollux.*

Ende des Jahres Zweite Fassung der ›*Hymne an die Schönheit*‹ vollendet. Motto nach einem Satz aus der ›Kritik der Urteilskraft‹.

Wohl 1791 Subskription auf die Plutarch-Ausgabe von Hutten (bei Cotta, Band 1 1791) und die Gedichte von Conz (1792).

1792

Um Mitte Februar Mehrtägiger Besuch zuhause. Eintrag ins Stammbuch der Schwester.

Um Ende Februar Sorge Hölderlins, wie vieler Stiftler und manches Repetenten, daß die Neuen Statuten *kein vernünftiger Mensch, ohne seiner Ehre zu vergeben, ... eingehen* könne. Entschluß, notfalls um jeden Preis sich *eine andre Lage auszufinden,* da sonst seine *besten Kräfte zu Grunde gehen würden.* Einfluß der Ideen der Revolution von Menschenrecht und Freiheit: *Wir müssen dem Vaterlande und der Welt ein Beispiel geben, daß wir nicht geschaffen sind, um mit uns nach Willkür spielen zu lassen.* Ein Ziel seiner Existenz, das Hölderlin von dieser Zeit an mehrere Jahre vorschwebt: *ein Mann zu werden,* den *großen Übergang aus der Jugend in das Wesen des Mannes* zu vollziehen.

Februar Koalition Österreichs und Preußens gegen Frankreich.

März/April Letzte Hand an die Hymnen ›*an die Freundschaft*‹, ›*an die Freiheit*‹ (II), ›*an die Liebe*‹, ›*an den Genius der Jugend*‹. Damit setzt die Lyrik ein Jahr lang aus zugunsten des ›*Hyperion*‹.

Ende März Beginn der Osterferien und Heimreise.

Anfang April Nach Stuttgart. Durch Neuffer, dessen Mutter Griechin, Bekanntschaft mit dem *lieben Griechen* Panagiot Wergo, der bald darauf nach Tübingen kommt. Im Kreise von Neuffers *Freunden und Freundinnen* Bekanntschaft des Dichters mit einer Ungenannten. Rasche schmerzliche Neigung zu der *holden Gestalt,* an der ihn *der Adel und die Stille in ihrem Wesen* tief berühren.

Um Mitte April Hölderlin hört ein Konzert des Oboen-Virtuosen Caffro.

Nach Mitte April Vereinsamung Hölderlins, der sich *bet-*

telarm . . . an Herzensfreude fühlt; Resignation in Gedanken an die *holde Gestalt*.

20. April Frankreich erklärt auf Betreiben der Girondisten Österreich den Krieg, in den sofort auch Preußen eintritt.

Um Mitte Mai Hölderlin teilt Magenau von seinem Plane zum ›*Hyperion*‹ mit; am 3. 6. ermuntert ihn dieser und sendet gleichzeitig Proben einer ›Ode an Galliens Freiheit‹.

Juni Reger Anteil an den Zeitereignissen. Entschiedne Parteinahme in dem der ersten Krise sich nähernden Kriege: von den Österreichern droht schrecklicher *Mißbrauch fürstlicher Gewalt*; die Franzosen sind *die Verfechter der menschlichen Rechte*.

Sommer Bekanntschaft mit dem Jura-Studenten Leo von Seckendorf, wohl in einem revolutionär-patriotischen Studentenkreise, zu dem Stiftler aus der Grafschaft Mömpelgard gehören, die Keimträger der Revolutionsideen sind. – Am 12. 9. zu Seckendorfs Abschied Eintrag in sein Stammbuch mit Versen aus der ›*Hymne an die Menschheit*‹, zugleich mit dem Mömpelgarder Demokraten und »bon patriote« Fallot, mit dem sich Hölderlin *ewig verbunden* fühlt. – Ungefähr damals im Stift – wie in der Karlsakademie – Bildung eines politischen Clubs, in dem französische Zeitungen begierig gelesen werden. Hegel ist »der begeistertste Redner der Freiheit und Gleichheit« und schwärmt, »wie damals alle jungen Köpfe, für die Ideen der Revolution«; er gilt als »derber Jakobiner«, auch Hölderlin ist »dieser Richtung zugetan«.

Um dieselbe Zeit lesen Hölderlin und Hegel – der vornehmlich Rousseau und, »wegen der ungeregelten Natursprache«, das Buch Hiob liebt – mit andern Stiftlern Platon und Kant, Fr. H. Jacobis Romane ›Woldemar‹ und ›Eduard Allwills Papiere‹, seine Briefe ›Über die Lehre des Spinoza‹ (die Hölderlin wohl schon seit 1790 kannte) und Theodor Gottlieb von

Hippels humoristisch-empfindsamen Roman ›Lebensläufe nach aufsteigender Linie‹.

27. Juli/25. Aug. Vierwöchiger Urlaub Hölderlins, »um seine Gesundheit wiederherzustellen«.

August Besuch Hölderlins in Stuttgart. Wiedersehen mit der *holden Gestalt,* die er dann von Tübingen aus *nur ganz leise um ihre Freundschaft* bittet.

Um Ende August In Nürtingen Verlobung der Schwester mit Chr. M. Th. Breunlin (geboren 1752), Professor am Kloster Blaubeuren. (S. Abb. 24.)

September Stäudlins ›Poetische Blumenlese fürs Jahr 1793‹ erscheint. Von Hölderlin darin ›*Kanton Schweiz*‹ und die zweite Gruppe der Tübinger Hymnen.

Nach Mitte Sept. Wieder sehr freudloser Brief an Neuffer. Der Plan eines *Hymnus an die Kühnheit* ist dem Dichter in dieser Stimmung *ein psychologisch Rätsel.*

Anfang September In Paris die September-Morde, die im Ausland die Sympathien für die Revolution schwächen. Bald darauf Zusammentritt des Nationalkonvents, in dem sich der Nieder- und Untergang der gemäßigt republikanischen Gironde anbahnt. Am 20. 9. Kanonade von Valmy, am 22. Abschaffung des Königtums.

Oktober Herbstferien. Am 9. 10. in Nürtingen Hochzeit der Schwester, der Hölderlin sein von Hiemer in Pastell gemaltes Bildnis überreicht.

21. Oktober Besetzung von Mainz, dadurch Bedrohung Süddeutschlands.

Ende Oktober bis Anfang November Besuch der Verwandten im Unterland und Magenaus in Vaihingen an der Enz, wo er Vikar. Abends liest Hölderlin wahrscheinlich aus den ersten Entwürfen zum ›*Hyperion*‹ vor. Für Magenau ist Hyperion »ein freiheitsliebender Held, und echter Grieche, voll kräftiger Prinzipien«. Am Morgen darauf zu Fuß nach Löchgau, von Magenau begleitet bis nach Bissingen an der

Enz. »Dort tranken wir zur Ehre der heiligen Freiheit ein Glas Landwein, und schwuren uns Arm in Arm kühne, ewige trotzende Liebe.«

November Am 6. Schlacht bei Jemappes (Mons): Verlust der österreichischen Niederlande an die Franzosen. Am 19. Dekret des Konvents: Frankreich biete allen Völkern, die frei sein wollten, Brüderschaft und Hilfe.

Ende November Beruhigung der Mutter *wegen dem Kriege*. In Deutschland habe *der gute Bürger wenig oder gar nichts verloren, und viel, viel gewonnen*. Preis des Opfers für das Vaterland und *der Helden, die in dem großen Siege bei Mons starben*.

1793

Frühjahr Stäudlins ›Chronik‹ geht ein; darauf plant er ein literarisches Journal. Hölderlin nimmt lebhaften Anteil.

9. März Neuffers ›Elegie an Magenau‹: ein Hauptzeugnis des Freundschaftsbundes, sentimentale Feier der gemeinsamen Zeit.

10. März Schnurrer über die Stimmung im Stift: »Unsre junge Leute sind großenteils von dem Freiheitsschwindel angesteckt.«

Mitte März Erster Besuch bei Schwester und Schwager in Blaubeuren, von wo Hölderlin jetzt oder später die nähere und die weitere Umgebung kennenlernt: die Reichsstadt Ulm, die Reichsabtei Elchingen, das Nonnenkloster Wiblingen, das Dorf Asch auf der Albhochfläche, und ein *Örtchen .. unten an der Blau*, wo er *nach einer Kahnfahrt sehr gute Fische* bekam. Die *Kahnfahrt* wird neben *Abluft* wohl 1800 in einem nicht über Keimworte hinaus gediehenen Entwurf ›*An meine Schwester*‹ genannt: ein Beispiel dafür, wie gewisse Erlebniselemente jahrelang aufgehoben bleiben, ehe sie ins Gedicht eingehen.

Ende März Kurz vor Ostern (31. 3.) Besuch Hölderlins bei Neuffer und Stäudlin in Stuttgart. Dabei vielleicht Bekanntschaft mit der Dichterin Wilhelmine Maisch, die dann eine gereimte Epistel an ihn richtet, worin es heißt: »Die schöne Zeit Voll Seligkeit, Die ich bei Dir So froh verlebte.«

20. April Zu den Verwandten nach Löchgau. Auf dem Hin- und Rückweg nochmals Zusammensein mit Neuffer. Die Freunde legen eine Verstimmung bei. *Du bist mir wieder so lieb geworden, alter Herzensfreund! Sieh! ich dank es meinem Schicksal tausendmal, daß es Dich mir wiedergab, gerade da, wo all meine schönen Hoffnungen zu welken anfingen.*

Mai Stäudlin in Tübingen. Hölderlin liest ihm aus ›*Hyperion*‹ vor.
Seine Lebensweise, mitbedingt durch *die leidigen Finanzen*: *Schlag vier bin ich morgens auf, und koche meinen Koffee selbst, und dann an die Arbeit. Und so bleib ich meist in meiner Klause bis abends; oft in der Gesellschaft der heiligen Muse, oft bei meinen Griechen; jetzt gerade wieder in Herrn Kants Schule.*

13. Mai Feierliche Verkündung der Neuen Statuten in Gegenwart des Herzogs und Franziskas. Kurz zuvor aufsehenerregende Flucht des »democrata« Wetzel aus dem Stift.

28. Mai Charlotte von Kalb wendet sich an Schiller wegen eines Hofmeisters für ihren knapp neunjährigen Sohn Fritz.

Juni Abschlußexamen der Promotion: gruppenweise Verteidigung der Dissertation eines Lehrers. Hölderlin hat mit Hegel und sieben andern die Lebrets zu verteidigen: ›De ecclesiae Wirtembergicae renascentis calamitatibus‹.

27. Juni Friedrich Matthisson besucht mit Neuffer und Stäudlin das Stift. Hölderlin liest, vielleicht im Beisein Hegels, seine Hymne ›*Dem Genius der Kühnheit*‹ vor und wird dafür von Matthisson begeistert in die Arme geschlossen: ein Strohfeuer, das bei dem Hofmann bald erlischt.

Anfang Juli Gespannte Verfolgung der politischen und militärischen Vorgänge. *Es hängt an einer Haarspitze, ob Frankreich zu Grunde gehen soll, oder ein großer Staat werden.*

Mitte Juli Für Stäudlins Journal sind neun Bogen bereit: wohl vornehmlich Teile des ›*Hyperion*‹.

14. Juli Zum Jahrestag des Sturms auf die Bastille und des »Bundesfestes« vielleicht auf einer Wiese vor Tübingen Errichtung eines Freiheitsbaums durch Stiftler, darunter Hegel, Hölderlin und Schelling, der zudem als Übersetzer der Marseillaise gilt.

Etwa 20. Juli Nach Ermordung des Jakobiners Marat durch Charlotte Corday (13. 7.) schärfstes Urteil über den *schändlichen Tyrannen* und die *übrigen Volksschänder,* die *den Lohn ihrer niedrigen Ränke und unmenschlichen Entwürfe* erhalten werden. Anteil an Schicksal und Sache der Anfang Juni geächteten Girondisten: *Brissot dauert mich im Innersten. Der gute Patriot wird nun wahrscheinlich ein Opfer seiner niedrigen Feinde.* Am 31. 10., nach Hinrichtung Brissots und andrer Führer der Gironde: *das Schicksal dieser Männer macht mich oft bitter.*

20./23. Juli Hochgemuter Brief Neuffers, besonders über »noch unentdeckte Gegenden in dem Gebiete der Dichtkunst«. Sofort freudiges Echo Hölderlins (s. Abb. 25) und Bekenntnis zu den Griechen, vornehmlich zu Platon, dessen Erlebnis ihm Glauben an das *Werkchen* gibt, in dem er »lebt und webt«. Rechenschaft über dessen Anlage, wie in einem (verlornen) Brief an Stäudlin, dem er ein größeres Fragment, die Hymne ›*Dem Genius der Kühnheit*‹ und wohl das elegische Gedicht ›*Griechenland. An Stäudlin*‹ schickt.

August Auf Befehl des Herzogs Untersuchung des »vorgeblichen Demokratismus« im Stift, wo »ohne Scheu die französische Anarchie und der Königsmord öffentlich verteidigt« würden. Die Leitung umgeht den Kern der Sache; sie läßt das »Gerücht von demokratischer Denkungsart« auf sich beruhen und betont das loyale Verhalten der Stiftler, die Wahrung von »Ordnung und Ruhe«.

Mitte August Rat an den Bruder, nach dem holländischen Platoniker Franz Hemsterhuis mit kritischen Augen auch Machiavelli, *den furchtbaren Lehrer der Despoten,* zu lesen. – Klage über den Zwang, *an der Galeere der Theologie zu seufzen.*

20. August Vergebliche Einladung Neuffers zu längerem Ferienbesuch Hölderlins, für den er »herrliche Herbsttage . ., der Freundschaft und der Dichtung geweiht«, erträumt.

August Plan, nach Abschluß des Studiums entweder zur Weiterbildung nach Jena oder als Hofmeister in die Schweiz zu gehen. Der Mutter gegenüber Erwähnung von *Predigten an das Volk,* durch die Hölderlin *nur ein Fünkchen mehr Menschenliebe und herzliche tätige Teilnehmung* wecken möchte.

Wohl September Bekanntschaft mit dem Jura-Studenten und entschiednen Demokraten Isaak von Sinclair aus Homburg.

4. September Stäudlin lobt am ›*Hyperion*‹ »die schöne Sprache und das Lebendige der Darstellung«, rät aber dringend, »versteckte Stellen über den Geist der Zeit . . . einzuschalten«, wohl besonders über den republikanischen Geist der Freiheit.

1. Hälfte Sept. Bedeutsamer Brief an den Bruder. Schöpferischer Nachhall neuerlicher Lektüre des ›Don Carlos‹. *Meine Liebe ist das Menschengeschlecht . . . das Geschlecht der kommenden Jahrhunderte . . . die Freiheit muß einmal kommen, und die Tugend wird besser gedeihen in der Freiheit heiligem erwärmenden Lichte als unter der eiskalten*

Zone des Despotismus ... Dies ist das heilige Ziel meiner Wünsche und meiner Tätigkeit – dies, daß ich in unserm Zeitalter die Keime wecke, die in einem künftigen reifen werden.

Mitte September Kurz vor Studienabschluß Bewußtsein Hölderlins von dem *unüberwindlichen Trieb,* seine Kräfte *immer mehr und mehr auszubilden.*

19. September Vorzeitiges Examen Hegels vor Antritt einer Hofmeisterstelle in Bern. Von Hölderlin Abschied mit der *Losung: Reich Gottes!*

20. September Nach den Neuen Statuten öffentliches Parade-Examen. Hölderlins Promotion enttäuscht. Großes Aufsehen über den Primus Renz, der dem Examen fernbleibt und dies in Kantischem Geiste rechtfertigt.
Stäudlin empfiehlt Schiller Hölderlin als Hofmeister bei Charlotte von Kalb. Er strebe sehnlich »über die enge Sphäre seines Vaterlandes« hinaus. »Für die Reinheit seines Herzens und seiner Sitten, und für die Gründlichkeit seiner Kenntnisse bürge ich.«

Ende Sept./1. Okt. Halbstündiger Besuch Hölderlins bei Schiller in Ludwigsburg, der ihm »Regeln« – wohl auch der Poetik – mitgibt und ihn Charlotte von Kalb mit einigem Vorbehalt empfiehlt. Sein Äußeres werde ihr »sehr wohl gefallen«.

Oktober Mehr und mehr ungeduldiges Warten in Nürtingen. Aufschub geplanter Besuche. Inzwischen zur Übung Predigten *so viel möglich auf den umliegenden Dörfern,* nachweislich in Altenburg (s. Abb. 22). – Am 26. 10. fragt Stäudlin bei Schiller auf dringendes Bitten Hölderlins nach.

Mitte Oktober Beginn der Arbeit an dem Gedicht ›*Das Schicksal*‹.

24. Oktober Tod Herzog Karl Eugens in Hohenheim.

Anfang Nov. Über Schiller Zusage Charlottens vom 31. 10.

Bis Mitte Nov. Zum Abschied Besuch Hölderlins in Blaubeuren, dann – auch nötiger Besorgungen wegen – in Stuttgart.

Nach Mitte Nov. Von Stuttgart aus zu den Verwandten im Unterland und zu Magenau in Vaihingen. Abends Essen mit Conz, seit kurzem Helfer in Vaihingen. Nachts trägt Hölderlin dem Freunde, »vor dem Bette sitzend, ohne Weste und Stiefel«, seine Hymne ›*Dem Genius der Kühnheit*‹ vor und spricht ihm von seinem »Hymnus an das Schicksal«. Beim Abschied Eintrag in Magenaus Stammbuch: *μα τους εν Μαραθωνι πεσοντας soll bestehen der Bund zwischen mir und Dir!* (»Bei den Gefallenen von Marathon«)

6. Dezember Konsistorialexamen in Stuttgart. Probepredigt über Römer 5, 10. Aus dem lateinischen Abgangszeugnis: »Gesundheit fest, Gestalt über mittelgroß (dazu ursprünglich: »anmutig«), Ausdruck angenehm, Gebärden gefällig, Begabung gut«. – Vermerk über Interessen: »Anhaltende Pflege der Philologie, besonders der griechischen, und der Philosophie, besonders der Kantischen, und der schönen Wissenschaften«.

Etwa 10. Dez. Abschied in Tübingen, wohl auch von Elise Lebret.

Mitte Dezember Nach reichlicher Ausstaffierung durch die Mutter erster Aufbruch in die Fremde. Zunächst zu Fuß nach Stuttgart.

20. Dezember Abreise im Postwagen nach Nürnberg. *Ich schloß meist die Augen, und ließ . ., was mir . . lieb ist, vor mir erscheinen.* Doch Arbeit am ›*Schicksal*‹, das auf der Reise fast fertig wird.

22. Dezember Ankunft in Nürnberg. Der *Totaleindruck*: *ein ehrwürdiger Ort mit seinen gotischen Palästen.* Ausführlicher, mit anti-aristokratischer Spitze, über einen Teuerungskrawall auf dem Obstmarkt am 19. 12.

22./25. Dez. Zusammensein mit Ludwig Schubart, preußischem Legationssekretär, Sohn des Dichters, mit dem *ein Rechtes gespaßt und getumultuiert* wird. Am 24. nach Erlangen. Hier *recht vergnügter Christtag* mit einem *Landsmann und Vetter.* In der Universitätskirche *herrliche, schön und hell gedachte Predigt* – über Joh. 1, 14–18 – von dem jungen, Leben und Wirken Christi Kantisch ausdeutenden Theologie-Professor Ammon. Abends nochmals nach Nürnberg. Zu Nacht im Gasthof zum Mondschein, einem wohlfeileren Haus in der Vorstadt Gostenhof.

26. Dezember Durch Schubart Einführung in das wohlversehene Lesekabinett bei der Sebalduskirche. Dort wie *auf einem Lusthause* Bekanntschaft mit *sehr kultivierten Menschen.* Nachmittags über Erlangen Weiterreise nach Bamberg, *auf einem verdammt kalten und unsichern Wege.* Ankunft *spät nach Mitternacht.*

27. Dezember Von Bamberg durch *das himmlische Tal* der Itz nach Coburg. Zu Nacht vermutlich im Schwan in der Spitalgasse.

28. Dezember Um 3 Uhr Abreise mit Extrapost. Ankunft abends in Waltershausen, zur Überraschung des Hauses, da Charlotte, seit dem Herbst in Jena, den neuen Hofmeister nicht angekündigt hatte.

1794

1. Hälfte Januar Zuerst, und längere Zeit, optimistische Urteile über Fritz von Kalb: *ein guter gescheider schöner Bube,* eine *junge schöne Seele.* Große Freiheit, Leben *ohne allen Zwang.* Bald *recht gut Freund* mit Pfarrer Nenninger, einem rationalistischen Theologen, kundigen Lokalhistoriker und Förderer des Wohlstands der Gemeinde.

Anfang Januar Verlorner Brief an Charlotte, den sie als »so hellsehend über Fritz — so würdigend seinen Beruf« bezeichnet. Aus ihrer Antwort: »Sie erzeigen der Menschheit einen Dienst durch die Bildung eines echten denkenden Menschen.«

Mitte Januar Freundschaft mit Charlottens Gesellschafterin, Wilhelmine Marianne Kirms, die sich *die neuste Schrift von Kant,* ›Die Religion innerhalb der Grenzen der bloßen Vernunft‹, leiht: *eine Dame von seltnem Geist und Herzen,* dazu von *sehr interessanter Figur.*

Februar Höchste Befriedigung *in dem Geschäfte eines Erziehers.* Das Leben an dem abgelegnen Ort ist *ziemlich einsam,* eben dies aber *günstig für die Bildung des Geistes und Herzens.*

Ende Februar Predigt in Waltershausen.

Mitte März Rückkehr Charlottens. Hölderlin bewundert an ihr einen *nach Umfang und Tiefe, und Feinheit, und Gewandtheit ungewöhnlichen Geist.* Sie ist bis zum September des Lobes für den Erzieher voll. (S. Abb. 26.)

Etwa 20. März Rechenschaft Hölderlins an Schiller über seine hochgespannten pädagogischen Grundsätze, die Gedanken Rousseaus und Kants verbinden. – Übersendung des Gedichts ›*Das Schicksal*‹. Schon jetzt inbrünstiges Werben um Schiller: *Warum muß ich so arm sein, und so viel Interesse haben um den Reichtum eines Geistes?*

Frühjahr und Sommer Intensive Arbeit an ›*Hyperion*‹, der zu dem ›*Fragment von Hyperion*‹ komprimiert wird.

April Zwei frohgemute Briefe an Neuffer, den Bestand der Freundschaft trotz aller *Metamorphosen* feiernd. Bekenntnis des Rückzugs aus *der Region des Abstrakten.* Begeisterung von Schillers ›Anmut und Würde‹, worin *das Beste aus dem Gedankenreiche, und dem Gebiete der Empfindung und Phantasie . . in Eines verschmolzen.*

Etwa 5. April Besuch Herzog Georgs von Meiningen, mit dem Charlotte Hölderlin bekannt machen will. Hoffnung, nächsten Winter zu Weimar *im Zirkel der großen Männer* zu verbringen.

21. April Predigt in Waltershausen am Ostermontag.

Nach Ostern Ablehnung eines beruflichen Angebotes aus der Heimat.

Etwa 10. Mai Auf der Rückreise von Schwaben dreitägiger Aufenthalt Schillers in Meiningen, wo ihn Frau von Kalb besucht, wohl ohne Hölderlin.

Mitte Mai Intensive Lektüre Kants. *Immer mehr enthüllt sich mir dieser herrliche Geist.*

21. Mai Noch Preis der Stille des Lebens, in der *man sich durch nichts zerstreut.*

Anfang Juni In der *einsamen Lage* Konzentration auf *die Kantische Philosophie und die Griechen.*

8./9. Juni Über Pfingsten mit Familie von Kalb in Völkershausen vor der Rhön bei der Familie von Charlottens Onkel, Freiherrn von Stein, dem »Fürsten der Rhön«.

9. Juni Antritt einer mehrtägigen Wanderung *aufs Rhöngebirge und ins Fulderland,* die Hölderlin an die Schweiz erinnern, *den kolossalischen Höhen und reizenden fruchtbaren Tälern nach.*

18. Juni Charlotte sendet Herder ein (verlornes) Gedicht Hölderlins.

1. Juli Abwehr des Wunsches der Mutter, Hölderlin möge *eine feste häusliche Lage wählen.* Es sei *Pflicht, seinen eigentümlichen Charakter zu kennen.*

10./14. Juli Erster Brief an Hegel seit dem Abschied. Vertrauen auf den Bestand der damaligen *Losung: Reich Gottes!*

Ende Juli Das Leben in Waltershausen ist jetzt *Eremitenleben,* in dem *leicht etwas Hypochondrie sich einnistet.*

17. August An einem Sonntag Ausflug auf den Gleichberg bei Römhild, 12 km nordöstlich. Genuß der weiten Rundsicht: *So studiert ich am liebsten die Geographie der beiden Halbkugeln.*

20. August Brief Charlottens an die Mutter, voll des Lobes über Hölderlin.

21. August Genugtuung über Robespierres Hinrichtung (28. 7.). An den Bruder: *Laß erst die beiden Engel, die Menschlichkeit und den Frieden, kommen, was die Sache der Menschheit ist, gedeihet dann gewiß!*

Nach Mitte Aug. Charlotte erhält aus Jena eine Schrift Fichtes, wahrscheinlich die ›Wissenschaftslehre‹. Hölderlin liest sie sofort und schreibt seine Gedanken nieder. Widerhall der sittlichen Botschaft Fichtes in dem Brief an den Bruder vom 21. 8.: *Unter rastloser Tätigkeit reift man zum Manne.*

25. August Trostbrief an Neuffer, dessen Braut an Schwindsucht krankt. *Durch große Freude und großen Schmerz reift der Mensch zum Manne.*

August/Sept. Noch volles Lob Charlottens; aber: »Das einzige Wesen, welches manchmal unzufrieden – mit Hölderlin ist – ist er selbst!«

Anfang Sept. An Schiller ›*Fragment von Hyperion*‹ gesandt.

Sept./Anfang Oktober Aufenthalt, wohl mit Kalbs, auf Charlottens Erbgut Dankenfeld im Steigerwald.

Oktober Plan eines Dramas vom Tod des Sokrates, *nach den Idealen der griechischen Dramen,* und zu einem *Aufsatz über die ästhetischen Ideen,* der entschiedener als Schiller in ›Anmut und Würde‹ über die *Kantische Grenzlinie* hinausgehen, die platonische Idee in ihr Recht setzen soll.

Oktober Rasch wachsende Bedenken Charlottens wegen der Erziehung ihres Sohnes durch Hölderlin, der »sehr empfindlich«, vielleicht »etwas überspannt« sei. Bei Hölderlin Einsicht in die Vergeblichkeit seiner angreifenden Bemühungen infolge der *sehr mittelmäßigen Talente* und der zunehmenden *Verstocktheit* des Knaben.

Mitte Oktober Umarbeitung der ›*Hymne an den Genius der Jugend*‹ zu dem Gedicht ›*Der Gott der Jugend*‹.

Anfang Nov. Reise Hölderlins mit Fritz nach Jena, von den Eltern auch zur »Entschädigung« *für so manche verlo-*

rene bittre Stunde zugestanden. Ein *königlicher Anblick .. auf der Höhe des Thüringer Waldes.*
In Jena (s. Abb. 28) Wohnung im Gartenhaus – wohl vor dem Löbder Tor – des Buchhändlers Voigt, dessen *Leseinstitut* sich Hölderlin zunutze macht.
Erster Besuch bei Schiller, bei dem ein Fremder, den Hölderlin, *einzig mit Schillern beschäftigt,* ignoriert. Der Fremde blättert unhöflich schweigend in dem soeben erschienenen *›Fragment von Hyperion‹. Ich fühlt es, daß ich über und über rot wurde.* Abends erfährt Hölderlin, daß Goethe bei Schiller war.

1. Hälfte Nov. Faszination durch Fichte, *die Seele von Jena.* Täglicher Besuch seiner Vorlesungen, zuweilen Gespräch mit ihm. Widerhall von Fichtes sittlichem Appell und Betroffenheit vom Geist von Jena: *Ich habe jetzt den Kopf und das Herz voll von dem, was ich durch Denken und Dichten, auch von dem, was ich pflichtmäßig, durch Handeln, hinausführen möchte, letzteres natürlich nicht allein. Die Nähe der wahrhaft großen Geister, und auch die Nähe wahrhaft großer, selbsttätiger, mutiger Herzen schlägt mich nieder und erhebt mich wechselsweise.*

November/Dez. Öfters Besuch bei Schiller, der *sehr freundschaftlich.* Hie und da im Klub der Professoren, aber Zurückhaltung gegenüber den *öffentlichen Zirkeln, . . wo man auf einen ziemlich guten Ton lebt.* Wohl Bekanntschaft mit der ob ihres Liebreizes umschwärmten Sophie Mereau.
Engeres Verhältnis bald zu dem Philosophen Niethammer, dessen Haus besonders seinen Landsleuten offensteht, und zu Johann Caspar Camerer, Student der Medizin, einem Landsmann.
Rapide Verschlechterung des Verhältnisses zwischen Erzieher und Zögling. *Die ganze Unmöglichkeit, auf das Kind reell zu wirken, griff meine Gesundheit und mein Gemüt auf das härteste an.*

9. Dezember Sehr unruhiger Brief Charlottens an Schiller auf Grund »vieler Nachrichten« aus Jena über »äußerst harte Behandlung« ihres Sohnes durch den Erzieher. Bitte um Diskretion und um Zusammenkunft in Erfurt, wo die »Trennung .. für Hölderlin auf die ruhigste, delikateste Weise geschehn« könne; von Schiller nicht erfüllt. (S. Abb. 29.)

Kurz vor Weihnachten Charlotte will Fritz und Hölderlin, der auf ihr und Schillers Zureden bereit ist, es nochmals zu versuchen, nach Weimar holen.

26. Dezember Doch ist Hölderlin baldiger Lösung des Verhältnisses gewärtig. Trotz der Unsicherheit seiner Lage lehnt er den Wunsch der Mutter ab, er möge sich um die Pfarrei Neckarhausen bei Nürtingen bewerben: eine solche Stelle müßte in seinem Charakter *eine mißliche Revolution .. bewirken.* Damit verbunden Absage an das Verhältnis zu Elise Lebret.

Ende Dezember Übersiedlung nach Weimar mit Mutter und Sohn.

Ende Dezember/Anfang Januar Besuch Hölderlins bei Herder, der ihm mit *Herzlichkeit* begegnet.

Anfang Januar Vergeblicher Besuch bei Goethe, den er dann bei Charlotte trifft. *Ruhig, viel Majestät im Blicke, und auch Liebe ... Man glaubt oft einen recht herzguten Vater vor sich zu haben.*

1795

Gegen Mitte Januar Nach Scheitern der *Probe* Trennung Hölderlins vom Haus von Kalb im Einvernehmen mit Charlotte, die ihn *mit Geld für ein Vierteljahr* versieht, zu häufigem Besuch einlädt und Schiller ihn zu fördern bittet, auch seine Gefährdung erkennt. »Ruhe, Selbstgenügsamkeit – und Stetigkeit werde doch endlich dem Rastlosen! Er ist ein Rad, welches schnell läuft!!« – Rückkehr nach Jena, *in eine Un-*

abhängigkeit, .. die hoffentlich nicht unfruchtbar sein soll. Bitte, die von Charlotte herzlich unterstützt wird, an die Mutter: *Gönnen Sie mir den ungestörten Gebrauch meiner Kräfte.* Die Mutter ist bereit, ihrem Sohn nach Vermögen zu helfen.

Mitte Januar Starker Eindruck von ›Wilhelm Meisters Lehrjahren‹ (1. Band), soeben erschienen, vielleicht von Schiller geliehen.
Abends 6—7 Uhr wieder Teilnahme am Kolleg des »Titanen« Fichte. Öfters Besuch bei Schiller. Sonst zurückgezognes Leben, Konzentration *auf die Umbildung der Materialien* des Romans.

18. Januar Im Professoren-Klub Gespräch mit Goethe und Maler Meyer.

19. Januar Aus Anlaß von Neuffers Frage nach der *Tübinger Geschichte* mit Elise Lebret nochmals, wie 1794 Mitte Januar, Erwähnung der Kirms: *In Waltershausen hatt ich im Hause eine Freundin, die ich ungerne verlor, .. die jetzt in Meinungen Gouvernante ist. Sie ist ein äußerst verständiges, festes, und gutes Weib.*

Gegen Ende Januar Einladung Schillers, der sich seines »liebsten Schwaben« *recht treulich* annimmt, zur Mitarbeit an den ›Horen‹ und an seinem Musen-Almanach.

26. Januar Brief an Hegel über die Trennung vom Hause Kalb und besonders über Fichtes Philosophie. Hölderlin geht *schon lange mit dem Ideal einer Volkserziehung* um.

Februar Oft abends Beisammensein mit Camerer, der *einer von den wenigen Menschen* ist, die den Dichter *eigentlich kennen, .. an Leib und Seele im höchsten Negligé.* Trotz der Freude an der Unabhängigkeit Aufkommen einer innern Unsicherheit. Schwanken zwischen dem Gedanken an Heimkehr, an eine Dozentur in Jena und an *eine neue Hofmeisterstelle.*

9. März Schiller empfiehlt Cotta den Verlag des ›*Hy-*

perion«. Cotta sagt am 20. 3. zu und bietet am 27. 4. das geringe Honorar von 100 Gulden.

März Freundschaft mit Sinclair, der in Hölderlin seinen »Herzensfreund instar omnium« findet und »mit diesem strahlenden liebenswürdigen Vorbild .. künftigen Sommer auf einem einsamen Gartenhaus zubringen« will. Umzug Hölderlins dorthin in der ersten Aprilhälfte. (S. die Erl. zu Abb. 28.)

27. März In Nürtingen Verkauf des Schweizerhofes durch die Mutter, die bis Frühjahr 1798 darin wohnen bleibt.

Ende März/Anfang April Siebentägige *Fußreise* nach Halle, Dessau und Leipzig. Wohl längs der Saale über Naumburg (oder Weißenfels) zum *Schlachtfeld von Roßbach.* In Halle Interesse für das pietistische *Waisen- und Erziehungshaus,* aber Ablehnung der philanthropischen Erziehungsmethode. In Dessau *seltne Freude* an dem 1787 streng regelmäßig angelegten *neuen Kirchhof,* besonders an dem klassizistischen *edlen Portal* mit der Gestalt der *Hoffnung.* Ein *herrlicher Tag* in den *Gärten von Luisium und Wörlitz* bei Dessau. In Leipzig Besuch des Philosophen Heydenreich und des Verlegers Göschen. Rückweg über das Schlachtfeld von Lützen, *wo der große Gustav Adolf fiel.*

April Hölderlin kommt *beinahe gar nicht unter die Menschen,* ausgenommen Besuche bei Schiller. Auf seine Veranlassung Übersetzung von Ovids Phaëthon in Stanzen. Hölderlin fühlt sich davon sehr befriedigt, später jedoch *mit dem albernen Probleme geplagt.*

13. April Bedeutsamer Brief an den Bruder, worin Hölderlin nacheinander Grundsätze und Folgerungen der Kantischen Ethik und der Fichteschen Wissenschaftslehre entwickelt, aber Kants kategorischen Imperativ zum Glauben an den *Gott in uns* umbiegt.

8. Mai Trostbrief an Neuffer, dessen Braut am 25. 4. gestorben. Erschütterung über die Unfaßlichkeit des Todes an sich: *der Gott, zu dem ich betete als Kind, mag es mir verzeihen! ich begreife den Tod nicht in seiner Welt.* Die Liebe der beiden war *ein Wunder in der jetzigen herzlosen kleinen Welt.* Plan, bald zu dem Freunde zu kommen.

Frühsommer In Niethammers Haus an einem Abend Zusammentreffen Hölderlins, Fichtes und Friedrichs von Hardenberg. »Viel über Religion gesprochen und über Offenbarung und daß für die Philosophie hier noch viele Fragen offenbleiben.« Dort auch Zusammensein mit einigen der freien Männer, die sich um Fichte scharten.

Ende Mai/Anfang Juni Plötzlicher Aufbruch in die Heimat: *Ein vertriebener Wandrer, Der vor Menschen und Büchern floh (›Heidelberg‹),* fortgetrieben von *Luftgeistern mit . . . metaphysischen Flügeln.* Die Gründe der »Flucht« nicht ganz erhellbar: außer dem Verlangen in die Heimat wohl das Gefühl erdrückender Übermacht Schillers und Fichtes.

Etwa 13. Juni Auf dem Heimweg in Heidelberg, wohl auf Vermittlung Sinclairs, Treffen mit dem Arzt und Naturforscher Johann Gottfried Ebel in Frankfurt, der der Familie Gontard nahesteht. Rasche, dauernde Freundschaft.

Sommer In Nürtingen zeitweise tiefe Verstimmung, *Maladie und Verdruß,* Lähmung des Schaffens, *Mißfallen* an sich und der Umgebung. Am 23. 7. gegenüber Schiller Versuch der *Apologie* des Weggangs aus Jena. Schiller schweigt bis zum 24. 11. 1796. (S. Abb. 31.)

Etwa Ende Juli Besuch in Tübingen. Bedeutsames philosophisches Gespräch mit Schelling.

August Ebel bietet Hölderlin die Stelle im Hause Gontard an.

2. September Antwort Hölderlins. Entwurf eines Erziehungsprogramms in Umbildung Rousseauscher Gedanken; insbesondere soll *die Geschichte besserer Zeiten* auf das Kind wirken.

4. September Brief an Schiller mit bedeutsamem Ansatz philosophischer Gedanken. Übersendung der Gedichte ›*Der Gott der Jugend*‹ und ›*An die Natur*‹. Noch immer Gemütsverstimmung.

Ende September/Anfang Oktober Über Stuttgart ins Unterland. Mit Neuffer Gespräch über Schillers Gedicht ›Das Reich der Schatten‹, das Hölderlin bis zur *Trunkenheit* begeistert. Wohl Bekanntschaft mit dem kunstsinnigen Kaufmann Christian Landauer, der bald Hölderlins Freund wird. Vielleicht Besuch bei Conz in Vaihingen, sicher in Markgröningen, wo Magenau den Freund »abgestorben allem Mitgefühl« findet.

Herbst Vermutlich Besuch bei der Schwester in Blaubeuren.

November Zunehmend ungeduldiges Warten auf Bescheid aus Frankfurt. – Am 9. 11. in einem freundschaftlichen Mahnbrief an Ebel Bekenntnis zur *Vereinigung der Geister* in einer *unsichtbaren streitenden Kirche*.

Gegen Ende Nov. Ungefähr achttägiger Aufenthalt in Stuttgart, u. a. zur Ausstattung. Nach Rückkehr wachsende Mißstimmung; *wie immer* in solchen Zuständen *Zuflucht zu Kant*.

Anfang Dezember Bescheid Ebels. Am 7. 12. Zusage an ihn.

Gegen Mitte Dezember Besuch Schellings in Nürtingen. Fortsetzung des Tübinger philosophischen Gesprächs.

Etwa 15. Dez./20. Dez. Von Nürtingen nach Stuttgart. Von da zu den Verwandten in Löchgau. Dort über die Festtage.

28. Dezember Ankunft in Frankfurt, nach *beschwerlicher und langwieriger* Reise durch kriegsnahes Gebiet. Unterkunft zunächst in dem einfachen Gasthaus zur Stadt Mainz, unweit vom Weißen Hirsch.

30. Dezember Abends Besuch von dem achtjährigen Henry Gontard.

31. Dezember Wohl nach Antrittsbesuch *nähere Bekanntschaft* mit Familie Gontard in dem weitläufigen Weißen Hirsch. (S. Abb. 32. 33.)

1796

Anfang Januar Besuch in Homburg bei Sinclair, der von Jena heimgekehrt und in den Dienst des Landgrafen getreten. Weitere Besuche dort 1796: etwa Anfang Februar, gegen Ende Mai, Mitte November. – In Homburg Bekanntschaft mit *sehr interessanten Menschen*: sicher Hofrat Jung, wohl auch Pfarrer Leutwein, beide Sinclairs Mentoren und Freunde, wie er überzeugte Demokraten. Jung macht Hölderlin mit seiner Ossian-Übersetzung bekannt.

Etwa 10. Januar Antritt der Stelle im Haus Gontard. Unterricht nur vormittags; Gehalt 400 Gulden. – Der erste Eindruck: *die besten Menschen zu Freunden.* Gedämpfter am 15. 1. gegenüber Neuffer: er lerne *die Menschen nie verstehen . . ., ohne einige goldne kindische Ahndungen aufzuopfern,* und müsse sich damit abfinden, *sich der ewigen Schönheit mehr durch eignes Streben und Wirken . . . zu nähern,* als daß er *etwas, was ihr gliche, vom Schicksal erwartete.* Hölderlin denkt dabei wohl an die Frau des Hauses, deren Schönheit ihm schon jetzt Abbild *der ewigen Schönheit* ist. (S. Abb. 34.)

15. Januar Zusammenkunft mit Ebel.

11. Februar Der Dichter fühlt sein Wesen sich *freier und schneller* regen. – Plan, den Bruder in seine Nähe zu holen. – Bitte um seine Flöte: sicher zur Musik mit Frau Gontard und ihrer schönen Freundin Marie Rätzer, Erzieherin ihrer Töchter.

Februar Arbeit für Niethammers ›Philosophisches Journal‹: ›*Neue Briefe über die ästhetische Erziehung des Menschen*‹. Grundgedanken am 24. 2. Niethammer mitgeteilt. Nicht ausgeführt.

Etwa Ende Februar In Schillers Musen-Almanach 1796 vermißt Hölderlin zu seinem Schmerze sein Gedicht ›*An die Natur*‹. An Neuffer: *Wir werden doch, was wir werden sollen.*

März Sorgenloses Leben: *und so leben ja die seligen Götter.* Dem Bruder gegenüber Gedanken vom *stillen Lande der Schönheit.*

April Durchreise Schellings, Fortsetzung der Gespräche, deren Niederschlag das »Älteste Systemprogramm des deutschen Idealismus«.

15. Mai An Cotta über Komprimierung des ›*Hyperion*‹, aus der dann gründliche Überarbeitung mit Rückkehr zur Briefform wird.

Mai Umzug der Familie in ein gemietetes Landhaus auf der Pfingstweid, östlich der Stadt. Hier wohl, nach Hölderlins Erinnerung, zuerst die *ungestörten Stunden,* da beide *so in himmlischem Frieden neben einander* lebten.

Juni Anschaffung des eben erschienenen 1. Teils von Fichtes ›Naturrecht‹.

Gegen Ende Juni Ausdruck der Verachtung der *Lumpereien des politischen und geistlichen Württembergs und Deutschlands und Europas.* Neuffer bekennt der Dichter seine Liebe, die ihn *in einer neuen Welt* sich fühlen läßt. Erste lyrische Frucht des Erlebnisses: die Reimhymne ›*Diotima*‹.

Anfang Juli Vorstoß der Sambre-Maas-Armee über die Lahn gegen Frankfurt, wo »die Verwirrung .. unbeschreiblich« wird. Am 2. 7. Einbruch der Rhein-Mosel-Armee in Württemberg.

10. Juli Flucht der Familie Gontard mit Marie und Hölderlin über das von Flüchtlingen überflutete Hanau und Fulda nach Kassel. Der Hausherr bleibt in Frankfurt zurück, das nach heftigem Bombardement am 14. kapituliert.

14. Juli bis 9. August Aufenthalt in Kassel, wo der Plan, nach Hamburg zu fliehen, aufgegeben wird. Am 25. 7. trifft

Wilhelm Heinse ein, der, mit Gontards befreundet, ein gründlicher, wenn auch einseitiger Kunstkenner, in Kassel wohl den Cicerone macht. *Ein durch und durch trefflicher Mensch.* (S. Abb. 36)
Besichtigung der Anlagen an der Wilhelmshöhe, *die unter die ersten in Deutschland gehören,* und der *großen und reizenden Natur* in der »romantischen und erfreulichen« Umgebung. – *Bekanntschaft mit braven Künstlern,* wohl besonders J. H. Tischbein d.J., Inspektor der Gemäldegalerie, Bruder von Goethes Freund in Rom. – Besuche der Galerie, darin Werke von Rubens, Rembrandt, Claude Lorrain, und des Museum Fridericianum, darin neben Kopien Originale griechischer Plastik. Erste Begegnung Hölderlins mit großer bildender Kunst. *Die Gemäldegalerie und einige Statuen im Museum machten mir wahrhaft glückliche Tage.*

24. Juli Brief an Schiller, von dem sich Hölderlin *ein paar freundliche Worte erbeuten* möchte, mit Gedichten für den Musen-Almanach 1797 (für den sie zu spät kommen): ›*An die Unerkannte*‹, ›*An Herkules*‹, ›*Diotima*‹ (Mittlere Fassung), ›*An die klugen Ratgeber*‹. 1796 auch ›*Die Eichbäume*‹.

Anfang August Sorge um die Seinen nach Besetzung Württembergs, das am 7. Sonderfrieden schließt, doch nach wie vor sehr schwer zu leiden hat; aber auch Erhebung ob *eines so ungeheuern Schauspiels, wie die Riesenschritte der Republikaner gewähren.*

9. August Abreise mit Heinse nach Bad Driburg, *durch wilde schöne Gegenden.*

11. August Vormittags Ankunft in Driburg: »ein romantisches, quellenreiches Tal, von einem Amphitheater waldichter Höhen umgeben«. Im ganzen lebt die kleine Gesellschaft *sehr still*: *wir . . machten unter uns selbst den besten Zirkel aus.* Gänge zum Knochenberg, mit Aussicht bis zum Brocken, »wild und prächtig«; zu dem Tal an seinem Fuße, *wo Hermann die Legionen des Varus schlug;* sicher zur Ruine der Feste Iburg über der Stadt. – Hölderlin braucht *das Bad ein wenig* und trinkt *das köstliche stärkende und reinigende Mineralwasser.*

August Hegel widmet Hölderlin sein tiefsinniges Gedicht ›Eleusis‹. (S. Abb. 37.)

8. September Räumung Frankfurts nach dem Sieg Erzherzog Karls.

13. September Rückreise nach Kassel, wo man noch vierzehn Tage weilt.

September Ebel geht als entschiedener Republikaner nach Paris, um die Republik an ihrem Ursprung kennenzulernen.

17. September Stäudlin sucht im Rhein bei Kehl den Tod.

20. September Tod der Mitte Juli 1795 geborenen Tochter von Wilhelmine Marianne Kirms in Meiningen.

Um Ende Sept. Rückkehr nach Frankfurt. Gontard noch in Nürnberg.

13. Oktober Wohl Folge des Verhaltens der Franzosen: *Du wirst mich weniger im revolutionären Zustand finden . . . Ich mag nicht viel über den politischen Jammer sprechen. Ich bin seit einiger Zeit sehr stille über alles, was unter uns vorgeht.*

22. Oktober Der kultivierte und angesehene Weinhändler Gogel, Verwandter Gontards, Bilder- und Büchersammler in der Goldenen Kette am Roßmarkt, erklärt sich für Hegel als Hofmeister. Hölderlin übermittelt das Angebot am 24., Hegel nimmt es im November für Januar an. Bekenntnis zu der alten Freundschaft. *Du bist so manchmal mein Mentor gewesen, wenn mein Gemüt zum dummen Jungen mich machte, und wirsts noch manchmal sein müssen.*

Oktober »Sehr kläglicher Brief« von Ebel, der im Paris des Direktoriums »in allen seinen Erwartungen betrogen« ist.

20. November Bei Ablehnung eines Rufs auf eine *Präzeptoratstelle* in Nürtingen gegenüber der Mutter zum ersten Mal ein offenes Bekenntnis zum Dichterberuf, zu den *frohen, wenigstens unschuldigen Beschäftigungen,* die ihm, *durch Natur und Gewohnheit, .. unentbehrliches Bedürfnis geworden sind.*

20. November Ob Schillers Schweigen ratloser Brief an ihn (vgl. die Erl. zu Abb. 31): *Haben Sie mich aufgegeben? ... Ich bin verlegen, skrupulös über jedes Wort.* Am 24. Antwort Schillers in »teilnehmender Freundschaft«: Ratschläge für den Dichter – »Fliehen Sie ... die philosophischen Stoffe, ... bleiben Sie der Sinnenwelt näher« – und Kritik an der Länge der Reimhymne ›*Diotima*‹.

1797

10. Januar Tiefgründiger Trost auf Ebels Klage vom Oktober. Starker Wille, *unverhüllt die schmutzige Wirklichkeit zu sehen.* Aber Glaube, *daß ... jede Gärung und Auflösung entweder zur Vernichtung oder zu neuer Organisation notwendig führen muß. Aber Vernichtung gibts nicht, also muß die Jugend der Welt aus unserer Verwesung wiederkehren.* Glaube auch an eine unerahnbare *künftige Revolution der Gesinnungen und Vorstellungsarten,* und an Deutschlands schöpferischen Beitrag zu diesem Prozeß. *Deutschland ist still, bescheiden, ... und große Bewegungen sind in den Herzen der Jugend.*

2. Hälfte Januar Eintreffen Hegels. In der Folge reger, für Hölderlin wohltätiger Umgang: *Ich liebe die ruhigen Verstandesmenschen, weil man sich so gut bei ihnen orientieren kann.*

30. Januar Wieder Ablehnung einer von der Mutter angeratnen Pfarrei.

16. Februar Brief an Neuffer voll des Glückes über die

ewige fröhliche heilige Freundschaft mit einem Wesen, das sich recht in dies arme, geist- und ordnungslose Jahrhundert verirrt hat!

Wohl 24. März Wie sicher öfters Besuch eines Konzerts. Gespräch mit dem Kaufmann Ernst Schwendler, der von Meiningen her die Kirms wie auch Hölderlins »Verhältnisse« in Waltershausen kennt. – Im Frühling Fragment des schönen hymnischen Gedichts in Hexametern ›*An den Frühling*‹.

Mitte April Von ›*Hyperion*‹ erscheint der 1. Band. Von zehn Freiexemplaren erhält wohl das erste, mit Widmung, Diotima. (S. die Erl. zu Abb. 44.)
Besuch des Bruders, der im Hause wohnt und mit den Kindern Freund wird. – Tags darauf nach Homburg zu Sinclair, von dort am dritten Tag auf den Feldberg »mit seiner unermeßlichen Fernsicht« ringsum. Dann nach dem stark zerstörten Mainz. Besuch des Historikers Niklas Vogt, durch Persönlichkeit und Schicksal *ein merkwürdiger Mann.* – Am Nachmittag des 20. rascher Aufbruch Karls infolge Bedrohung Frankfurts durch die Sambre-Maas-Armee.

22. April Ein Handstreich französischer Kavallerie auf das Bockenheimer Tor wird mühsam angehalten durch die Ankunft eines *Kuriers von Buonaparte,* der die Friedens-Präliminarien von Leoben bringt und *die ganze Stadt mit Friedensjubel erfüllt.*

Anfang Mai Umzug der Familie *in ein Landhaus bei der Stadt,* wohl den Adlerflychtschen Hof. (S. Abb. 39.)
Sorglos-vertrautes Leben Frau Gontards mit Hölderlin. Marie an eine Freundin: »den ganzen Morgen ist Frau Gontard mit Hölderlin oben in der Laube und im Kabinett« des Gartens. Entstehung des epodischen Gedichts ›*Diotima*‹: *Komm und siehe die Freude um uns . . .*

20. Juni Hölderlin sendet Schiller den 1. Band des ›*Hyperion*‹ mit den Gedichten ›*An den Aether*‹ und ›*Der Wanderer*‹, an deren guter Aufnahme ihm sehr liegt. Nach wie vor wirbt er um Schiller: *von Ihnen dependier ich unüberwindlich.*

27. Juni Schiller sendet Goethe, ohne Hölderlins Namen zu nennen, die Gedichte ›*An den Aether*‹ und ›*Der Wanderer*‹, die Goethe am 28. »nicht ganz ungünstig«, doch ohne rechte Einfühlung beurteilt. Die folgende Aussprache der Großen wird dem Menschen und dem Dichter nicht gerecht. Auf Schillers Bitten empfängt Goethe in Frankfurt am 9. 8. Siegfried Schmid, dessen paar Gedichte ihn von dem »Halbwilden« aus Friedberg etwas hoffen lassen. Doch urteilt Goethe vernichtend, worauf Schiller Schmid, Jean Paul und Hölderlin in Einem Atemzug als allzu »subjektivisch« und »überspannt« abtut. Am 22. 8. ist Hölderlin auf Schillers Rat bei Goethe, der diesmal milder urteilt: ». . . etwas gedrückt und kränklich . . ., aber . . . wirklich liebenswürdig und . . . mit Ängstlichkeit offen«. Er rät ihm, »kleine Gedichte zu machen und sich zu jedem einen menschlich interessanten Gegenstand zu wählen«.

Juli Die Krise von Hölderlins Leben im Hause bricht aus. Am 10. wird im Weißen Hirsch Marie Rätzers Hochzeit ausgerichtet. Am selben Tage, wohl vom Adlerflychtschen Hof, an Neuffer: *ich schweige und schweige, und so häuft sich eine Last auf mir, die . . den Sinn unwiderstehlich mir verfinstern muß . . . Ich bin zerrissen von Liebe und Haß.*

August Faszination durch Empedokles; *detaillierter Plan zu einem Trauerspiele,* dessen Held ein Verächter *alles sehr bestimmten Geschäfts, . . ein Todfeind aller einseitigen Existenz.*

Mitte August Durch einen (verlornen) Brief Schillers fühlt sich Hölderlin *ein neues Leben gegeben.* Doch was allein er sucht und braucht, ist *Freiheit und Ruhe.*

11. September Beginn der Messe; Rückkehr Frau Gontards mit den drei Mädchen in die Stadt, während Hölderlin mit Henry auf dem Hofe bleibt. Etwa vom 11. bis 16. Anwesenheit Landauers und Neuffers, der Diotimas »hohe Schönheit« bewundert.

30. September Empfang des Resthonorars von 81 Gulden für *›Hyperion‹*.

Oktober Wie öfters mehrwöchiger Besuch von Susettens Bruder Henry Borkenstein und seiner Frau aus Hamburg, der viele Zerstreuungen mit sich bringt, »denn die wollen unterhalten sein«. Hölderlin mit Bitterkeit: *dieses ganze Jahr haben wir fast beständig Besuche, Feste und Gott weiß! was alles gehabt, wo dann freilich meine Wenigkeit immer am schlimmsten wegkommt.*

Mitte Oktober Besuch Siegfried Schmids auf dem Wege nach Basel, der von den zwei Stunden eine »besondere Wirkung« davonträgt.

November Gegenüber dem Bruder Erklärung der *Opposition* zum *herrschenden Geschmack,* Bekenntnis zum *Eigensinne,* Berufung auf Klopstocks Epigramm gegen »die Dichter, die nur spielen«; aber auch Enthüllung innerer Not infolge der »Anfechtung« *vom Nichts, das, wie ein Abgrund, um uns her uns angähnt, oder auch vom tausendfachen Etwas der Gesellschaft . ., das gestaltlos, seel- und lieblos uns verfolgt, zerstreut . . . Die Not und Dürftigkeit von außen macht den Überfluß des Herzens Dir zur Dürftigkeit und Not.* – Der Mutter gegenüber Andeutung der gespannt und demütigend gewordenen Stellung im Hause, *wo sich immer zwei Parteien für und gegen* ihn *bilden, wovon die eine fast* ihn *übermütig und die andre sehr oft niedergeschlagen . . . macht.* Vorsatz des Rückzugs auf das *eigne Wesen,* um die störende Wirkung der *Gesellschaft* auszuschalten.

22. Dezember In Blaubeuren Geburt des zweiten Kindes der Schwester, Fritz. Hölderlin Pate in absentia. Am 10. 1. 1798 Brief an Breunlin: Deutung der Taufe als *Zeugnis unseres Glaubens an die künftige Menschenwürde des Kindes, unserer Hoffnung, daß das heilige unentwickelte*

Leben hervorgehn wird . . zum Gefühle der lebendigen Gottheit, in der wir leben und sind, zu dem echten Christusgefühle, daß wir und der Vater Eins sind.

Dezember Hölderlin hat, wohl seit längerem, zur Beurteilung die Ossian-Übersetzung Jungs, der sie am 29. Cotta anbietet und Hölderlin seinen »kompetenten Richter« nennt. Weitere, teils sicher, teils vermutlich 1797 entstandene Gedichte:
Mehrere Epigramme (in Hölderlins Schaffen neu) und kurze distichische Gedichte, darunter das herrliche Gebet an Urania ›*Diotima*‹: *Komm und besänftige mir, die du einst Elemente versöhntest, Wonne der himmlischen Muse, das Chaos der Zeit*; das Hexameter-Fragment ›*Die Muße*‹; der das Zeitgeschehen groß schauende und deutende Entwurf: *Die Völker schwiegen . .*; ›*Buonaparte*‹ und Entwurf der Ode ›*Empedokles*‹.

1798

Um Neujahr Bekenntnis des Glaubens an einen *guten allerhaltenden Geist . . . des Friedens und der Ordnung,* der *alles durch die Mißtöne des Lebens zu höhern Harmonien* führt.

12. Februar Reflexion Hölderlins über die »Zerstörbarkeit« seines Wesens, dem es eigen, *immer seine ganze Seele . . . der zerstörenden Wirklichkeit auszusetzen*; über die *Wurzel* seines Übels: *Ich möchte der Kunst leben . . . und muß mich herumarbeiten unter den Menschen, daß ich oft so herzlich lebensmüde bin.* Hoffnung auf Besuch zuhaus im März, auf Ruhe und Sammlung für seine *seit Jahren so mannigfach, so oft erschütterte Natur.* – Eigen- und einzigartiger Rückblick auf das Verhältnis zu Elise Lebret mit seinem *interesselosen Interesse* und dessen Folgen: *Ich hab es genug abgebüßt durch die Frivolität, die sich dadurch in meinen*

Charakter einschlich, und aus der ich nur durch unaussprechlich schmerzliche Erfahrung mich wieder loswand. (Mit der *Frivolität* vielleicht das Verhältnis zur Kirms gemeint?)

Februar/März Die Eidgenossenschaft wird von Frankreich überrannt, die Helvetische Republik angebahnt. Daher unterbleibt eine Reise mit Henry nach Genf wie auch der ersehnte Besuch zuhause.
Revolutionäre Umtriebe in Süddeutschland, mit dem Ziel einer Alemannischen Republik, vom Direktorium und von einzelnen Führern der württembergischen Landstände begünstigt, von Frankreich aber Jahrs darauf gedrosselt. – Hölderlin, der im französischen Mainz die endlich wahrhaft republikanische Verwaltung und das Ende des *militärischen Despotismus* begrüßt, beruhigt am 7. 4. die Mutter über *die Unruhn in Württemberg,* wünscht aber, daß *die württembergischen Herren Deputierten etwas mehr Mut und Geist .. in Rastatt zeigten.*

Frühjahr In Nürtingen Umzug der Mutter, wohl schon jetzt ins Haus des Schwagers ihrer Tochter, Kaufmann Breunlin, in der Kirchgasse.
Hölderlin, der im Winter *sehr an Nervenkopfweh litt,* fühlt sich dank dem Frühling *wieder gesünder.*

Um Mitte April Verächtlich-bittere Worte über das Frankfurter Milieu, wo, *wenig echte Menschen ausgenommen, lauter ungeheure Karikaturen* leben.

Juni/August Hölderlin schickt Neuffer 18 epigrammatische Oden für sein ›Taschenbuch für Frauenzimmer von Bildung‹ 1799.

Sommer Wohl im Mai Umzug auf den Adlerflychtschen Hof, wo der Sommer nicht ohne Störungen und Trübungen vergeht. Der Dichter ist *meist zu kränklich oder doch zu müde ... zu etwas andrem* als dem Unterricht. Den *beinahe täglichen Kränkungen* zum Trotz harrt er noch aus, hat aber Tage tiefer Mutlosigkeit: *es sind so wenige, die noch Glau-*

ben an mich haben, und die harten Urteile der Menschen werden wohl so lange mich herumtreiben, bis ich am Ende, wenigstens aus Deutschland, fort bin. Trotzdem *Glauben* an sich selber und sein Dichtertum. *Lassen wir uns irre machen an uns selbst, an unserm* θεῖον (Göttlichen) . . . , . . *dann ist auch alle Kunst und alle Müh umsonst.*

3. Juli Henry lernt bei Hölderlin »die römische Geschichte aus dem Plutarch«.

Etwa Ende Juli Absendung eines schon am 30. 6. geschriebnen, bedrückten Briefes an Schiller mit den Gedichten *›Dem Sonnengott‹, ›Der Mensch‹, ›Vanini‹, ›Sokrates und Alcibiades‹, ›An unsre großen Dichter‹.* Wohl infolge Verspätung nimmt Schiller nur die zwei letzten, kürzesten als Füllsel in seinen Musen-Almanach 1799 auf. Hölderlin mag sich von dem Meister aufs neue zurückgewiesen gefühlt haben.

Etwa 25. Sept. Trennung vom Hause Gontard, nach aggressiven Worten des Hausherrn, auf die hin die ebenfalls tief verletzte Frau Gontard dem Dichter den alsbald bereuten Rat gibt, sich »auf der Stelle . . . zu entfernen«. Am 27. rührendes Briefchen Henrys: »Ich halte es fast nicht aus, daß Du fort bist.« Gleich darauf untersagt ihm der Vater den Verkehr mit Hölderlin.
Auf Sinclairs Rat wohnt Hölderlin in Homburg, bei Glaser Wagner in der Haingasse, um 70 Gulden jährlich, – *gegen das Feld hinaus, . . . Gärten vor dem Fenster und einen Hügel mit Eichbäumen, und kaum ein paar Schritte in ein schönes Wiestal.*

Ende September Besuch in Frankfurt, wohl bei Hegel, ohne Wiedersehn mit Diotima, die bis zum 5. 10. den ersten ihrer erhaltnen siebzehn Briefe schreibt: erfüllt vom Schmerz der Trennung, von Leiden an dem Schicksal, öfters auch von Angst vor Verlust oder Entdeckung, aber auch von unerschütterlichem Glauben an die Liebe, wenngleich zum

Schluß hin tragisch verdüstert (vgl. die Erl. zu Abb. 45). – Von seiner Verstörung durch den Abschied zeugt wohl ein späterer Rückblick auf den Anfang seines *Aufenthalts in Homburg*: *ein Unglaube an die ewige Liebe hatte sich meiner bemächtiget . . . ich hatte gerungen bis zur tödlichen Ermattung, um das höhere Leben im Glauben und im Schauen festzuhalten.*

4./5. Oktober Wiedersehen am Abend im Schauspiel. Über Nacht wohl im Weidenhof an der Zeil. Am Nachmittag danach auf Diotimas Bitten kurze, heimliche Zusammenkunft in ihrem Zimmer. So auch im November und Dezember, jeweils am ersten Donnerstag, bei schlechtem Wetter am »ersten darauf folgenden schönen Komödien-Tag«.

10. Oktober Als Zweck der *längstvorbereiteten Veränderung* gibt Hölderlin der Mutter den Wunsch an, sich *durch ungestörte Beschäftigung endlich einen geltenden Posten in der gesellschaftlichen Welt vorzubereiten.* Bald darauf macht er die Verpflichtung geltend, *mit lebendiger Kraft ein Jahr lang in den höhern und reinern Beschäftigungen zu leben,* zu denen ihn *Gott vorzüglich bestimmt* habe: die erste offene Berufung auf seine höhere »Bestimmung«.

Etwa Mitte Oktober Aufwartung am Hofe, doch Vorsatz der Zurückhaltung. (S. Abb. 46. 47.) Die einundzwanzigjährige, tiefreligiöse Prinzessin Auguste faßt nach tiefer Bezauberung durch ›*Hyperion*‹ eine schwärmerische Neigung zu dem Dichter, ohne ihn mehr als »vielleicht sechsmal« zu sehen. »Aber die Einbildungskraft hatte freies Spiel.« (S. Abb. 48.)

12. November In einem Brief an Neuffer erörtert Hölderlin sein Problem: *das Lebendige in der Poesie* zu treffen.

Etwa 13. Nov. Sinclair reist als Vertreter Homburgs zum Rastatter Kongreß. Um den 21. kommt Hölderlin auf seine Einladung dorthin. Gedanke an einen Besuch in der Heimat wegen schlechten Wetters und Kränklichkeit aufgegeben. – In Rastatt neben der Regierungsgesandtschaft

Württembergs halboffizielle Abordnung der Landstände; zeitweilig dabei der Bürgermeister von Ludwigsburg, Landschaftsassessor Baz, der eine politische Umwälzung des Landes erstrebt und darin mit Sinclair einig ist. – Der *eigentliche Gewinn* seines Aufenthalts: *einige junge Männer voll Geist und reinen Triebs,* wohl politische Gesinnungsgenossen Sinclairs, besonders der Greifswalder Friedrich Muhrbeck.

Anfang Dez. Rückkehr nach Homburg, wohl in Gedanken an das heimliche Treffen mit Diotima am 6.

Mitte Dezember Die Lektüre des Diogenes Laertius, dessen Empedokles-Kapitel Hölderlins Hauptquelle für sein Drama wird, regt ihn zu Reflexionen über das *Einzelne* und das *Ganze* an und zur Erkenntnis, es sei *die erste Bedingung alles Lebens . . . , daß keine Kraft monarchisch ist im Himmel und auf Erden.*

24. Dezember Brief an Sinclair nach Rastatt. *Ich habe sehr an Glauben und Mut gewonnen.* Aber diskrete Abgrenzung des eignen geistigen Bereiches von dem des Freundes.

Ende Dezember Von der Mutter erbetnes Gedicht zum Geburtstag der Großmutter (30. 12.). Dabei ergreifen den Dichter Gedanken über seine inneren *Verwandlungen,* seine *Vergangenheit und Gegenwart.* Anläßlich der Schlichtheit des Gedichtes: *Es gehet mir überhaupt manchmal so, daß ich meine lebendigste Seele in sehr flachen Worten hingebe.* Ferner noch in Frankfurt entstanden: *Da ich ein Knabe war . .*; schon in Homburg, im ersten Schmerz der Trennung: ›*Achill*‹.

1799

Silvester und Neujahr Bedeutsamer, umfangreicher Brief an den Bruder: über den *ruhigen Verstand, die heilige Ägide, die im Kriege der Welt das Herz vor giftigen Pfeilen bewahrt*; über den *günstigen Einfluß philosophischer und* *politischer Lektüre auf die Bildung unserer Nation,* deren *Tugenden und Mängel . . . auf eine ziemlich bornierte Häuslichkeit* zurückgehn; über Kant als *Moses unserer Nation, . . . der das energische Gesetz vom heiligen Berge bringt*; über Wesen und Wirkung der Poesie, die Sammlung und Ruhe schafft: *die lebendige Ruhe, wo alle Kräfte regsam sind.* Schließlich Bekenntnis der Bereitschaft, notfalls *die Feder unter den Tisch* zu werfen und dahin zu gehen, *wo die Not am größten ist.*

Januar Ebenso bedeutsamer Brief an die Mutter: wieder über seine »Zerstörbarkeit«, die ihn täglich *festen, getreuen Sinn* wünschen läßt, besonders jetzt, da er sich nach *tausendfältiger Unruhe . . am Wohllaut des Guten und Wahren und Schönen . . sammeln und stillen mag*; über die Verzerrung lebendiger Religion durch *die Schriftgelehrten und Pharisäer unserer Zeit,* die Christus, *den Lebendigen, zum leeren Götzenbilde machen*; über seine unausrottbare *Neigung zur Poesie* als dem *unschuldigsten aller Geschäfte*; über die Unvereinbarkeit von *Kunst,* die *ein ganzes Menschenleben* fordert, und bürgerlichem *Amt.*

Nach Mitte Februar Rückkehr Sinclairs aus Rastatt mit Muhrbeck. Er hofft, der gemeinsame Sommer werde »époque« in ihrem Leben machen, und vermutet Hölderlin bei der Arbeit an »Agis«: doch wohl einer Tragödie über den sozialreformerisch gesinnten König von Sparta. – Reger Umgang Hölderlins mit beiden. Das Gespräch geht wohl zum großen Teil um aktuell-politische Probleme. Doch übt der Dichter Maß, weil er oft *seinen ganzen Sinn, unzerstreut und unberauscht von andern Ideen und Interessen, zu seinem Geschäfte braucht.*

2. März A. W. Schlegel hebt in einer abfälligen Rezension von Neuffers Taschenbuch Hölderlins Beiträge als »voll Geist und Seele« rühmend hervor. Hölderlin teilt die Sätze seiner Mutter als *kleine Freude* mit.

11. März Kurze Zusammenkunft mit Diotima und Brieftausch.

Etwa Ende März Eine *Gallenkolik* lähmt die Arbeitskraft des Dichters, der darunter leidet, öfters *müßig und kopflos den ganzen Tag dazusitzen.* Der behandelnde Dr. Müller stellt starke »Hypochondrie« fest: vielleicht Nachwirkung des Abschieds von Diotima, vielleicht heimlicher Vorbote der Krankheit. – Anderseits Freude an den *seltnen Schönheiten* der Gegend und an Gängen auf den *Hügel mit Eichbäumen,* von dem er *über Frankfurt in die weiten Fernen hinaus* sieht: *diese unschuldigen Augenblicke geben mir dann wieder Mut und Kraft zu leben und zu schaffen.*

5. April Zusammenkunft mit Diotima, die für die Sommermonate auf dem Adlerflychtschen Hof Austausch der Briefe »durch die Hecke« vorschlägt. So zum ersten Mal am 9. 5.

April bis Ende Juni Aufenthalt Böhlendorffs in Homburg, der seine Freunde dort »eines Volkes wert« findet. Begeisterung für ›*Hyperion*‹, »eine Schrift, die Epoche zu machen im tiefsten Sinne verdient«. Am 10. 5. an Fellenberg über Erlahmen des Republikanismus in Süddeutschland. Grundlegendes Wort über den Unterschied im Gemeinsamen zwischen Sinclair und Hölderlin: »Ich habe hier einen Freund, der Republikaner mit Leib und Leben ist – auch einen andern Freund, der es im Geist und in der Wahrheit ist – die gewiß, wenn es Zeit ist, aus ihrem Dunkel hervorbrechen werden.«

Juni Aufgabe des ›*Empedokles*‹ in erster Fassung. Wohl bald Beginn der zweiten.

4. Juni Gedankenreicher Brief an den Bruder: besonders über den Grund menschlichen Tuns und Treibens in dem Willen, *das Leben zu fördern, den ewigen Vollendungsgang der Natur zu beschleunigen*; über den *Kunst- und Bildungstrieb . . .* als *Dienst . . ., den die Menschen der Natur* *erweisen*; über Philosophie, Kunst und Religion als *Priesterinnen der Natur.* – Selbstbekenntnisse: *mich erheitert nichts so sehr, als zu einer Menschenseele sagen zu können: ich glaub an Dich! . . . Dem Egoismus, dem Despotismus, der Menschenfeindschaft bin ich feind, sonst werden mir die Menschen immer lieber.*

Am selben Tag an Neuffer Mitteilung des Plans einer *poetischen Monatschrift,* die Steinkopf in Stuttgart, Verleger von Neuffers Taschenbüchern, übernehmen soll. Das *Journal für Damen, ästhetischen Inhalts,* bald *Iduna* genannt, soll zur Hälfte *ausübende Poesie* enthalten, zur Hälfte Aufsätze zur *Geschichte und Beurteilung der Kunst.* – Steinkopf erklärt sich am 13. interessiert, wünscht aber eine Reihe berühmter Mitarbeiter. Hölderlin wirbt Anfang Juli besonders um Schiller, Goethe und Schelling. Im Lauf des Sommers läuft sich der Plan fest. An Diotima bitter im September: *ich lebe nun volle acht Wochen in diesem Harren und Hoffen, wovon gewissermaßen meine Existenz abhängt . . . Schämen sich denn die Menschen meiner so ganz? . . . Die Berühmten nur, deren Teilnahme mir armen Unberühmten zum Schilde dienen sollte, diese ließen mich stehn . .* Im Herbst verläuft sich der Plan vollends im Sande.

Etwa Ende Juni Briefentwurf an Diotima (einer von drei erhaltnen). *Täglich muß ich die verschwundene Gottheit wieder rufen.* Beim Gedanken *an große Männer* und ihr Wirken *in großen Zeiten . . . siehe! da geht ein wunderbarer Schauer mir durch alle Glieder, und leise ruf ich mir das Schreckenswort zu: lebendig Toter!*

Ende Juni/Anfang Juli Mehrtägige Reise, wohl des Journals wegen; Zusammenkunft mit Jung in Mainz, der *seinen Ossian in das Journal geben* will, u. a.

Anfang Juli Briefaustausch am Adlerflychtschen Hof mit Diotima, die am 12. mit Gunda Brentano über Kassel nach Thüringen reist und am 27. von Schiller empfangen wird, aber zu befangen ist, mit ihm über Hölderlin zu sprechen. – Am 1. 8. wieder heimliches Treffen am Adlerflychtschen Hof.

3. Juli An Neuffer Sendung der Idylle ›*Emilie vor ihrem Brauttag*‹ mit Gedichten Böhlendorffs. Im Begleitbrief bedeutende Gedanken über das Verhältnis von Stoff und Form in der Dichtung, besonders im Trauerspiel als der *strengsten aller poetischen Formen.* Der Dichter sucht einen Weg *zwischen den beiden Extremen, der Regellosigkeit – und der blinden Unterwerfung unter alte Formen.* – Selbstbekenntnis: *Ich lebe so sehr mit mir allein, daß ich oft jetzt gerne in einer müßigen Stunde mit einem unbefangenen Freunde mich über Gegenstände unterhalten möchte, die mir nahe liegen.* Darin wohl heimliche Klage über die Homburger Freunde, die den Dichter, der *seinem Geschäfte* verpflichtet ist, mit ihren mehr aktuell-politischen Problemen über Gebühr in Anspruch nehmen.

Juli Ergreifende Worte der Freude über *das schöne Wetter, die heitre Sonne und die grüne Erde*: *ich kann diese Freude mir nicht tadeln, . . . ich habe nun einmal keine andre in der Nähe, . . . und der Geist findet so viel Bedeutung in ihr . . .*

Um Mitte Juli Zusammensein mit Landauer, wohl in Homburg.

2. Hälfte Juli An Neuffer Sendung von Gedichten, auf jeden Fall ›*Diotima*‹ (Jüngere Fassung), ›*Die Launischen*‹, ›*Der Tod fürs Vaterland*‹, ›*Der Zeitgeist*‹.

August Erkrankung des Schwagers in Blaubeuren.
Nach Verbrauch seiner Frankfurter Ersparnisse bedarf Hölderlin wieder der Unterstützung durch die Mutter. Am 19. 8. schickt sie 133 Gulden, am 10. 10. wieder 100 Gulden.

24. August Schiller versagt sich dem Journal-Unternehmen und rät davon ab. In seiner Antwort, gegen Mitte September, erwähnt Hölderlin die Arbeit am ›*Tod des Empe-*

dokles‹ – worin er eben zur dritten Fassung übergeht –, und erklärt, er glaube den ihm eigenen *Ton .. am vollständigsten und natürlichsten in der tragischen Form exequieren zu können.*

5. September Zum letzten Male 1799 Brieftausch am Adlerflychtschen Hof. In der Stadt im September noch zwei Zusammenkünfte.

September/Oktober Infolge der Unsicherheit des Journal-Plans ist Hölderlin *in sehr gedrückter Lage* und denkt daran, nach Stuttgart oder Jena zu gehen, wo er durch Schiller eine Wirkungsmöglichkeit zu finden hofft.

Ende Oktober Erscheinen des 2. Bandes von ›*Hyperion*‹ (s. Abb. 43.44). Am 31. 10. flüchtiges Wiedersehn mit Diotima, am 7. 11. Übergabe des Bandes mit der Widmung: *Wem sonst als Dir*, begleitet von der Klage: *es ist himmelschreiend, wenn wir denken müssen, daß wir beide mit unsern besten Kräften vielleicht vergehen müssen, weil wir uns fehlen.*

9./10. November Buonaparte wird durch Staatsstreich Erster Konsul, für Hölderlin *eine Art von Diktator.*

November Antwort an Ebel in Paris, der vom »Schmutze der hiesigen wirklichen Menschenwelt« schrieb: *Ich begreife wohl, wie ein mächtiges Schicksal, das gründliche Menschen so herrlich bilden konnte, die schwachen nur mehr zerreißt.*

16. November Der Mutter gegenüber Worte Hölderlins von ergreifender Gelassenheit über seine geringe Stellung *im bürgerlichen Leben*: *Ich bin mir tief bewußt, daß die Sache, der ich lebe, edel, und daß sie heilsam für die Menschen ist, sobald sie zu einer rechten Äußerung und Ausbildung gebracht ist...*

2. Hälfte Nov. Entstehung des Gedichts ›*Der Prinzessin Auguste von Homburg*‹, zu ihrem 23. Geburtstag am 28. 11. überreicht oder zugesandt, wohl zusammen mit dem ›*Gesang des Deutschen*‹ und vielleicht dem 2. Bande des ›*Hyperion*‹. Aus ihrem kurzen Dankbrief: »Ihre Laufbahn ist begonnen, so schön und sicher begonnen, daß sie keiner Ermunterung bedarf«. (S. Abb. 49.50).

4. Dezember An Neuffer über *den sichern, durch und durch bestimmten und überdachten Gang der alten Kunstwerke,* der Vorbild sein muß. Geständnis der Befremdung im Sommer über *die ziemlich leichten Äußerungen* Neuffers *in Betreff der Poesie.* Der letzte Brief an Neuffer, das letzte Zeichen ihrer Freundschaft.

Winter Zeitweilig Sorge um die Seinigen wegen der Kämpfe in Schwaben.
Gedichte (soweit nicht schon in der Chronik 1799 genannt): Wie 1797 mehrere Epigramme; Fragment einer Elegie: *Götter wandelten einst* . .; Ode ›*Abschied*‹, darin die ergreifenden Verse: *Aber weiß ich es nicht? Wehe! du liebender Schutzgeist! ferne von dir spielen zerreißend bald Auf den Saiten des Herzens Alle Geister des Todes mir*; die Oden ›*Abendphantasie*‹ und ›*Des Morgens*‹, ›*Der Main*‹ und ›*Mein Eigentum*‹; ›*Palinodie*‹; die schönen Huldigungsgedichte an eine Fürstin von Dessau und an Prinzessin Auguste von Homburg, mit dem bekenntnishaften Schlusse: *Beruf ist mirs, Zu rühmen Höhers, darum gab die Sprache der Gott und den Dank ins Herz mir.*

1800

Januar Hölderlin lehnt am 29. den Rat der Mutter zu einem *Amte* wieder ab und erklärt ein solches als *jetzt gerade* unvereinbar mit seinen *Beschäftigungen, die ein so gesammeltes und ungeteiltes Gemüt erfordern.*

Mitte Januar Gechäftsbesuch Landauers in Frankfurt und Besuch bei Hölderlin. Vermutlich Rat zur Heimkehr aus Sorge um den Vereinsamten, den die Freunde immer wieder »in düstere Schwermut versunken« finden.

6. Februar Heimliche Zusammenkunft mit Diotima.

2. März Tod des Schwagers in Blaubeuren. Hölderlin soll »zum Trost der Schwester« heimkommen, die bald darauf zur Mutter nach Nürtingen zieht. In seinem Trostbrief vom 19. sagt er baldigen Besuch zu. Er schließt: *Und so ists mein gewisser Glaube, daß am Ende alles gut ist, und alle Trauer nur der Weg zu wahrer heiliger Freude ist.*

4. März Emerich, politischer Publizist und Dichter in Mainz, ist vom 2. Band des ›*Hyperion*‹ »entzückt«, von dem »Urteil über die Deutschen aber . . . empört«. In seiner Antwort, mit dem Blick auf Emerichs Gedichte, warnt ihn Hölderlin, *das poetische Spiel . . . wie das Glücksspiel zu treiben*; er erklärt sich für den *gründlichern Kunstverstand* als *die heilige Ägide . . ., die den Genius vor der Vergänglichkeit bewahrt.*

April Anscheinend Besuch zu Haus um Ostern (13. 4.).

Mai Die Heimreise steht fest, wird aber verzögert infolge des neuen Feldzugs, den Moreau am 25. 4. am Oberrhein eröffnet und bis zum 16. 5. rasch durch Oberschwaben vorträgt.

8. Mai Am Adlerflychtschen Hofe letztes Wiedersehen Hölderlins und Diotimas. Ihre letzten Sätze, am Morgen hastig und nervös mit Blei geschrieben: »Wirst Du nun kommen! – Die ganze Gegend ist stumm, und leer, ohne Dich! . . . Und wenn Du kömmst! ist es auch schwer, das Gleichgewicht zu halten, und nicht zu lebendig zu fühlen . . . am Ende müssen wir doch wieder ruhig werden, drum laß uns mit Zuversicht unsern Weg gehen und uns in unserm Schmerz noch glücklich fühlen und wünschen, daß er lange lange noch für uns bleiben möge, weil wir darin vollkommen edel fühlen . . Leb wohl! Leb wohl! Der Segen (des Himmels) sei mit Dir«.

Etwa 10. Juni Heimkehr mit dem Wunsch, in Stuttgart *so bald wie möglich in die Tätigkeit eintreten* zu können.

20. Juni Zu Fuß nach Stuttgart, zu Landauer, in dessen

Haus (s. Abb. 53) der Dichter *hoffen darf, hier eine Zeit im Frieden zu leben und ungestörter als bisher* sein *Tagewerk tun zu können.* Aber den Freunden fällt auf, wie sehr »die inneren Kämpfe und Leiden den einst blühenden Körper angegriffen«, und mehr noch »die Gereiztheit seines Seelenzustandes«.

Trotzdem Erfüllung der dichterischen Hoffnung in einem gesegneten Sommer und Herbst.

Juni/Juli In Italien am 15. 6., dem Tage nach Marengo, in Deutschland Mitte Juli Waffenstillstand. Daher wohl die Hoffnung Hölderlins auf baldigen Frieden und auf Befreiung *von kriegerischen Unruhen* in Württemberg, dessen wirtschaftliche Lage sich infolge schwerer Quartierlasten und Kontributionen 1800 sehr verschlechtert, was im Volk eine tiefe »Niedergeschlagenheit des Gemüts« zur Folge hat.

Juli Erteilung von Privatlektionen. Gefühl der Gesundheit, der lang entbehrten *Zufriedenheit und Ruhe.* Hochgestimmte Briefe an Mutter und Schwester.

Um Ende Juli Erholung von der Arbeit *in guter, wohlmeinender Gesellschaft,* vornehmlich wohl im Kreise Landauers, der mit dem Bildhauer Scheffauer verschwägert und »mit all den damaligen literarischen Celebritäten befreundet« ist. – Im Sommer oder Herbst in geselligem Kreise Besuch eines im Bau befindlichen Gasthauses, auf einem Rebenhügel über dem Neckar; den Tag feiert die (unvollendete) Elegie ›*Der Gang aufs Land. An Landauer*‹.

September Gesuch an das Konsistorium, sich bei Landauer als Erzieher seiner Kinder aufhalten zu dürfen. Am 10. 10. genehmigt.

Um Ende September Wohl Besuch Hölderlins bei den Seinigen, denen er eröffnet, daß er von dem Honorar für seine Stunden nicht leben könne und sich daher wieder nach einer Hofmeisterstelle, in der Schweiz, umsehen müsse. Er ist bereit, sich *in alles Notwendige zu schicken*: *Nur Glau-*

ben und Liebe und Hoffnung soll nie aus meinem Herzen weichen, dann gehe ich, wohin es soll. Er fühlt sich mit den Seinigen *im Wahrsten und Heiligsten verbunden. Dies erhält mein Herz, das am Ende nur zu oft in allzugroßer Einsamkeit seine Stimme verliert.*

28. November Bitte Vermehrens in Jena um Beiträge zu seinem Almanach.

Anfang Dez. Zusammenkunft mit Emanuel von Gonzenbach aus Hauptwil im Thurgau, der im Auftrag seiner Eltern einen Hofmeister für seine jüngern Schwestern sucht. Von seinen Freunden in Stuttgart wird Hölderlin *fast unbarmherzig bestürmt, um zu bleiben.* Den Ausschlag gibt ein *tiefes, dringendes Bedürfnis nach Ruhe und Stille —* . .

11. Dezember Der 31. Geburtstag Landauers. Hölderlin schreibt ein Reimgedicht an ihn. (S. die Erl. zu Abb. 54.)

18. Dezember Der Kaufherr Anton von Gonzenbach sagt Hölderlin die Hofmeisterstelle zu. Salär: 30 Louisd'ors (rund 300 Gulden).

Kurz vor Weihnachten Abschiedsbesuch in Nürtingen. Auf dem Wege *mancherlei Gedanken*: *Ich fühlte den ewigen Lebensmut, der uns, voll liebenden Vertrauens, durch alle Perioden des Daseins . . . hindurchführt.*

25. Dezember Nach Österreichs Niederlage bei Hohenlinden (3. 12.) Waffenstillstand von Steyr mit Aussicht auf baldigen Frieden. Hölderlin empfindet darüber *die stille, aber unaussprechliche Freude, . . . daß unsere Zeit nahe ist, daß uns der Friede . . . gerade das bringen wird, was er und nur er bringen konnte . . . daß der Egoismus in allen seinen Gestalten sich beugen wird unter die heilige Herrschaft der Liebe und Güte, daß Gemeingeist über alles in allem gehen, und daß das deutsche Herz in solchem Klima . . . erst recht aufgehn, und geräuschlos, wie die wachsende Natur, seine geheimen weitreichenden Kräfte entfalten wird.*
Gedichte des reichen Jahres 1800:

Große Oden: ›*Der Frieden*‹, ›*An die Deutschen*‹, ›*Rousseau*‹, ›*Heidelberg*‹, ›*Die Götter*‹, ›*Der Neckar*‹; auf epigrammatische Oden aufgebaute Großoden: ›*Die Heimat*‹, ›*Die Liebe*‹, ›*Lebenslauf*‹, ›*Ihre Genesung*‹, ›*Der Abschied*‹, ›*Diotima*‹: *Du schweigst und duldest* . .; ›*Rückkehr in die Heimat*‹; ›*Das Ahnenbild*‹; vermutlich die an eine Verlobte gerichtete Ode. – Elegien: ›*Menons Klagen um Diotima*‹, ›*Der Wanderer*‹ (2. Fassung), ›*Stuttgart*‹, ›*Brot und Wein*‹. – Das größte Gedicht nach Gehalt, Sprachmächtigkeit und Umfang: ›*Der Archipelagus*‹. – Ferner der gewaltige Entwurf: *Wie wenn am Feiertage* . . und der zu dem *vaterländischen Gesang* ›*Der Mutter Erde*‹. Im Überblick eine staunenswerte Jahresernte, zu der Fleiß, Geisteskraft und Wohlsein in der Heimat zusammenwirken.

1801

Etwa 5. Januar Von Nürtingen, wie meist zu Fuß, zurück nach Stuttgart, *das Herz voll und bewegt*: *könnt ich doch so die Tage meines Lebens immer wandeln zwischen Himmel und Erde, mit Demut und Glauben geteilt* . . .!

Etwa 11. Januar Aufbruch nach Hauptwil. Geleit der Stuttgarter Freunde bis Tübingen, wo soeben in den ›Gelehrten Anzeigen‹ eine günstige Rezension des ›*Hyperion*‹, wohl von Conz, erscheint. – Über den weitern Weg s. die Erl. zu Abb. 57.

15. Januar Ankunft in Hauptwil im Hause Gonzenbach, dem »Kaufhaus«. (S. Abb. 58.) – Hölderlins Erzieherpflichten: Unterricht der zwei jüngsten Töchter, geboren 1786 und 1787.

24. Januar Sehr zuversichtlicher Bericht an die Seinigen.

Gegen Ende Jan. Hölderlin sagt Siegfried Schmid, der ihm die Rezension seines Dramas ›Die Heroine‹ zugemutet hat, sofort die Gewährung seiner Bitte zu, sicher in einem

Brief in hohem Tone, von dem Schmid am 3. 2. sagt: »Das waren wieder köstliche Worte des hohen Geistes.« Die Rezension wird von der Allgemeinen Literatur-Zeitung nicht angenommen.

9. Februar Friede von Lunéville. Die Nachricht davon erregt im Dichter wieder tiefe Freude und Zuversicht (s. Abb. 59). Der Friede inspiriert ihn zu der Hymne ›*Friedensfeier*‹ (s. Abb. 66).

Mit der Hoffnung auf den Segen des Friedens eng verbunden die Betroffenheit und Erhebung durch die *große Natur in diesen Gegenden:* die Alpen sind dem Dichter *wie eine wunderbare Sage aus der Heldenjugend unserer Mutter Erde.*

Er sieht, *wie vom Äther herab die Höhen alle näher und näher niedersteigen bis in dieses freundliche Tal: da wohne ich, in einem Garten, wo unter meinem Fenster Weiden und Pappeln an einem klaren Wasser stehen, das mir gar wohlgefällt des Nachts mit seinem Rauschen, wenn alles still ist, und ich vor dem heiteren Sternenhimmel dichte und sinne.* Aus solchen Eindrücken entstehen die Ode ›*Unter den Alpen gesungen*‹ und der Anfang der Elegie ›*Heimkunft*‹.

2. Hälfte Februar Hochgemuter Brief an Landauer: über Befreiung aus langen *Täuschungen* über sich selbst und über die Voraussetzung des *Friedens mit der Welt*: *Ich fühl es endlich, nur in ganzer Kraft ist ganze Liebe*; über den Frieden und die Hoffnung, *daß mit ihm die politischen Verhältnisse und Mißverhältnisse überhaupt die überwichtige Rolle ausgespielt und einen guten Anfang gemacht haben zu der Einfalt, welche ihnen eigen ist ... Ich denke, mit Krieg und Revolution hört auch ... der Geist des Neides auf, und eine schönere Geselligkeit, als nur die ehern-bürgerliche mag reifen!*

Etwa 2. Hälfte März Ein zweiter, kurzer Brief an Landauer ist Zeichen eines Umschwungs der Stimmung: *ists Se-*

gen oder Fluch, dies Einsamsein, zu dem ich durch meine Natur bestimmt und . . zurückgedrängt bin? Gleichzeitig bekenntnishafter und grüblerischer Brief an den Bruder: Glaube an *die Einigkeit, die heilige, die allgemeine Liebe,* ohne die *alles hin ist*; an den Grundsatz: *A Deo principium.* – Bekenntnis: *Die Religion beschäftigt mich vorzüglich.*

März/April Hölderlin sendet Vermehren die Elegie ›*Menons Klagen um Diotima*‹ und die sapphische Ode ›*Unter den Alpen gesungen*‹.

11./13. April Sehr höfliche Kündigung und Ausstellung eines günstigen Zeugnisses durch Gonzenbach, der nur familiäre Gründe nennt.

Mitte April Abreise Hölderlins. Vielleicht Umweg über die Tamina-Schlucht; sicher über den östlichen Bodensee im Ruderboot nach Lindau. Von da durch Oberschwaben, im reizvollen Tal der Lauter der Alb-Hochfläche entgegen, von ihr hinab ins Uracher, schließlich ins Neuffener Tal, *wo bekannt blühende Wege mir sind.* Die Heimkunft feiert bald danach die gleichnamige Elegie.

8. Mai Dank Siegfried Schmids für mehrere Briefe Hölderlins, die von seinem »hohen Zürnen und tiefsten Lieben« zeugten.

15. Mai Charlotte von Kalb möchte nach Lektüre des ›*Hyperion*‹ die Beziehung, sicher vergeblich, wiederanknüpfen.

2. Juni Letzter Brief an Schiller, wie bald darauf an Niethammer: Bitte um Hilfe bei seinem Plan, in Jena Vorlesungen über griechische Literatur zu halten, deren *seit Jahren fast ununterbrochenes* Studium ihn *vom Dienste des griechischen Buchstabens befreit* habe. Die beiden antworten nicht mehr.

August Cotta ist bereit, Hölderlins Gedichte zu Ostern 1802 zu verlegen, 1000 Exemplare zu drucken, für den Bogen 9 Gulden zu bezahlen. Im ›Damenkalender‹ soll ein

»Lieblingsgedicht« Hölderlins »zu vorläufiger Empfehlung der Sache« gedruckt werden. Statt dessen erscheint die Elegie ›*Der Wanderer*‹ (2. Fassung) in Cottas ›Flora‹ 1801, 1802 ›*Heimkunft*‹, ›*Die Wanderung*‹, ›*Dichterberuf*‹, ›*Stimme des Volks*‹: lauter große Gedichte. Doch kommt es nicht mehr zu der Buchausgabe.

Herbst Ein Stuttgarter Freund, Professor Ströhlin, vermittelt dem Dichter eine Hofmeisterstelle zu Bordeaux bei dem hamburgischen Konsul, Daniel Christoph Meyer. Gehalt: 50 Louisd'ors (rund 450 Gulden), 25 Louisd'ors Reisegeld. Der Dichter soll »vorläufig von Predigen dispensiert« sein: wohl sein eigener Wunsch.

4. Dezember Schmerzlich-freudiger Abschiedsbrief an den Bruder. *So viel darf ich gestehen, daß ich in meinem Leben nie so fest gewurzelt war ans Vaterland .. Aber ich fühl es, mir ists besser, draußen zu sein.* Der gleiche Ton am selben Tag in einem Brief an Böhlendorff: *es hat mich bittre Tränen gekostet, .. mein Vaterland noch jetzt zu verlassen, vielleicht auf immer. Denn was hab ich Lieberes auf der Welt? Aber sie können mich nicht brauchen. Deutsch will und muß ich übrigens bleiben, und wenn mich die Herzens- und die Nahrungsnot nach Otaheiti triebe.* – Im Hauptteil des Briefes grundlegende Gedanken über das Verhältnis griechischer und abendländischer Art und Kunst. *Wir lernen nichts schwerer als das Nationelle frei gebrauchen. Und wie ich glaube, ist gerade die Klarheit der Darstellung uns ursprünglich so natürlich wie den Griechen das Feuer vom Himmel.* Es gilt *wahrhaft das Fremde sich anzueignen,* doch ist es *gefährlich, sich die Kunstregeln einzig und allein von griechischer Vortrefflichkeit zu abstrahieren.* Selbstbekenntnis: *Sonst konnt ich jauchzen über eine neue Wahrheit, eine bessere Ansicht deß, das über uns und um uns ist, jetzt fürcht ich, daß es mir nicht geh am Ende wie dem alten Tantalus, dem mehr von Göttern ward, als er verdauen konnte.*

Etwa 10. Dezember Aufbruch von Nürtingen nach Bordeaux, zu Fuß, wohl sicher über Tübingen nach Freudenstadt, von da über den Kniebis nach Kehl: zum ersten Mal wohl durch den Hochschwarzwald, der dann in dem Bruchstück eines Preisgesangs auf Schwaben erscheint: *Und ihr sanftblickenden Berge, Wo über buschigem Abhang Der Schwarzwald saust, Und Wohlgerüche die Locke Der Tannen herabgießt.*

Etwa 15. Dezember In Straßburg von den örtlichen französischen Behörden als Ausländer zurückgehalten und überwacht: eine allgemeine, nicht ihm persönlich geltende Maßnahme innenpolitischer Vorsicht in der Zeit, da Bonaparte seine Ernennung zum Konsul auf Lebenszeit betreibt.

30. Dezember Erlaubnis zur Weiterreise, doch mit der Weisung, nicht über Paris, wie geplant, sondern über Lyon zu gehen und sich unterwegs, mindestens in Lyon, polizeilich zu melden.

Weitere Gedichte 1801 (z. T. schon 1800 begonnen): ›*Dichterberuf*‹, ›*Stimme des Volks*‹; sechs Oden, die 1802/03 zu *Nachtgesängen* umgearbeitet werden: ›*Der blinde Sänger*‹ zu ›*Chiron*‹, ›*Tränen*‹, ›*An die Hoffnung*‹, ›*Vulkan*‹, ›*Dichtermut*‹ zu ›*Blödigkeit*‹, ›*Der gefesselte Strom*‹ zu ›*Ganymed*‹. – Große Oden: ›*Ermunterung*‹, ›*Natur und Kunst oder Saturn und Jupiter*‹, ›*An Eduard*‹. – Die (letzte) Elegie: ›*Heimkunft*‹. Vielleicht – nicht sicher – schon die drei andern *Nachtgesänge*: ›*Lebensalter*‹, ›*Der Winkel von Hardt*‹ und die berühmten Verse ›*Hälfte des Lebens*‹. Endlich große *vaterländische Gesänge*: ›*Am Quell der Donau*‹, ›*Friedensfeier*‹, ›*Die Wanderung*‹, ›*Der Rhein*‹, ›*Germanien*‹.

1802

Anfang Januar Ein *beschwerlicher und erfahrungsreicher Weg* nach Lyon: schlechtes, kaltes Wetter, *Überschwem-*

mungen und andere unabwendbare Umstände: wohl der üblichen Route folgend über Kolmar und Belfort nach Besançon, von da über Dôle, Châlon und Mâcon, längs Doubs und Saône, deren Tal wegen landschaftlicher Schönheit wie wegen verheerender Überschwemmungen berühmt war.

Etwa 8./9. Januar Aufenthalt in Lyon, behördlich auf vier Tage beschränkt. Registrierung mit genauer Personalbeschreibung, wobei Hölderlin als Beruf »homme de lettres« nennt. Wohnung im Hôtel du Commerce in der rue St. Dominique. Die große Industrie- und Handelsstadt — 1793 bei Niederwerfung eines Aufstands gegen die Jakobiner großenteils zerstört – empfindet der Ankömmling *so lebhaft, daß man nur in innigem Angedenken an solche, die uns kennen und wohl auch gut sind, sich selber wiederfindet.*

10./28. Januar Weiterreise nach Bordeaux, gegen 600 km, vermutlich großenteils zu Fuß auf den Poststraßen: von Lyon westwärts über die Berge des Beaujolais und die Niederung der oberen Loire nach dem alten Clermont am Nordhang der Auvergne. Von da am ehesten zunächst durch die Monts Dômes: *auf den gefürchteten überschneiten Höhen der Auvergne, in Sturm und Wildnis, in eiskalter Nacht und die geladene Pistole neben mir im rauhen Bette.* Dann nach Périgueux an der Isle, deren Tal nach Südwesten und somit den warmen atlantischen Winden offen. Ihm entlang – *diese letzten Tage .. schon in Einem schönen Frühlinge* – nach Libourne, dem Fährplatz an der Dordogne auf dem Wege nach Bordeaux.

28. Januar Am Morgen Ankunft in dem klassizistisch eleganten Haus des Konsuls Meyer in den Allées de Tourny (s. Abb. 60). Einige Stunden danach summarischer Bericht nach Hause *von der überstandenen Reise*. Ihr Ergebnis, zugleich Lebensresultat: *Ich bin nun durch und durch gehärtet und geweiht . . .* Über den Anfang seiner *Bestimmung*: *Er könnte nicht besser sein. »Sie werden glücklich sein«, sagte* *beim Empfange mein Konsul. Ich glaube, er hat recht.* Noch am 16. 4. über die *wahrhaft vortrefflichen Menschen,* denen er *hier verbunden* sei und deren er in der Heimat *nicht ganz unwürdig zu sein* hoffe.

Januar Ebel kehrt von Paris nach Frankfurt zurück.

14. Februar Tod der Großmutter in Nürtingen im 77. Jahre. Hölderlin schreibt der Mutter erst am Karfreitag (16. 4.); er bittet um Verständnis, wenn er *mehr die notwendige Fassung als das Leid ausdrücke, das die Liebe in unsern Herzen fühlt*; er müsse sein *so lange nun geprüftes Gemüt bewahren und halten.*

Frühjahr Sicher einmal Besuch mit der Familie auf Blanquefort, dem Landhaus und Weingut Meyers im Médoc. (S. Abb. 61 und die Erl. zu Abb. 60.) Vielleicht auch Besuch des fremdartigen Küstenstreifens südlich von Bordeaux, Les Landes, wo der Dichter *die Hirten des südlichen Frankreichs* gesehen haben mag. Das Gesamterlebnis: *Das gewaltige Element, das Feuer des Himmels und die Stille der Menschen, ihr Leben in der Natur, ... hat mich beständig ergriffen, und wie man Helden nachspricht, kann ich wohl sagen, daß mich Apollo geschlagen.*

16. April Noch freudige Versicherung: *Mir gehet es so wohl, als ich nur wünschen darf!*

10. Mai Ausstellung eines Passes von Bordeaux nach Straßburg, mit Erlaubnis, frei umherzureisen (»librement circuler«).

Gegen Mitte Mai Abreise Hölderlins, deren letzter Grund dunkel. Vielleicht ein Ansinnen, Prediger der deutschen Kolonie zu sein. Jedenfalls nicht offner Bruch mit seinem Brotherrn, der ihm nachträglich »das schönste Zeugnis« ausstellt. Auch nicht kopfloser Aufbruch. Das erste Ziel: sicher Paris; der Weg dahin: die große Poststraße über Angoulême, Poitiers, Tours und Orléans. Von der Landschaft um Angoulême nimmt der Dichter ein zartes Bild auf: *Wenn ...*

heilig Grün sich zeigt Auf feuchter Wiese der Charente. In den Gegenden der mittleren Loire, *die an die Vendée grenzen,* den Mittelpunkt grausamer Kämpfe 1793-96, fesselt ihn *das Wilde, Kriegerische . . . , das rein Männliche . .*

Gegen Ende Mai Aufenthalt in Paris. *Der Anblick der Antiken* – wohl im Musée Napoléon – macht dem Dichter *nicht allein die Griechen verständlicher . . . , sondern überhaupt das Höchste der Kunst.* – Andere Erlebnisse in Paris nicht bekannt. (Entgegen der Fiktion von Ph. Chasles, 1836.)

7. Juni Erteilung des Ausreise-Visums in Straßburg.

Gegen Mitte Juni/Anfang Juli Hölderlin trifft, erschöpft und erregt, in Stuttgart bei den Freunden ein, nach Matthisson, dem er sich flüchtig zeigt und »mit hohlem Tone« sich vorstellt, »leichenblaß, abgemagert, von hohlem wildem Auge, langem Haar und Bart, und gekleidet wie ein Bettler«. Nach kurzem Aufenthalt erscheint er daheim, nach Karl Gok mit den »deutlichsten Spuren seiner Geisteszerrüttung«. Aber kaum leidlich erholt, geht er nach Stuttgart zurück, wohl in der Hoffnung, wie im Sommer 1800 seinem Werke leben zu können. Er wird dort »allmählich ruhiger«. Inzwischen aber, am 22. 6., stirbt Diotima, bei der Pflege ihrer rötelkranken Kinder angesteckt, auch von Schwindsucht gefährdet, innerlich vereinsamt, »eine wehmütig betrübte Seele, die wenig mehr an dieser Welt hängt«. Am 30. 6. teilt Sinclair Hölderlin den Tod Susettens mit. »Sie ist sich bis zuletzt gleich geblieben. Ihr Tod war wie ihr Leben.« Er lädt den Freund zu sich ein und deutet dabei frühere Spannungen an: »Du kennst alle meine Fehler, ich hoffe, keiner soll mehr eine Mißhelligkeit zwischen uns hervorbringen.« Hölderlin erhält die Todesnachricht in Stuttgart Anfang Juli; sie verstört ihn tief und treibt ihn in die Heimat fort: mehr Flucht als ruhiger Entschluß. Der Zerrüttete steht in Behandlung des Oberamtsphysikus Dr. Planck. Befürchtet man einen »Ausbruch von Wut«, so wird ein Lateinschüler gerufen, der ihm aus Homer vorliest, wodurch »sein Gemüt sich wunderbar erheitert«. – Am 20. 7. wiederholt Sinclair die Einladung. Hölderlin antwortet schon am 2. 8. (Der Verlust des Briefes ist besonders schmerzlich.) Am 31. 7. schreibt Landauer einen vornehmen, treu teilnehmenden Brief der Mutter Hölderlins, dessen Zustand ihn »zu Boden drückt«, für den er aber Besserung erhofft.

29. September/Mitte Oktober Auf Einladung Sinclairs, der in Regensburg bei der Reichsdeputation eine Vergrößerung der Landgrafschaft erwirken soll, reist Hölderlin dorthin. (In späten, bruchstückhaften Versen, wird auch die Landschaft Bayerns, die er dort in großem Zuge schaut, skizzenhaft für seine Feier des Abendlandes bereitet.) Sinclair versichert später, er habe »nie größere Geistes- und Seelenkraft als damals bei ihm gesehen«. Abrede mit ihm, daß er im Frühjahr zu ihm kommen solle. – Wahrscheinlich näheres Verhältnis zum Landgrafen. Vielleicht legt der tief christliche Fürst, wie zuvor umsonst dem greisen Klopstock, so jetzt Hölderlin ein religiöses Zeitgedicht nahe, das er dann mit ›*Patmos*‹ schreibt.

Herbst Wohltätige Nachwirkung des Aufenthalts in Regensburg: Hölderlin lebt »einige Zeit in einer ruhigen Fassung«. Er sendet Sinclair ein Gedicht, das nach dessen Dank »von Pindarischem Schwung« ist (vielleicht ›*Die Wanderung*‹). Die folgenden Monate arbeitet er angespannt an ›*Patmos*‹.

7. November Sinclair hofft, das nächste Frühjahr werde sie in Homburg vereinigen, und bittet, Hölderlin möge ihm »einige« seiner Gedichte schicken. Dessen Antwort vom 22. 11. verloren.

November Bedeutsamer Brief an Böhlendorff. Nach Rückblick auf die Stationen der Reise durch Frankreich dann: *Es war mir nötig, nach manchen Erschütterungen und Rührungen der Seele mich festzusetzen, auf einige Zeit ...*

(Mit den *Erschütterungen* mag auch noch der Abschied von Diotima und ihr Tod gemeint sein.) Am Schlusse Bekenntnis zu neuer Art des Dichtens: *ich denke . . , daß die Sangart überhaupt wird einen andern Charakter nehmen, und daß wir darum nicht aufkommen, weil wir, seit den Griechen, wieder anfangen, vaterländisch und natürlich, eigentlich originell zu singen.*

20. Dezember Brief der Mutter an Sinclair; der erste von neun Briefen bis Ende 1804: Zeugnisse der Sorge um den Sohn, der Dankbarkeit für den »Wohltäter« und »Gönner«, aber auch der sozialen wie der religiösen Demut. – Hölderlins Schweigen entschuldigt sie damit, »daß seine Gemütsstimmung eben leider noch nicht gut«, was er selber fühle. Ein Besuch in Homburg »auf das kommende Frühjahr«, wonach er »so großes Verlangen« habe, sei »unter solchen traurigen Umständen« nicht möglich. »Da er sich durch Arbeiten öfters sehr anstrengt, und wenig sich Bewegung macht, auch . . mit niemand keinen Umgang hat, so ist leider wenig Hoffnung.«

Gedichte 1802 und 1803: ›*Der Einzige*‹ und ›*Patmos*‹, dazu ›*Andenken*‹, das landschaftliche Bilder um Bordeaux mit bezaubernder Schlichtheit aufnimmt und »sammelt«; ›*Der Ister*‹ und ›*Mnemosyne*‹.

Seit 1800 beträchtliche Anzahl hymnischer Entwürfe, die hier nicht zu nennen sind; einige davon nicht ferne der Vollendung, den vollendeten Gesängen gleich an Tiefgründigkeit und Sprachkraft.

1803

13./30. Januar Brief an Sinclair mit der Widmungshandschrift der Hymne ›*Patmos. Dem Landgrafen von Homburg*‹. Sinclair überreicht sie dem Fürsten zum 55. Geburtstag und berichtet am 6. 2., er habe sie »mit vielem Dank und

Freude aufgenommen, und freue sich darauf, ihn hier zu sehen«.

8. Februar Kurzer Brief Landauers, den es schmerzt, daß dem in die Arbeit Versunkenen seine Freunde »nichts mehr zu sein scheinen«. In der Tat verkümmert sein Kontakt mit seiner Umwelt; doch vollendet er seit Herbst 1802 ›*Der Einzige*‹ (s. Abb. 62) und ›*Patmos*‹, dichtet ›*Andenken*‹, schreibt manchen hymnischen Entwurf und feilt den Sophokles.

14. März Tod Klopstocks, auf den Hölderlin ein Gedicht erwägt.

3. Juni Friedrich Wilmans in Frankfurt übernimmt den Verlag des Sophokles und teilt dies am 3. 6. dem Dichter mit, der erst am 28. 9. dankt. (S. Abb. 64.)

Anfang Juni Hölderlin kommt zu Fuß, »querfeldein wie durch Instinkt geführt«, nach Murrhardt, wo Schelling mit Karoline bei seinen Eltern zu Besuch ist. Nach eineinhalb Tagen »schmerzlicher Abschied auf der Landstraße«. Schelling im Rückblick über mehr als vierzig Jahre: »ich überzeugte mich bald, daß dieses zart besaitete Instrument auf immer zerstört sei .. Aber ich habe an ihm erfahren, wie groß die Macht angeborner, ursprünglicher Anmut ist«. Realistischer ein Brief an Hegel vom 11. 7.: .. »er vernachlässigt sein Äußeres bis zum Ekelhaften und hat, da seine Reden weniger auf Verrückung hindeuten, ganz die (entsprechenden) äußeren Manieren angenommen«. – Vielleicht Anerbieten Schellings – wohl kaum sehr ernst gemeint –, den Sophokles *an das Weimarische Theater besorgen* zu wollen. – Schelling fragt Hegel, ob er sich Hölderlins »annehmen« wolle, »wenn er etwa nach Jena käme, wozu er Lust hatte«. Hegel weicht in unbestimmte Antwort aus.

17. Juni/4. Juli Brief Sinclairs an die Mutter und deren Antwort. Sinclair steht zu seiner Absicht, den Freund nach Homburg zu holen, wo er »bequem und wohlversorgt wohnen« und von seiner Besoldung 200 Gulden erhalten soll.

»Überdies können sich bald Umstände ereignen, die seine Lage erleichtern werden, ohne daß er meine Beihülfe nötig haben wird«: vielleicht Andeutung möglicher politischer Veränderungen. — Sinclair mag noch immer nicht »eine eigentliche Geistesverwirrung und Abnahme der Geisteskräfte« bei Hölderlin annehmen. Er fragt, ob er nicht die Reise allein machen könne. Die Mutter verneint dies. Seit dem Frühjahr spreche er auch nicht mehr davon, die Seinigen zu verlassen, »da er den Winter über immer mit den angenehmen Gedanken sich beschäftigte, bald in dem angenehmen Umgang seines edlen Freundes in Homburg sich zu befinden«.

22. Juni Heinse stirbt in Aschaffenburg; noch immer verehrt als *Mein ehrlich Meister.*

Sommer Böhlendorff kehrt, ein Gescheiterter, in seine kurische Heimat zurück, wo er, für seine Freunde verschollen, unstetes Wanderleben 1825 selber beendet.

Ende September / Ende des Jahres Korrespondenz mit Wilmans über den Verlag der ›*Trauerspiele des Sophokles*‹. Am 28. 9. Erklärung der Absicht (vgl. die Erl. zu Abb. 64). Den noch an den Übersetzungen wie den Anmerkungen feilenden mahnt Wilmans am 19. 11. und bittet zugleich um Beiträge für sein ›Taschenbuch. Der Liebe und Freundschaft gewidmet‹. Hölderlin schickt am 8. 12. das Manuskript des Sophokles, will *kleine Gedichte* für das Taschenbuch *aussuchen* und außerdem noch im Winter *einzelne lyrische größere Gedichte* senden, deren *Inhalt unmittelbar das Vaterland angehn soll oder die Zeit*: er meint die *vaterländischen Gesänge,* von denen vielleicht ›*Friedensfeier*‹ noch im Winter an Wilmans abgeht. Um Weihnachten stellt er in nahe Aussicht *einige Nachtgesänge,* die, neun an der Zahl, in Wilmans' Taschenbuch für 1805 erscheinen. *Übrigens sind Liebeslieder immer müder Flug . . .; ein anders ist das hohe und reine Frohlocken vaterländischer Gesänge.*

August oder Dezember Die Mutter berichtet Sinclair von der wohltätigen Wirkung des Verlags der ›*Trauerspiele des Sophokles*‹, »weil es schon seit geraumer Zeit das erste Werk ist, das das Glück hatte, zum Drucken angenommen zu werden«. Gesundheitlich keine Besserung: »seit vier Wochen arbeitet er sehr wenig und geht beinahe den ganzen Tag aufs Feld, wo er aber ebenso ermüdet nach Hause kommt, als ihn vorher das Arbeiten anstrengte.« Mehrmals Klage der Mutter über Schwinden seiner »Besinnungskraft«.

1804

22./29. Januar Dank der Mutter an Sinclair für »das große Geschenk« – wohl eine Geldsumme –, das Hölderlin für ein Geschenk des Landgrafen hält. Mit einem Gedicht für die verehrte Prinzessin Auguste »quält er sich schon drei Wochen so sehr, daß er gegenwärtig ganz geschwächt ist und beinahe seine Besinnungskraft verloren hat.« Die Ärzte können »wenig Hoffnung machen für Wiedergenesung«; aber »die Heftigkeit, die ihn so oft befallen, hat sich .. beinahe ganz verloren«.

März Einberufung des Landtags gegen den Willen des Kurfürsten Friedrich. Konflikt zwischen ihm und den Landständen.

Anfang März Hölderlin versucht in Stuttgart vergeblich Leo von Seckendorf, seit 1803 Regierungsrat dort, zu treffen. Von Nürtingen aus am 12. Angaben über sein Denken und Tun: *Die Fabel, poetische Ansicht der Geschichte, und Architektonik des Himmels . . ., besonders das Nationelle, sofern es von dem Griechischen verschieden ist. – Die verschiedenen Schicksale der Heroen, Ritter und Fürsten . . . hab ich im Allgemeinen gefaßt.* – Gegen den Schluß hin dunkle Andeutungen, wohl in politischen Verhältnissen begründet: *Das Studium des Vaterlandes, seiner Verhältnisse* *und Stände ist unendlich und verjüngt ... Ich denke einfältige und stille Tage, die kommen mögen. Beunruhigen uns die Feinde des Vaterlands, so ist ein Mut gespart, der uns verteidigen wird.*

April Erscheinen der ›*Trauerspiele des Sophokles*‹. Am 14. 4. sendet Wilmans zwölf Freiexemplare, über die Hölderlin am Rande des Begleitbriefes verfügt (s. Abb. 64). – Widmung an Prinzessin Auguste, mit dem Vorsatz, er wolle, *wenn es die Zeit gibt, die Eltern unsrer Fürsten und ihre Sitze und die Engel des heiligen Vaterlands singen.* Er meint wohl vornehmlich die *vaterländischen Gesänge.*

27. Mai Wilmans sendet das Honorar für den Sophokles: 222 Gulden.

Mai Sinclair faßt den Plan, Hölderlin (pro forma) als Hofbibliothekar nach Homburg zu holen, und erregt dadurch die Sorge der Mutter: unabwendbares Versagen in dem »Amt« und vorzeitige Entlassung »würde seinem zu großen Ehrgefühl ... wieder einen zu harten Stoß geben«. – Trotz aller Anstrengung und Schwächung läßt er »sich nicht dahin bringen ..., sein Lieblingsstudium aufzugeben oder mit Maß zu behandeln«.

11. Juni Sinclair trifft in Stuttgart ein und wohnt im Römischen Kaiser (wo auch Goethe 1797 logiert hat). Tags zuvor ist, von ihm beordert, der homburgische Hofkommissar Alexander Blankenstein angekommen, ein Abenteurer, den er leichtfertig zur Gründung eines Lotterie-Unternehmens in Homburg zugelassen hat. – In Stuttgart soeben Maßnahmen des Kurfürsten gegen oppositionelle Mitglieder des Landschaftsausschusses. Sorge vor einem Staatsstreich des Fürsten gegen die Landschaft. Wiedersehen Sinclairs mit politischen Gesinnungsgenossen, besonders mit dem radikalen, ihm von Rastatt her bekannten, dem Fürsten besonders verdächtigen Landschaftsassessor und Bürgermeister Baz von Ludwigsburg. Bei Baz Abendessen Sinclairs mit

Seckendorf und Blankenstein; dabei erregtes und gewagtes Herrengespräch über Möglichkeit eines revolutionären Staatsstreichs, einer Beseitigung des verhaßten, absolutistischen Kurfürsten und seines Ministers Grafen von Wintzingerode.

12./13. Juni Sinclair holt Hölderlin für einen Tag nach Stuttgart. Gleich danach sendet ihm die Mutter einen Brief der Sorge wegen der Hilflosigkeit und Zerstreutheit ihres Sohnes nach.

16. Juni Landauer sucht die Mutter zu beruhigen. Er sei mit allen Freunden Hölderlins »der Meinung, daß .. seine Anstellung in Homburg für seinen Gemütszustand, wo nicht eine sehr glückliche, doch wenigstens keine nachteiligen Folgen haben werde«.

19. Juni Letzter Abschied Hölderlins von Nürtingen: Sinclair fährt mit ihm nach Tübingen, von da nach Stuttgart. Auch er wohnt im Römischen Kaiser, wo Sinclair beim Abendessen mit Dr. Weishaar in seiner und Blankensteins Gegenwart die aktuellen politischen Fragen erregt erörtert. – In Stuttgart lebt Sinclair nach Angabe Blankensteins »in beständiger Furcht, arretiert zu werden«, da er »als Jakobiner bekannt seie«.

21. Juni Am Abend läßt der Kurfürst den Ständen die Auflösung des Landtags verkünden.

22. Juni In der Frühe Abreise Sinclairs mit Hölderlin und Blankenstein.

Etwa 24. Juni Durchreise durch Würzburg; letztes Zusammensein Hölderlins mit dem dorthin berufenen Schelling, der ihn »in einem besseren Zustand als im vorigen Jahr, doch noch immer in merklicher Zerrüttung« und in der Sophokles-Übertragung »seinen verkommenen geistigen Zustand« ausgedrückt findet.

Etwa 26. Juni Ankunft in Homburg. Hölderlin wird nahe Sinclairs Haus bei dem französischen Uhrmacher Calame in der Dorotheenstraße (»Neugaß«) untergebracht; »gerade in der Gegend, wo er es wünschte«, bei »sehr braven Leuten, die alles für ihn besorgen«.

28. Juni Sinclair führt den Dichter bei dem reichen, eitlen Dichterling und Kunstsammler Gerning ein, der gelegentlich den »armen Schlucker« zu Tische lädt.

7. Juli/Anfang August Bitte Sinclairs an den Landgrafen, seine Besoldungszulage von 200 Gulden ohne Abzug dem Bibliothekar Hölderlin auszahlen zu lassen. Mit sofortiger Wirkung genehmigt, sicher jedoch das Amt in der rund 16 000 Bände zählenden Bibliothek nicht wirklich versehen. Möglicherweise aber öfters Lektüre dort, vornehmlich von Reisebeschreibungen, die für späte hymnische Bruchstücke Namen ferner Länder und Städte hergeben.

Juli/6. August Hölderlins Mutter ist besorgt über »sein langes Stillschweigen«. Sinclair beruhigt sie: Er befinde sich »vollkommen wohl und zufrieden«. Nach seiner Überzeugung ist, »was Gemütsverwirrung bei ihm scheint,. . . eine aus wohl überdachten Gründen angenommene Äußerungsart«.

3. September Hölderlin mit Sinclair bei Gerning zu Tisch. Zuvor »pries« er Gernings Säkulargedicht »und sagte, Ramler habe die Dinge zu altlyrisch-streng genommen«.

2. Hälfte Sept. Sinclair wohnt in Mainz offiziell dem Einzug Napoleons am 20. 9. bei, von dem er vergeblich die Erlaubnis zur Teilnahme an dem Unternehmen gegen England erhofft.

2. November Sinclair verläßt Hölderlin für längere Zeit und reist als Abgesandter Homburgs nach Paris zu Verhandlungen und zur Krönung des Kaisers am 2. 12. — Inzwischen nimmt sich seine Mutter, Frau von Proeck, Hölderlins an; am 12. 11. beruhigt sie Hölderlins Mutter. Trotzdem bleibt diese tief beunruhigt, durch sein langes Schweigen sowohl wie durch den ersten Brief von ihm, der ihre »Sehnsucht so wenig befriedigt.«

Etwa 1804 Der Landgraf schenkt dem Dichter die wertvolle Virgil-Ausgabe von Wakefield, Prinzessin Auguste ein Klavier, das ihm »Erleichterung« »in einer sehr trüben Stimmung« bringen soll.

1805

Januar Kurz nach Neujahr Rückkehr Sinclairs aus Paris. Bald danach Zerwürfnis und offener Bruch mit Blankenstein, dessen fragwürdige Geschäfte er durchschaut und lahmlegt. Darauf am 29. Anzeige Sinclairs durch Blankenstein beim Kurfürsten von Württemberg wegen Anzettelung einer revolutionären Verschwörung in Stuttgart.

7. Februar Von Wintzingerode um genauere Einzelheiten gebeten, erklärt der Angeber: »Es ist keinem Zweifel unterworfen, daß Sinclair und Baz durch eine Verwirrung in Schwaben ein allgemeines Feuer anzufachen glauben und daß man bei einer Staatsumwälzung daselbst nicht stehen geblieben wäre«. – Er nennt auch Hölderlin als Mitwisser, der aber nun »in eine Art Wahnsinn verfallen«: er »schimpft beständig auf Sinclair und die Jakobiner und ruft in einem fort: *ich will kein Jakobiner bleiben*«. (Version des Ausrufs: *Ich will kein Jakobiner sein, Vive le roi!*)

26. Februar Um 2 Uhr nachts wird Sinclair von einem württembergischen Beamten in militärischer Begleitung unter Anschuldigung eines geplanten Anschlags gegen das Leben des Kurfürsten und »die Ruhe der kurfürstlichen Lande« verhaftet und am Morgen im Wagen abtransportiert. Zu seiner Mutter, die ihn für unschuldig hält: »Unschuldig bin ich zwar, aber ich war doch sehr leichtsinnig.« Seine Geschichte versetzt den Dichter in höchste Erregung.

27. Februar In Ludwigsburg Beginn des Hochverratsprozesses gegen Sinclair, Baz, Seckendorf und Weishaar. Seckendorf gibt als Sinclairs letztes Ziel an: »eine Republik«.

Anfang März Der Landgraf wünscht, daß Hölderlins »Auslieferung . . . umgangen werden könnte«. Er sei »seit einigen Monaten . . . in einen höchsttraurigen Gemütszustand verfallen, so daß er als wirklich Rasender behandelt werden müsse. Er rufe beinahe unausgesetzt: *Ich will kein Jakobiner sein, fort mit allen Jakobinern. Ich kann meinem gnädigsten Kurfürsten mit gutem Gewissen unter die Augen treten.*«

4./11. März Die Untersuchungskommission ersucht das Nürtinger Oberamt und Dekanat sowie das Konsistorium um »nähere Nachrichten« über Hölderlin. Auskunft des Konsistoriums: »während seines Laufs durch die Klöster immer . . untadelhafte Aufführung«; dank »guten Gaben und Fleiß« vorzügliche Studien; »nur sei zu bedauern, daß die sehr kranke Tätigkeit seiner Phantasie ihn bald seiner Hauptbestimmung entrückt habe, so daß er bei Kirchengeschäften und auf Vikariaten nicht habe gebraucht werden können«. Auskünfte des Oberamts und Dekanats: »Verwirrung seines Gemüts« durch »das überspannte Studieren«, durch »zu viele Geistesanstrengung«. Der Oberamtsverweser gibt »noch nicht alle Hoffnung zu dessen Geistes-Wiedergenesung« auf: »vielleicht würde derselbe – in eine tätigere Lage versetzt, seinen Mitbürgern noch nützlich werden können«.

Mitte März — 5./9. April Verbringung der Häftlinge nach der Solitude. Anfrage der Untersuchungskommission an die Regierung in Homburg nach Hölderlins »verwirrtem Gemütszustand« und seinen »häufigsten Äußerungen«. Als Antwort dient ein Gutachten des Dr. Müller, der schon 1799 Hölderlins »Hypochondrie« behandelt hat. Er hat ihn auch jetzt mehrmals besucht, fand ihn aber »sehr zerrüttet«, »jedesmal schlimmer, und sein Reden unverständlicher«. Er ist »so weit, daß sein Wahnsinn in Raserei übergegangen ist«. Das Gutachten bringt die Erkundigungen nach Hölderlin zum Stillstand.

Etwa Frühsommer Hölderlin muß seines Zustandes wegen bei Calame aus- und zu Sattlermeister Lattner, einem Landsmann, im ersten Stock des Hauses Haingasse 8 ziehen. Er phantasiert dort »Tag und Nacht auf seinem Klavier«; in Erregungszuständen hämmert er wild auf das Instrument ein.

19. Juni Gerning spricht mit Hölderlin über den Plan seines »Lehrgedichts«: ›Die Heilquellen am Taunus‹ (1813). »Hölderlin lobt . . . den Gedanken, sagte aber, ich möge es nicht zu moralisch machen«.

9./10. Juli Entlassung Sinclairs aus der Haft nach ergebnisloser Untersuchung. Rückkehr nach Homburg, wo er Hölderlin in ruhiger Verfassung antrifft.

Juli Letzte Beschäftigung Hölderlins mit Pindar (deren Frucht wohl die neun Pindar-Fragmente mit rätselhaft-tiefsinnigem Kommentar).

13. September Sinclair reist in Dienstgeschäften nach Berlin, wo er bei Charlotte von Kalb wohnt. Sicher öfters Gespräch über Hölderlin, von dem sie am 18. 1. 1806 an Jean Paul schreibt: »Dieser Mann ist jetzo wütend wahnsinnig; dennoch hat sein Geist eine Höhe erstiegen, die nur ein Seher, ein von Gott belebter haben kann.«

29. Oktober Der einzige erhaltne Brief der Mutter an den Sohn (s. Abb. 65): Zeugnis tiefer Frömmigkeit und demütig-ängstlicher Sorge um ihn. »Vielleicht habe ich Dir ohne mein Wissen und Willen Veranlassung gegeben, daß Du empfindlich gegen mich bist, . . . seie nur so gut, und melde es mir, ich will es zu verbessern suchen.«

24. November Besuch Seckendorfs, der des Landes Württemberg verwiesen ist. Vermutlich nimmt er die großen Gedichte mit, die er bald darauf veröffentlicht (s. 1806 und 1807, Herbst).

1806

14. Januar Die Mutter bittet das Konsistorium um ein

Gratial für ihren Sohn. Am 12. 10. bewilligt der König endlich 150 Gulden jährlich. Die Mutter hat – der Wahrheit nicht ganz entsprechend – geltend gemacht, daß durch die Krankheit ihres Sohnes »auch sein väterliches Vermögen aufgezehrt« sei.

Frühjahr Rückkehr Sinclairs von Berlin.

12. Juli Gemäß der Rheinbund-Akte geht die Landgrafschaft Hessen-Homburg in dem neuen Großherzogtum Hessen-Darmstadt auf.

3. August Sinclair teilt der Mutter amtlich nüchtern mit, es sei nach diesen »Veränderungen«, die auch ihn selbst betreffen, nicht mehr möglich, daß Hölderlin, »dessen Wahnsinn eine sehr hohe Stufe erreicht . . . , länger eine Besoldung beziehe und hier in Homburg bleibe«. Die Mutter solle ihn abholen lassen. »Seine Irrungen haben den Pöbel dahier so sehr gegen ihn aufgebracht, daß bei meiner Abwesenheit die ärgsten Mißhandlungen seiner Person zu befürchten stünden.«

Um Anfang September Besuch Friedrich Schlegels in Homburg. Nach Sinclair gehört er mit Tieck und Brentano unter »die größten Bewunderer Hölderlins«, den sie unter die ersten Dichter Deutschlands zählen.

11. September Hölderlin, der sich aufs äußerste sträubt, sich von Leibwächtern entführt glaubt und mit Gewalt aus dem Wagen springen will, wird in Begleitung des Weißbinders Georg Hammelmann nach Tübingen ins Autenriethsche Klinikum verbracht. Nürtingen wird nicht berührt.

Mitte September Aufnahme in das Klinikum (unterhalb der Stiftskirche) des Medizin-Professors und Kanzlers J. H. Ferdinand Autenrieth. Laut dem Rezeptbuch, das für Hölderlin vom 16. 9. bis 21. 10. reicht, erhält er sofort beruhigende und herzstärkende Mittel (Belladonna, Digitalis). Die Einträge sind z. T. von dem Praktikanten J. Kerner, der 1844 über Lenaus Krankheit schreibt: »Je heftiger solche Anfälle (von Tobsucht) sind, je eher lassen sie nach. Bei Hölderlin war es . . . doch ganz anders. Ich mußte ja damals sein Krankentagebuch führen . .«. Chr. Th. Schwab wußte noch, daß man ihn »in der früheren Periode seines Wahnsinns zum Lesen der Bibel nötigte«, was auf ihn »sehr schlecht gewirkt« habe. Im Vergleich mit damals noch verbreiteten Praktiken war im Klinikum die Behandlung von Geisteskranken leidlich human; doch mußte man über Hölderlin »strenge Observanz« verhängen und in Notfällen wahrscheinlich die von Autenrieth erfundene Gesichtsmaske anwenden.

Herbst Musenalmanach für 1807 von Leo von Seckendorf; darin von Hölderlin, ohne sein Wissen: ›*Stuttgart*‹, ›*Die Wanderung*‹, ›*Die Nacht*‹ (1. Strophe von ›*Brot und Wein*‹). Hölderlin schreit »über unbefugte Eingriffe in eigene Rechte«.

1807

7. Februar Seckendorf an Kerner: »gerade die tötende Einsamkeit, das ewige Brüten hat ihn so zerstört!«

Anfang Mai Hölderlin, dem der Arzt „höchstens noch drei Jahre« gibt, wird als unheilbar dem fünfunddreißigjährigen Schreinermeister Ernst Zimmer und seiner Frau anvertraut. 1835 berichtet Zimmer: »Im Klinikum . . wurde es mit ihm noch schlimmer. Damals habe ich seinen Hyperion . . gelesen, welcher mir ungemein wohl gefiel. Ich besuchte Hölderlin im Klinikum und bedaurte ihn sehr, daß ein so schöner herrlicher Geist zu Grund gehen soll. Da im Klinikum nichts weiter mit Hölderlin zu machen war, so machte der Kanzler Autenrieth mir den Vorschlag, Hölderlin in mein Haus aufzunehmen, er wüßte kein passenderes Lokal. Hölderlin war und ist noch ein großer Naturfreund und kann in seinem Zimmer das ganze Neckartal samt dem Steinlacher Tal übersehen«. »Lichtere Momente« ausgenommen, bleibt sich der Geisteszustand des Kranken gleich; nur befallen ihn in den ersten Jahren häufiger und heftiger »Paroxysmen«, die »große körperliche Abspannung« hinterlassen, in der er »die halbe Zeit des Tags im Bette« zubringt. Zuweilen Besuch von Conz, F. Haug und andern alten Freunden, von Kerner und Uhland, wobei er aber »meistens kalt und einsilbig« bleibt. Da er ungefährlich, läßt man ihn bald »frei im Haus und vor dem Hause«, besonders im Zwingel umhergehen und nimmt ihn hie und da auch mit »aufs Feld hinaus«. Aus einem solchen Gang entsteht das Gedicht ›*Das fröhliche Leben*‹, trotz einiger Brüche zauberhaft in Bild und Vers: *Wenn ich auf die Wiese komme, Wenn ich auf dem Felde jetzt, Bin ich noch der Zahme, Fromme, Wie von Dornen unverletzt . . . Aber zu dem schönen Bache Such ich einen Lustweg wohl, Der, als wie in dem Gemache, Schleicht durchs Ufer wild und hohl; Wo der Steg darüber gehet, Gehts den schönen Wald hinauf, Wo der Wind den Steg umwehet, Sieht das Auge fröhlich auf.*

Herbst Seckendorf wagt in seinem Musenalmanach für 1808 die Hymnen ›*Der Rhein*‹, ›*Patmos*‹, ›*Andenken*‹ zu drucken.

1808

Der Kranke sitzt wieder viel an einem von Zimmer angeschafften Klavier, auf dem er vornehmlich phantasiert oder auswendig spielt; er singt häufig dazu, nimmt auch das Spiel auf der geliebten Flöte wieder auf. So bleibt die Musik »immer seine Hauptbeschäftigung«.

15. Oktober Die Mutter verfaßt ihr ergreifendes Testament: »Mein letzter Wille« (s. Abb. 69), das sie bis 1820 durch Beilagen abwandelt und ergänzt. Sie sorgt sich vornehmlich um die Zukunft des Kranken und wünscht, daß sein Vermögen »außer dem äußersten Notfall unangegriffen bleibt«.

29. Dezember Besuch Varnhagens von Ense mit Kerner

bei dem Kranken. »Der edle Dichter des Hyperion . . . raset nicht, aber spricht unaufhörlich aus seinen Einbildungen, glaubt sich von huldigenden Besuchern umgeben, streitet mit ihnen, . . . widerlegt sie mit größter Lebhaftigkeit, erwähnt großer Werke, die er geschrieben habe, andrer, die er jetzt schreibe . . .«: anscheinend das der Schizophrenie eigene »Stimmenhören«.

1809

6. Mai/6. Juli Seckendorf fällt als Hauptmann der österreichischen Landwehr bei Ebelsberg an der Traun, Jakob Zwilling als Rittmeister in der Schlacht bei Wagram.

8. September/20. Oktober Conz bietet August Mahlmann, Redakteur der ›Zeitung für die elegante Welt‹, im Auftrag der Familie gegen angemeßnes Honorar viele, meist ungedruckte, Gedichte Hölderlins, Aufsätze und »ungefähr zwei Akte« des *›Empedokles‹* an. Nur müßte der Druck anonym sein, da der Kranke noch immer »von einer eigenen Ausgabe seiner Werke« spreche. Mahlmann will, überheblich und beschränkt, Sachen nur »aus Hölderlins guter Zeit« übernehmen: »Der erste Teil des Hyperion ist die Blüte seines Genius gewesen, dann versank er in die Form und in eine unverständliche Tiefe«. Der Plan zerschlug sich.

1810/11

21. Januar Clemens Brentano bekennt Philipp Otto Runge seine tiefe Ergriffenheit durch die Gedichte Hölderlins in Seckendorfs Musenalmanachen. »Niemals ist vielleicht hohe betrachtende Trauer so herrlich ausgesprochen worden.«

Januar 1811 Hölderlin plant einen Almanach »und schreibt dafür täglich eine Menge Papiers voll«; darunter Gedichte ›Auf den Tod eines Kindes‹: *Die Schönheit ist den*

Kindern eigen, Ist Gottes Ebenbild vielleicht . . .; ›*Auf die Geburt eines Kindes*‹, ›*Der Ruhm*‹ und die ergreifende Strophe: *Das Angenehme dieser Welt hab ich genossen, Die Jugendstunden sind, wie lang! wie lang! verflossen, April und Mai und Julius sind ferne, Ich bin nichts mehr, ich lebe nicht mehr gerne!*
Für manche Studenten wird der kranke Dichter allmählich zu einer halbmythischen Gestalt, deren Jetzt mit dem Einst erschütternd kontrastiert. So für G. Schwab und seine Freunde, die ihn »auch noch in seinem Wahnsinn mit Ehrfurcht aus der Ferne betrachteten«; »im Kloster aber zirkulierten seine jugendlich schönen Griechenlieder in Abschriften«.

Mai Kerners ›Reiseschatten‹, worin u. a. ein wahnsinniger Dichter Holder mit phantastischen Reden vorgeführt wird, entrüsten des Kranken wegen den Schreiner Zimmer.

Oktober Zimmer erzählt am 14. 10. der Mutter zwei kleine Auftritte: der Kranke war bei der Zwetschgenernte »mit draußen und lachte recht, wenn man schüttelte und die Zwetschgen ihm auf den Kopf fielen«. Beim Heimgehen begegnete man Conz, der Hölderlin mit »Herr Magister« anredete, den Befremdeten sofort um Verzeihung bat, dann einen Homer aus der Tasche zog und dem Dichter gab, der eine Stelle aufsuchte, von Conz vorlesen ließ und davon „ganz entzückt“ wurde. „Aber drei Tage nachher brach er aus, und sagte in der Heftigkeit: *Ich bin kein Magister, ich bin Fürstlicher Bibliothekarius,* schimpfte und fluchte auf das Konsistorium und war lange unzufrieden darüber“.

1812

5. Februar/12. Oktober Sinclair gedenkt gegenüber Hegel wehmütig »des Bunds unserer Geister« und besonders der Tage »mit Hölderlin und Zwilling«.

April Zimmer teilt am 19. 4. der Mutter »eine sehr wich-

tige Veränderung« im Befinden des Kranken mit, die der herbeigerufene Hausarzt Prof. Gmelin mit einem »Nachlaß der Natur« erkläre, und bereitet sie auf das Äußerste vor. Nach sehr unruhiger Nacht, in der er, unaufhörlich umhergehend, »in der größten Heftigkeit mit sich selbst« sprach, starkes Fieber. »Jetzt ist er wieder den ganzen Tag außer dem Bette und äußerst höflich, der Blick seines Augs ist freundlich . . , auch spielt und singt er, und ist übrigens sehr vernünftig. Das Merkwürdigste dabei ist, daß er seit jener Nacht keine Spur von Unruhe mehr hatte.« – Zimmer stellt zuletzt die Rechnung über ungefähr ein Vierteljahr auf, aus der sich die Bescheidenheit der Lebenshaltung des Kranken entnehmen läßt: 81 Tage Kost: 32 Gulden 24 Kreuzer; 69 Schoppen Wein: 6. 54; Schnupftabak: 1. 21; Holz: 3. 18; Wäsche: 3.–; Lichter für den ganzen Winter: 1. 36; insgesamt: 48. 33.
Zuvor erzählt Zimmer ein Beispiel dafür, wie sich Hölderlins »dichterischer Geist . . noch immer tätig« zeige: Beim Anblick der Zeichnung eines Tempels bittet er den Meister, er möge »einen von Holz so machen«. Der erwidert, er müsse »ums Brot arbeiten« und könne nicht so wie er »in philosophischer Ruhe leben«. Darauf er: »Ach, ich bin doch ein armer Mensch«, und sogleich schreibt er »mit Bleistift auf ein Brett« die Verse:

Die Linien des Lebens sind verschieden,
Wie Wege sind, und wie der Berge Grenzen.
Was hier wir sind, kann dort ein Gott ergänzen
Mit Harmonien und ewigem Lohn und Frieden.

Im Lauf des Jahres Johannes Schulze, als Oberschulrat des Großherzogtums Frankfurt nach Hanau berufen (später hochverdient im Preußischen Kultusministerium), wird durch Sinclairs Freundschaft mit Hölderlin zur Beschäftigung mit dem Werk dieses »eigentümlichen Geistes« geführt, der »pindarische Hoheit mit christlicher Liebe verband« und »selbst in seinem Sophokles« Stellen von unüberbietbarer Kraft schuf.

1813/1814/1815

2. März 1813 Zimmer an die Mutter: »Hölderlin ist recht brav und immer sehr lustig. Die Pfeifenköpfe haben ihn gefreut . . . Er kannte sie gleich und sagte: *Ich habe sie in Frankfurt gekauft.* Auch setzte er hinzu: *In Frankfurt habe ich viel Geld gebraucht, auf meinen Reisen aber habe ich nicht viel gebraucht.*« In Gedanken an die politisch-militärische Lage – Zusammenbruch der Großen Armee, zu der auch Württemberg ein Kontingent gestellt – versichert der Meister: »Die Zeitumstände mögen auch werden, wie sie wollen, so . . . (werden) wir in jedem Fall uns Ihres lieben Sohnes annehmen.«

22. Februar 1814 Zimmer teilt der Mutter abermals mit, »Hölderle« sei »so brav, daß man ihn nicht besser wünschen« könne; er lebe »heiter und zufrieden« und habe »keine wilden Anfälle mehr«. »Auch das kleine Büchle von Böhlendorff hat ihn sehr gefreut, er sagte: *Ach, der Gute ist früh gestorben.*« (Böhlendorff starb erst 1825.)

1. April 1815 Plötzlicher Tod Sinclairs mit vierzig Jahren in Wien während des Kongresses. Wirkung auf Hölderlin nicht bezeugt. Ungefähr gleichzeitig mit dem Tod des Gläubigsten treten Arnim und Brentano als Herolde Hölderlins auf.

1820

10. Mai Kerner fordert eine Sammlung der Gedichte Hölderlins: »Es ist wahrhaft sündlich, diesen, besonders als

Elegiker in Württemberg einzigen Dichter – so in Vergessenheit kommen . . . zu lassen.«

29. August Unabhängig von Kerner gibt ein Fremder den entscheidenden Anstoß zur Ausgabe der Gedichte und damit zu größerer Breiten- und Tiefenwirkung Hölderlins: der Leutnant E. W. von Diest in Berlin, aus Frankfurt, westfälischer Herkunft, Bekannter Sinclairs und J. Schulzes, regt Cotta zum Verlag der Gedichte und zur Neuauflage des *›Hyperion‹* an, »zum Besten des für die Literatur viel zu frühe armen Zerstörten«, dem er »durch seinen Hyperion mit die glücklichsten Stunden . . danke« und – so abschließend noch 1822 – »bloß eine alte heilige Schuld abzutragen« habe. Zu einer Vorrede sei J. Schulze, ein »Teilnehmer der Hölderlin allgemein gezollten Verehrung«, gerne bereit; Prinzessin Wilhelm (Marianne) von Preußen nehme »an den Schriften wie dem Schicksale des Unglücklichen« lebhaften Anteil. Der »unglückliche hohe Geist, der in jedem Worte, was Hölderlin schrieb, unverkennbar wohnt, wird es . . (dem Werkchen) sicher an Abnehmern nicht fehlen lassen.«

25. September Nachdem sich Cotta am 7. 9. grundsätzlich bereit erklärt, hat Diest »sofort . . . die Arbeit des Sammlers« begonnen. Prinzessin Wilhelm wendet sich schon am 26. 9., und mehrmals 1821, an ihre Schwester Auguste.

Spätjahr Karl Gok besucht Hölderlin und findet ihn »für sein Alter gut aussehend, und sehr freundlich und still«, aber noch so geistesabwesend, daß er ihn nicht mehr erkennt.

1821

März Der Plan zieht erste Kreise. Am 18. schickt Diest Kerner ein Verzeichnis der bereits gesammelten Gedichte. Der wendet sich an Karl Gok und Uhland, dem er seinen Unmut kundgibt: »Es ist eine Schande, daß nun Ausländer sich unsres unglücklichen Mitbürgers annehmen.«

April Conz weist am 9. 4. Kerner auf die Gedichte in Stäudlins Almanachen 1792 und 1793 hin: es seien »gewiß bessere darunter« als manche späteren, »namentlich die aus der Periode, wo er schon über dem Wahnsinn brütete«. Überhaupt sei es »eine delikate Sache, diese Poesien zu sammeln«. – Am Schluß über Hölderlin persönlich, den er fast ein Jahr nicht mehr gesehen. »Er kam sonst des Sommers je und je in meinen Garten, sprach einige halbvernünftige Worte, verirrte sich aber dann bald in seinen gewöhnlichen Galimathias – . . . Er soll seit einiger Zeit ganz ruhig sein, geht aber, wozu er ehmals Lust hatte, nicht mehr aus, außer in den Hof hinter seinem Erkerlogis«. Am 11. 5. besucht Conz den Kranken »in seiner Zelle«. Er ist »gegenwärtig ruhig«, aber »ziemlich alt« geworden. »Er sprach nichts Unvernünftiges, . . aber leider auch nichts Vernünftiges. Die gewöhnlichen Begrüßungen: Ihr Gnaden, Exzellenz etc. dauern leider noch fort. Ich berührte leise etwas von seinen Gedichten und einer Gedichtsammlung: *Wie Ihr Gnaden befehlen,* war die Antwort«. Am 20. 4. stellt Gok auf Kerners Bitte seine Hilfe zur Verfügung. Er schickt eine »Sammlung der Erstlinge seiner frühe geweckten Liebe zur Poesie von seinem 17.–19. Jahre«: sicher das »Marbacher Quartheft«, – für Gok eine »Reliquie«, nicht »für öffentliche Bekanntmachung aufbewahrt«. Kerner sendet denn auch die Jugendgedichte als noch unreif zurück. (Erst Christoph Schwab nahm 1846 einige wenige in seine Ausgabe der ›Sämmtlichen Werke‹ auf.)

Mai Diest hofft, die Schwierigkeiten weit unterschätzend, das Manuskript »im Anfang nächsten Winters« fertig zu haben. Schulzens Vorrede müsse »eine Würdigung des Dichters« enthalten und sei daher »immer der schwierigste und zarteste Teil des Unternehmens, da Hölderlin noch lebt«. Am 29. 5. bittet Kerner Gok, das übersandte Verzeichnis durch Haug, Neuffer und Cotta vervollständigen zu lassen. Er ist von gutem Absatz überzeugt und sieht in der Herausgabe durch »Berliner« das Gute, daß »dadurch das Werk in Nord- wie in Süddeutschland gleich bekannt wird«.

Juni Haug sendet am 20. 6. Gok u. a. fünf eigenhändige Gedichte Hölderlins, die er »unter Vater Schubarts Papieren« fand (dem sie der Dichter wohl im Sommer 1788 von Maulbronn aus schickte).

Juli Varnhagen ermuntert Kerner am 1. 7. zur »Förderung des schönen Unternehmens«: »Der Hyperion fände keine bessre Zeit«, des griechischen Freiheitskampfes wegen, der in der folgenden Zeit mehrmals als Hintergrund der neuen Auflage des Werkes erwähnt wird und dieses »aktuell« macht.

Am 4. 7. berichtet Diest Kerner von seinen Bemühungen und regt für *›Hyperion‹* »eine erläuternde Note« an, in der die Frage einer Fortsetzung zu erörtern wäre: »ich erinnere mich sehr deutlich, daß Sinclair einmal äußerte, Hölderlins Plan mit dem Buche sei gewesen, in einem noch ungeschriebenen dritten Teile zu zeigen, wie das Christentum am Ende aller irdischen Leiden und Freuden uns mit der Welt versöhnt und einigt«. Sehr fraglich.

Am 12. 7. äußert Gok Sorge wegen der Einstellung der preußischen Zensur zu dem Werk eines Dichters, »dessen reines Gefühl für Wahrheit und Schönheit in einer bessern Zeit als die jetzige, wo der Obskurantismus an allen Grenzen spukt, sich so unumwunden ausspricht«. Er wünscht daher, Kerner als »geachteter vaterländischer Dichter« möge die »Mitherausgabe« übernehmen. Zu einer »Skizze seines Lebens« von der Hand eines »geübten Meisters« würde Gok »gerne die Materialien sammeln« und – so an Cotta am 1. 9. – dafür sorgen, daß »das Interessanteste über Hölderlins Leben mit der möglichst zarten Berührung seines unglücklichen Schicksals« geboten werde. – Am 17. 7. billigt Kerner Goks Wunsch, weist aber mit Nachdruck auf Uhland und Schwab hin.

Aug./Dezember Am 14. 8. erklärt sich Cotta gegenüber Gok zu einer neuen Auflage des ›*Hyperion*‹ bereit und bittet um »diesfallsige Erklärung«. Nach Goks Wunsch soll das Honorar für die Gedichte Hölderlin zugute kommen, das Honorar für den ›*Hyperion*‹ zur Hälfte Diest, zur Hälfte, »im Namen des Verfassers«, dem philhellenischen Verein in Stuttgart »zur Unterstützung für die Befreiung des unglücklichen Griechenlands, des geistigen Vaterlandes« des Dichters zukommen. – Am 10. 10. lehnt jedoch Diest für sich und Schulze jede Honorierung ab und dringt darauf, das Honorar ganz »zu dem reinsten Zwecke, Hölderlins persönlicher Unterstützung«, zu verwenden. – Am 22. 11. bietet Cotta Gok für die 2. Auflage des ›*Hyperion*‹, wie 1795 für die 1.: 100 Gulden, für die Gedichte auf Grund der Disposition von 1801: 1 Karolin (11 Gulden) für den Druckbogen. Am 1. 12. nimmt Gok das Honorar-Angebot für ›*Hyperion*‹ an; über die Gedichte behält er sich eine Erklärung nach Vorlage der vollständigen Sammlung vor. Am 21./22. 12. teilt Diest seine erfolgversprechenden Bemühungen mit, eine Berliner Buchhandlung für den Verlag zu »weit besseren Bedingungen« zu gewinnen; er bittet Kerner, an Schulzens Stelle die Herausgabe der Gedichte und die Vorrede zu übernehmen. Am 29. 12. schreibt Kerner Gok, er könne »nicht der Herausgeber sein, denn dies könnte den Gedichten eher schaden als nützen«, empfiehlt ihm aber nochmals mit Nachdruck Uhland und rät ihm, von Cotta »bessere Bedingungen« zu fordern. – Über Diest: »es ist doch äußerst schön, wie sich dieser Mann mit so vieler Wärme und in der Tat auch mit Aufopferung! dieser Sache annahm. Nun sollen es auch Württemberger tun.«

1822

Januar/Juni Am 17./27. 1., fordert Gok von Cotta 3 Dukaten Honorar (16½ Gulden) für den Druckbogen, am 31.

erklärt sich der Verlag einverstanden und bittet, „nun einen Kontrakt aufzusetzen«.
Am 23. 1. schreibt Uhland Kerner, er werde gerne zu der Ausgabe »behülflich sein«. Am 4. 3. plädiert Diest für Dedikation des Buches an die homburgischen Schwestern, von denen Auguste besonders »innigen Anteil an Hölderlin genommen«. Die Dedikation unterbleibt. Am 10. 3. beantwortet Neuffer Goks Anfrage vom 27. 1. ausweichend; er veröffentlicht später als »Nachtrag« die in seinem Besitz befindlichen Stücke selbst, z. T. mit Eingriffen.
Am 18. 3. teilt Gok Kerner mit, er habe nun Uhland die Sammlung zugestellt, aus der »der poetische Geist Hölderlins mehr erkannt werden« könne als aus den bisher verstreuten Stükken. Uhland wolle mit Schwab durch Vergleichung von Drukken und Abschriften »dem Ganzen noch die möglichste Vollständigkeit und Reinheit geben«.
Am 18. 6. schickt ein Stiftler Gok aus den in Nürtingen liegenden Handschriften u. a. das Bruchstück eines (ganz verschollenen) Gedichtes *›Vomers Landgut‹*, worin er »ganz den der Idylle eigentümlichen Ton und die glücklichste Nachahmung des griechischen Epos, beides mit hohem dichterischen Schwung dennoch ausgeführt«, findet.

14. Mai Unterzeichnung des Kontrakts zwischen Gok und der J. G. Cotta'schen Buchhandlung, 5 Punkte enthaltend: 1. Sofort neue Ausgabe des *›Hyperion‹*; Honorar wie für die 1. Ausgabe: 100 Gulden; 2. Erste Ausgabe »sämtlicher Gedichte«, deren Manuskript »sogleich nach der Vervollständigung und Durchsicht« durch Kerner und Uhland gedruckt werden soll; Honorar: 3 Dukaten »oder deren Wert« (16½ Gulden) für den Druckbogen; 3. Das gleiche Honorar, wenn binnen vier Jahren 500 Exemplare verkauft werden; 4. Verpflichtung Goks, beide Honorare »als ausschließliches Eigentum Hölderlins einzig zu seiner Unterstützung in seiner gegenwärtigen Lage zu verwenden«; 5. Je 30 Freiexem-

plare an Gok für Hölderlins Freunde »im Inlande«, Diest und die homburgische Familie.
Mit dem Vertrag wird es für lange still um die Ausgabe der Gedichte. Erst genau drei Jahre später ist die textkritische Arbeit fertig. Schon am 27. 7. schilt Kerner Schwab: »Ihr seid in allem verzweifelt langsam, exempli gratia mit Hölderlins Gedichten.«

Herbst Erscheinen der 2. Auflage des *›Hyperion‹*.

30. Mai Uhland »sprach viel von Hölterlen, den er mit Schwab herausgibt«: so Wilhelm Waiblinger, Stuttgarter Gymnasiast und angehender Literat voll Ehrgeiz. Das Gespräch mit Uhland ist Auftakt der Besuche bei dem Kranken, der ihn als Kranker wie als Dichter fasziniert und zu – manchmal fragwürdigem – Vergleich mit seinem eignen Wesen reizt.

3. Juli Erster Besuch Waiblingers mit einem Freunde bei »jenem genialischen Hölderlin« und, in seinem Tagebuch, erste genaue Schilderung seines Wohnens und Gehabens. Der Kranke, die Hände »in den nur bis zu den Hüften reichenden Hosen«, macht »unaufhörlich . . . Komplimente . . . ein verschwitztes Hemd hing ihm über den Leib, und mit seinem geistvollen Auge sah er mich so mitleids- und jammerwürdig an, daß mirs eiskalt durch Mark und Bein lief . . . O vor sich den genialischsten, geistreichsten Mann, die größeste reichste Natur in ihrem gräßlichsten Falle zu sehen – . . . o sollte man da nicht Gott anklagen?« Auf die Frage, »ob er sich an den griechischen Angelegenheiten erfreue«, erwidert der Kranke »unter einem Strom von unverständlichen Worten: *Eure Königliche Majestät, das darf, das kann ich nicht beantworten.*« – In der Stube des Tischlers erfahren die Besucher »seine ganze Geschichte«, seit er in dem Hause wohnt. Sein »Schreien und Toben« hat nachgelassen. »Seit sechs Jahren geht er den ganzen Tag in seinem Zimmer auf und ab und murmelt mit sich selbst . . . Bei Nacht steht er oft auf und wandelt im Haus umher, geht auch oft zur Türe hinaus; sonst machte er mit seinem Tischler Ausgänge oder schrieb alles Papier, das er zur Hand bekommen konnte, voll mit einem schaudervollen Unsinn, der aber dann und wann einen unendlich sonderbaren Scheinsinn hat ... er spricht immer von Leiden, wenn er verständlich ist, von Ödipus, von Griechenland.« Weggehend sehen die Besucher den Kranken in seiner Stube auf- und abgehen: »Ein Grausen durchschauerte mich; mir fielen die Bestien ein, die in ihrem Käficht auf und ab rennen.«

August Waiblinger erhält von Uhland am 6. den ›*Hyperion*‹, der ihn nun wie der Dichter selber »schüttelt« und zu einem eigenen Roman verführt: »Der Held .. ist ein Hölderlin – einer, der da wahnsinnig wird aus Gotttrunkenheit, aus Liebe und aus Streben nach dem Göttlichen ... Die Griechen erhalten ihre Apotheose ... Hölderlins Geschichte benütz ich am Ende.« Der ›Phaethon‹ erscheint schon 1823.

1. September Waiblinger deutet das Schicksal Hölderlins bedenklich schief: »Ein Geist ..., der von der Himmelsunschuld durch eine fürchterliche Verirrung in die gräßlichste Befleckung geriet.«

24. Oktober Waiblinger, soeben ins Stift aufgenommen, besucht den Kranken wieder. Er fragt ihn vieles: »die ersten Worte, die er dann sprach, waren vernünftig, die andern fürchterlicher Unsinn«.

26. November Waiblinger deutet Hölderlins Schicksal abermals und selbstbezogen: »Verfehlte Plane des Ehrgeizes, überspanntes Streben, unglückliche Liebe machten den großen Hölderlin wahnsinnig. Könnten sies mich nicht auch machen?« Von allen Dichtern fühlt er – so am 13. 2. 1823 – allein mit Hölderlin »Verwandtschaft«.

1823

22. Februar Waiblinger »schaudernd . . . wieder neben dem wahnsinnigen Hölderlin. Er spielte Klavier. Das kann er nun acht Tage lang fortsetzen.«

23. Februar Waiblinger, der das Presselsche Gartenhäuschen am Österberg gemietet hat (s. Abb. 72), will dort das einst die großen Tübinger Freunde verbindende pantheistische Symbolum *῾Εν και παν* – »Eins und Alles« – anbringen.

Frühjahr Vorübergehend auffallende Besserung im Befinden des Kranken, die seine Umgebung auf Genesung hoffen läßt. Er scheint Zimmer »wie aus einem langen Traum erwacht«. Er nimmt Anteil an seiner Umwelt, besonders aber an den Siegen der Griechen und der Befreiung des Peloponnes. Bei gutem Wetter will er öfters auf den Österberg, liest täglich in seinem ›*Hyperion*‹ und sucht sogar »dann und wann einige dunkle Stellen . . . zu erklären«. Er liest auch Zeitungsberichte, Übersetzungen griechischer Dichter von Conz und sonst »alte Klassiker«.

8./9. Juni Waiblinger lädt den Kranken »auf morgen zu einem Spaziergang ein. Er liegt seit einigen Tagen immer im Bett, und wandelt nur des Morgens im Zwinger auf und ab . . Er sprach lauter Wahnsinn an mich hin.« Erst darauf, nach anfänglicher Weigerung und »den schrecklichsten Entschuldigungen«, geht er mit in Waiblingers »Pantheon«, das Gartenhaus am Osterberg. Er freut sich anscheinend über die Aussicht – auf Tübingen und das Neckartal – und über den »herrlichen Frühlingsmorgen«, raucht auch mit Genuß eine Pfeife, die ihm der Jüngere bietet, gibt aber auf fast alle Fragen »unverständliche oder unsinnige Antworten«, auf die Frage z. B. nach seinem Alter: *Bin mir nicht mehr bewußt, Euer Gnaden.* Auf Waiblingers Bitte schreibt er am Pult ein Gedicht – »nur fünf gereimte Zeilen« – ›*Der Frühling*‹. Danach »ward er stiller, sah viel zum Fenster hinaus, . . .

senkte dann wieder das Auge gedankenvoll in sich hinein, schwieg, bewegte nur äußerst selten den Mund zu einem krampfhaften Laut«.

2. Hälfte Juni/Juli Hölderlin ist viel im Gartenhause Waiblingers, liest ihm aus ›*Hyperion*‹ vor, liest in seinem ›Phaethon‹, schreibt Gedichte bei ihm und hat überhaupt »ein unbegreiflich Zutrauen« zu ihm. »Hölderlin ist mein liebster Freund! Er ist ja nur wahnsinnig. O ich möchte sie küssen, diese abgehärmten, zuckenden Lippen.«

Juli Mörike führt seine Freunde Rudolf Lohbauer und den Zeichner J. Georg Schreiner zu dem Kranken, von dem sie »nachher ... das Profil ... auf einen Wisch Papier« zeichnen (s. Abb. 73).

1824

7. Juni Rudolf Lohbauer, den damals samt seinen Freunden der ›*Hyperion*‹ »berauschte«, schreibt Mörike einen stürmischen Brief der Freundschaft und des Ringens um »Offenbarung«: »Ach! Herr, ... Wenn du bist, so wirst du auch den wahnsinnigen Hölderlin einst in die Klarheit führen!« Er arbeitet eben an seinem Bilde: ›Hyperion auf der Überfahrt nach Kalaurea‹ und schreibt: »Gestern, als ich kaum Hyperion angefangen hatte – da riß michs auf einmal auf in plötzlicher Trunkenheit ... Laß uns hinaus miteinander, laß uns nach Griechenland ...«

1824 oder später Fr. Th. Vischer, der Hölderlin »etwa viermal« sieht und in seinem Antlitz »noch die Spuren großer Schönheit« findet, erzählt, wie er einmal »mit einem Künstler, der ihn zeichnen wollte«, zu ihm ging und ihn zur Ablenkung veranlaßte, Klavier zu spielen. »Plötzlich merkt er, daß man ihn beobachtet, fährt in furchtbarem Zorn, mit verzerrten Zügen auf und überflutet uns mit südfranzösischen Flüchen und Schimpfwörtern.«

1825

13. Mai Uhland sendet endlich Gok »die Sammlung von Hölderlins Gedichten«. Er begründet die Auswahl mit dem Grundsatz, sowohl alles wegzulassen, was, wie die Tübinger Hymnen, »aus einer Periode stammt, in der des Dichters ausgezeichnete Eigentümlichkeit sich noch gar nicht entwickelt hatte«, wie alles, »worin die Klarheit des Geistes schon bedeutend getrübt erscheint«. Diesem übervorsichtigen Grundsatz fallen Gedichte wie *›Patmos‹*, *›Chiron‹* u. a. zum Opfer. Anderseits sind die noch ganz unbekannten »schönen Fragmente des Empedokles« aufgenommen. Uhlands Prognose: »Wenn der Sinn für eine großartige Poesie in Deutschland nicht erstorben ist, so muß diese Sammlung Aufsehen machen.«

Um 1825 Der Kranke dichtet, vorübergehend wieder in alkäischer Odenform, das zweistrophige Gedicht *›An Zimmern‹* und ein zauberhaftes Landschaftsgedicht in 7 Strophen; daraus: *Zwar gehn die Treppen unter den Reben hoch Herunter, wo der Obstbaum blühend darüber steht Und Duft an wilden Hecken weilet, Wo die verborgenen Veilchen sprossen; Gewässer aber rieseln herab, und sanft Ist hörbar dort ein Rauschen den ganzen Tag; Die Orte aber in der Gegend Ruhen und schweigen den Nachmittag durch.*

1826

23. Februar Waiblinger schickt Adolf Müllner für das ›Mitternachtblatt‹ ein Gedicht ›An Hölderlin‹ und bietet ihm eine »Darstellung seines Wahnsinns« an. In einer Anmerkung stellt er eine baldige »Darstellung seines gegenwärtigen Lebens, im Zusammenhang mit der Blüte seines früheren«, in Aussicht, um »ein titanisches Streben im Kampf mit einem tragischen Verhängnis« sichtbar zu machen.

Etwa Anfang Juni Erscheinen der Gedichte. Am 7. 6. erhält Gok die 30 Freiexemplare sowie das Honorar für 12 Bogen: 36 Dukaten oder 198 Gulden.

25. Juli Gok sendet Hölderlin ein Exemplar seiner Gedichte. »So sind nun die Früchte Deiner trefflichen Dichtung der Welt erhalten, und Dein Angedenken wird in diesen von jedem tief fühlenden gebildeten Menschen stets verehrt werden.« Aber der Kranke gerät bei der Mitteilung, daß Uhland und Schwab »seine Gedichte sehr gut redigiert hätten, in tiefen Unmut« und sagt, »er brauche diese Hilfe nicht, er selbst könne redigieren, was er gedichtet«.

1825/1826 Mörike führt zu dem Kranken nochmals seinen Freund Schreiner, der »gleich nachher« eine Kohlezeichnung von ihm macht, die nach Mörike »in hohem Grade ähnlich« ist (s. Abb. 74).

1827/1828

Winter 1826/27 Waiblinger schreibt (oder vollendet) seinen Aufsatz: ›Friedrich Hölderlins Leben, Dichtung und Wahnsinn‹ (erst 1831 erschienen): der erste biographische Versuch, doch eben im Biographischen mangels genauerer Kenntnis ganz unzulänglich und schief in der Herleitung der Krankheit aus »Ausschweifung« in Bordeaux; genial dagegen in der Konzeption von Wesen und Schicksal des Dichters, reich an Details über den Alltag des Kranken, scharfsichtig in der Analyse seines Zustands. G. Schwab veröffentlicht in den ›Blättern für literarische Unterhaltung‹ einen verständnisvollen Aufsatz über Hölderlin und seine Gedichte.

Frühjahr 1828 Arnim veröffentlicht im ›Berliner Conversationsblatt‹ einen sehr einfühlsamen Aufsatz: ›Ausflüge mit Hölderlin‹, worin er den Ausschluß bedeutender Gedichte aus der Ausgabe bedauert.

17. Februar Tod der Mutter in Nürtingen an »Nachlaß der Natur«.

19. Februar Beerdigung. Der Kranke nimmt daran nicht teil. Die Nachricht ihres Todes scheint ihn mindestens berührt zu haben: Zimmer schreibt am 19. 7. der Schwester, er habe den Tod nicht mehr erwähnt, »aus Furcht, er möchte aufs neue wieder beunruhigt werden«; auch der Kranke habe »in dieser Sache nichts mehr« gesagt.

20. Februar »In Beisein der Interessenten«, von denen Hölderlin durch seinen Pfleger Burk vertreten wird, Eröffnung und Mitteilung des Testaments. Darauf langwieriger Erbstreit. Dessen Kern ist die Frage, was jedes der drei Kinder von dem beträchtlichen Aktiv-Vermögen von 18 863 Gulden vorab – vor der Teilung in drei gleiche Teile – anzusprechen, was insbesondere Hölderlin zu fordern habe. Das Waisengericht fällt am 1. 5. gegen Gok den Entscheid, daß ihm von seinem »anerstorbenen« Erbe »kein Abzug für Aufwand gemacht werden« könne, u. a. »weil die Mutter selbst nicht nur nicht arm – sondern reich« sei und weil sie in ihrem Verzeichnis der Ausgaben (s. Abb. 7) selbst bestimmt habe, daß diese, »wenn er im Gehorsam bleibt, nicht sollen abgezogen werden«. Das Waisengericht erkennt daher Hölderlin, mit Einschluß eines Drittels vom Nachlaß der Mutter, insgesamt 9186 Gulden zu. Nach weiteren ergebnislosen Verhandlungen sieht sich das Obertribunal in Stuttgart am 29. 9. 1829 veranlaßt, »Vergleichs-Verhandlungen einzuleiten«, unter nachdrücklichem Appell an die nahe Verwandtschaft der Beteiligten und an die Pietät gegen den »Willen der Erblasserin«. Nach dem Vergleich sollen Gok und Frau Breunlin je 5230 Gulden erhalten, Hölderlin 9074 Gulden. – Hölderlins Nachlaß soll zu sieben Achteln seiner Schwester, zu einem Achtel seinem Stiefbruder zufallen. – Der Vergleich wird am 9. 12. 1829 angenommen. Er räumt jedoch nicht eine böse, nachhaltige Verstimmung zwischen der Schwester und dem Stiefbruder aus, die nach dem Tod des Kranken schärfer ausbricht.

16. April Zimmer an Burk über Hölderlin: »Ich weiß nicht, ob Sie . . . Anteil an ihm nehmen, er verdient es gewiß in jeder Rücksicht. Die neusten Tagblätter nennen ihn den ersten elegischen Dichter Deutschlands . . Auch sein Gemüt ist so reich, so tief, und so edel, daß man selten einen Sterblichen finden wird, der ihm gleicht«. In Anspielung auf den Erbstreit findet es Zimmer »traurig, daß man ihm nicht einmal das, was seine Mutter für ihn angeordnet hat, zuerkennen will, und auch da ihn noch das Schicksal verfolgt. Was wird sein künftiger Biograph sagen . . über diese Geschichte.«

19. Juli/1. November Zimmer berichtet Frau Breunlin von ihrem Bruder, der sich »ganz wohl« befindet. Er steht im Morgengrauen auf »und spaziert den Öhrn auf und ab bis Abends 7 Uhr, wo er dann zu Nacht speist, und gleich nach Tisch zu Bette geht. Seine körperliche Kräfte sind noch immer gut, auch hat er noch immer einen starken Appetit, in seinem Gesicht ältert er etwas; weil er die vordere Zähne verloren hat, stehen die Lippen einwärts und das Kinn hervor.« Er ist jetzt «nicht mehr unglücklich«, ganz ruhig und im Umgang »sehr gefällig«, hat es aber nicht gern, wenn Fremde ihn in seiner Gewohnheit stören. Durch Umbau des Hauses ist ein langer Gang entstanden, den er »alle Tage mit gewaltigen Schritten durchschreitet«. Zimmer hat jetzt sieben Studenten im Hause; mit denen »verträgt er sich gut, sie begegnen ihm auch mit aller Achtung« und laden ihn zuweilen ein, »wo er dann ihre Kommers-Lieder mitsingt wie ein junger Bursch, es versteht sich aber nur im Hause«.

Sommer Besuch der ledigen Jugendfreundin Lotte Stäudlin. »Sie. . . hatte ein lebhaftes, glänzendes Auge und ein überaus munteres Wesen.«

25. August Besuch Immanuel Nasts. Zimmer am 1. 11.: »Hölderlin wollte ihn . . . nicht kennen er spielte gerade auf dem Fortepiano, Nast weinte wie ein Kind, von Liebe und Wehmut ergriffen fiel er Hölderlin um den Hals mit dem Ausruf: Lieber Hölderle, kennst du mich denn nicht mehr? Hölderlin war aber selig in seinen Harmonien, und nickte Herrn Nast auf seine Fragen nur mit dem Kopf.«

29. November Zimmer an Burk: Hölderlin ist trotz allem »nicht unglücklich, er hat eine ungeheure Phantasie und findet immer mit sich selbst Beschäftigung genug«.

1829

26. Januar/2. Juni Zeugnis (nicht erhalten) des Oberamtsarztes Dr. Uhland über Hölderlin und seine Geisteskrankheit, ausgestellt zum Zweck der Fortzahlung des Gratials nach dem Tod der Mutter. Anweisung über Fortzahlung von 150 Gulden »bis zur Wiederherstellung des Hölderlin«.

15. April/18. Juli/30. Oktober Nach Zimmers Briefen an Frau Breunlin ist ihr Bruder immer »recht wohl«, im Frühjahr »besonders ruhig« und »oft recht lustig«, ja »auch witzig«, gegen die Hausbewohner »sehr artig und freundschaftlich«. Spielt einer von ihnen einen Walzer, »so fangt er gleich zu tanzen an«. Der Sommer ist »seine goldene Zeit«, das frühe Aufstehen und Spazierengehen »für ihn ein wahrer Festgenuß«. Er ist »noch immer ein kräftiger Mann«. »Unzufriedenheit« kommt über ihn »nur, wenn er in seiner Einbildung mit Gelehrten streitet«.

Juli/August Neuffer bereitet Tübinger Gedichte Hölderlins, besonders die Hymnen, »die noch nicht in seiner Sammlung stehen«, zum Druck in der ›Zeitung für die elegante Welt‹ auf.

27. November Der Schweizer Komponist Theodor Fröhlich erklärt Hölderlin im Vergleich zu Arnim und Kerner als »sehr viel größer, tiefsinniger, wenn auch unklarer und späteren Wahnsinn verratend ..., besonders herrlich in seinem seltsamen Roman Hyperion«. Bald danach komponiert er die Ode *›Rückkehr in die Heimat‹* und *›Hyperions Schicksalslied‹*, »beides ungeheuer prächtige Dichtungen«. Die ersten bekannten Vertonungen von Gedichten Hölderlins.

1830

30. Januar Günstiger Bericht Zimmers an Frau Breunlin über ihren Bruder, dem »zu seiner Erheiterung noch vieles geblieben, seine Liebe zur Musik, sein Sinn vor Naturschönheiten, und Gefühl für zeichnende Künste«.

Winter Bei Zimmer wohnt ein Enkel des Kanzlers Lebret, Jura-Student aus Augsburg, der an Hölderlin »viel Anteil« nimmt und dem Meister sagt, er sei »in seines Vaters Schwester (Elise Lebret) verliebt gewesen«. Der Kranke schreibt ihm zwei Reimgedichte: *›Dem gnädigsten Herrn von Lebret‹* und *›Aussicht‹* (2. Strophe: *Gebirg umgibt das Feld, vom Himmel hoch entstehet Die Dämmerung und Luft, der Ebnen sanfte Wege Sind in den Feldern fern, und über Wasser gehet Der Mensch zu Örtern dort die kühn erhöhten Stege*).

13. Februar/8. März Zimmer trifft mit Burk einen »Akkord«, wonach jährlich pauschal 250 Gulden zu bezahlen sind. Die einzelnen Posten großenteils wie bisher. »Für trokkenen Tisch« täglich 24 Kreuzer, jährlich 146 Gulden; für »Hauszins« 22, für Wein 24, für Kaffee »des Nachmittags« 8, für Schnupftabak 6, für den »Barbierer« 6 Gulden. (Hölderlins Vermögen wirft seit 1829 jährlich an Zinsen über 450 Gulden ab: fast das Doppelte des Pauschalbetrages; dazu das Gratial von 150 Gulden.)

Dezember Burk legt Rechnung über Hölderlins Aktivvermögen: 8772 Gulden. Ende 1831 sind es 9148, Ende 1832 schon 9599 Gulden. Im selben Maße nimmt es jährlich zu.

6. März Prinzessin Wilhelm von Preußen hat Hegel zu Tisch und bringt das Gespräch auf Sinclair: »da fing er von

Hölderlin an, der für die Welt verschollen ist – von seinem Buch Hyperion – alles das hatte époque in meiner Kindheit mir gemacht wegen Schwester Auguste in Beziehung auf sie – und da empfand ich auf einmal beim Klang dieser Namen eine wahre Freude – eine ganze Vergangenheit ging auf durch sie . . . Ich sah auf einmal das Buch Hyperion, wie es grün eingebunden lag auf dem Fenster der Schwester Auguste und die schönen Weinranken am Fenster, den Sonnenschein hindurch, den kühlen Schatten in den dunklen Kastanienalleen vor dem Fenster, hörte die Vögel – kurz, die ganze Vergangenheit ging mir auf in dem befreundeten Namen.«

Um 1830 Eine alkäische Strophe, die Zimmer als Beleg dafür, »daß Hölderlin zuweilen seinen Zustand fühlt«, anführt: *Nicht alle Tage nennet die schönsten der, Der sich zurücksehnt unter die Freuden, wo Ihn Freunde liebten, wo die Menschen Über dem Jüngling mit Gunst verweilten.*

1831/32

Waiblingers Aufsatz über ›Hölderlins Leben, Dichtung und Wahnsinn‹, geschrieben 1826/27, erscheint in der Reihe ›Zeitgenossen‹ und wird in den folgenden Jahren mehrfach ausgeschlachtet.

21. Januar 1832 Günstiger Bericht Zimmers. »Die Wintertage bringt er meistens am Fortepiano zu, das ihm viele Unterhaltung gewährt, wobei er meistens zu seinem Spiel singt, doch hat sein Gesang das Angenehme nicht mehr wie in früheren Tagen; den ganzen Tag, wenn er nicht am Fortepiano sitzt, ist er in unaufhörlicher Bewegung, und nur Abends vor dem Essen setzt er sich zuweilen ein wenig.«

16. April Der Kranke ist »ein wenig unruhig«, doch hofft der Kostherr auf »baldige Besserung«.

Vor dem 18. Juni Hölderlin schreibt das erste bekannte Reimgedicht über den *»Frühling«,* auf das noch viele Jahreszeiten-Gedichte folgen. Die 1. Strophe: *Wie selig ists, zu sehn, wenn Stunden wieder tagen, Wo sich vergnügt der Mensch in den Gefilden, Wenn Menschen sich um das Befinden fragen, Wenn Menschen sich zum frohen Leben bilden.*

1834/35

Im Stuttgarter ›Beobachter‹ sprechen »mehrere Verehrer der Muse Hölderlins« den anzüglichen Wunsch aus, daß die »noch ungedruckten Dichtungen« »dem an den Dichtergaben und dem unglücklichen Schicksale Hölderlins teilnehmenden Publikum nicht länger vorenthalten würden«. Uhland, der darin eine Spitze gegen Gok, aber auch gegen Schwab und ihn selber sieht, entwirft eine Rechtfertigung. Der Dichter sollte »in dieser ersten Sammlung seiner Poesien in gereifter und ungeschwächter Eigentümlichkeit hervortreten«.

22. Dez. 1835 Ausführliche Antwort Zimmers (s. Abb. 71) auf Erkundigung eines Unbekannten nach Hölderlin: Gemisch von Wahrheit und Fabel. »Hölderlin war schon in Mutterleibe zum Mißgeschick bestimmt«: seine Mutter tat damals »ein Gelübde, soll es ein Sohn sein, ihn dem Herrn zu bestimmen, wie sie sich ausdrückte, nämlich ein Theologe zu werden«. Er selber »wollte ein Mediziner werden, seine sehr religiöse Mutter drang aber durch«. Der Kanzler Lebret wollte ihm seine Tochter und dazu die Pfarrei Wolfenhausen geben; »Hölderlin schlug aber das Anerbieten aus. Erstlich wollte er keinem Weibe den Dienst zu verdanken haben, und zweitens hatte er nie Neigung zur Theologie, . . . dazu hatte er zuviel Naturphilosophie«. – Jetzt hat der Kostherr »keine Beschwerlichkeiten mehr von ihm, aber früher war er oft rasend, das Blut stieg ihm so in Kopf, daß er oft ziegelrot aussah«. Er ist »edelherzig«, gemütstief, körperlich ganz gesund und »noch so munter und lebhaft, als wenn er erst dreißig wäre«; »seine Gestalt ist schön und wohlgebaut, ich hatte noch kein schöneres Auge... gesehen«. – »Tabak raucht er gern, ich darf aber keinen in Konto bringen«.

1837

Dezember Der hessische Theologe Albert Diefenbach besucht den kranken Dichter, über den er dann einen stark literarisierten, doch nicht zum Druck gelangten Aufsatz schreibt. Die Auffassung und Schilderung des Kranken ist besonders stark von Waiblingers Aufsatz abhängig. Außer seinem ›*Hyperion*‹ liest der Kranke nur »einige Dichter des vorigen Jahrhunderts«: Uz, Zachariä, Cramer, Gleim, besonders Klopstock, den er »stundenlang ... laut mit großem Pathos« rezitiert.

1838

April/Juli Briefwechsel über Hölderlin zwischen Mörike und Kurz, der am 30. 4. im ›Morgenblatt‹ die ›*Nachtgesänge*‹ unter Mitteilung von ›*Chiron*‹ und ›*Hälfte des Lebens*‹ bespricht. Am 26. 6. teilt Mörike mit, er habe »dieser Tage einen Rummel Hölderlinischer Papiere erhalten, meist unlesbares, äußerst mattes Zeug«: nicht das einzige leichtfertige Urteil, das neben Verehrung einhergeht.

Herbst Der Jungdeutsche Gustav Kühne hat – seinem 1843 veröffentlichten Bericht zufolge – im Wirtshaus ein Gespräch mit Zimmer, der ihm von Hölderlin erzählt und ihn dann zu dem Kranken führt. Der Bericht über den Besuch erbringt aber (wie der von Diefenbach 1837) kaum Neues und ist großenteils von Waiblinger abhängig oder fingiert, feuilletonistisch aufgemacht, mit psychologischer Reflexion und politischer Tendenz durchsetzt.

1838/1840 Gottfried Kinkel wird durch Johannas »klassische Begeisterung« und durch gemeinsame Lektüre Platens und Hölderlins vom »Romantiker«, der »die Schönheit . . . im einseitigen Spiritualismus« fand, zum Bekenner der »Darstellung des vollen weltlichen Daseins in höchster Läuterung der Form«.

18. November Tod Zimmers mit achtundsechzig Jahren. Wirkung auf den Kranken nicht bekannt. Den Briefwechsel mit den Verwandten führt von nun an die 1813 geborene Tochter Lotte, die es mit dem Kranken besonders gut versteht, trotz aller Mühsal ihn mit Liebe pflegt und ihn zu besänftigen weiß. Er nennt sie *Heilige Jungfer Lotte.*

1839

24. April Gedicht ›*Der Frühling*‹. Die schöne 1. Strophe des Gedichtes: *Die Sonne glänzt, es blühen die Gefilde, Die Tage kommen blütenreich und milde, Der Abend blüht hinzu, und helle Tage gehen Vom Himmel abwärts, wo die Tag' entstehen.*
Hier das wahre Datum, sonst meistens Phantasie-Datum. Dagegen hier wie meist in Gedichten seit 1837 unterzeichnet: *Scardanelli,* nur in Briefen nach Hause aber noch immer: *Hölderlin.* Gelegentlich, in zwei Stammbüchern: *Buonarotti* – Revolutionär aus der Toscana, in Paris Anhänger Robespierres, dann Gracchus Babeufs in seiner frühkommunistischen »Conspiration pour l'égalité«; nach deren Verrat (1796) Babeuf zum Tode, er zur Deportation verurteilt, doch 1800 nach der Insel Oléron verbracht: ein charaktervoller Mann, der sich zeitlebens, voll Mut auch vor Gericht, zu den ihn beherrschenden Ideen bekannte. Vermutlich begegnete sein Name Hölderlin in Berichten über den Prozeß 1796/97 und tauchte aus nicht erfindbarem Anlaß um 1837 wieder auf. Vielleicht aus dunklem Gefühl der Verwandtschaft im Schicksal, im Scheitern? Jedenfalls wollte der Kranke in gewissen Stunden nicht Hölderlin sein. (S. 1843, 27. Januar.)

Dezember Bettina von Arnim schickt Hölderlins Gedichte einem jungen Freund als etwas, das für sie »ungemeinen Wert« habe und »einem Jüngling das liebste Buch sein müßte«.
Georg Herwegh feiert in seinem Aufsatz ›Ein Verschollener‹ Hölderlin als den »eigentlichsten Dichter der Jugend, dem Deutschland eine große Schuld abzutragen hat, weil er an Deutschland zugrunde gegangen ist«.

1840

Der Kulturhistoriker und -kritiker Philarète Chasles, Sohn eines alten Jakobiners, veröffentlicht einen Aufsatz: ›Hoelderlin, le fou de la Révolution‹. Die Rahmenerzählung trägt den Stempel der Erfindung: Der Erzähler, durch Tübingen kommend, will »in einer Straße der Vorstädte« in einem Backsteinhaus, auf dem weinumrankten, mit »alten Holzfiguren« geschmückten Balkon eines Tischlerhauses eine »hübsche Gruppe« wahrgenommen haben: eine junge Magd und, auf ihre Schulter gestützt, einen alten Mann in blauem Hausrock, mit langem, rötlichem, vernachlässigtem Bart; »seine ineinandergelegten Hände und flüsternden Lippen verrieten die Gewohnheit des Betens«. Gleich darauf erfährt der Erzähler von einem seiner Freunde, einem Studenten, es sei »un homme de génie, . . . un homme supplicié à jamais!« Zum Schicksal aber wurde ihm das »Zivilisationsungeheuer« Paris, wohin er kam, »l'esprit bercé par de belles chimères, et rêvant la régénération humaine«. Aber: »d'un paisible rêveur Paris fit un insensé«. Er durcheilte die Stadt, »comme si des fantômes l'eussent poursuivi pas à pas . .; sa raison était éteinte. Jeune, il avait rêvé la paix de la république platonicienne; adolescent, il avait maudit l'Europe esclave. Le voilà fou pour avoir vu Paris. Le monstre civilisateur l'a étouffé.«
Von Bettina von Arnim erscheint ›Die Günderode‹, worin

Erzählungen Sinclairs über Hölderlin 1805 mit eignen Betrachtungen über seinen »heiligen Wahnsinn« durchsetzt und insbesondere die Anmerkungen zu ›Antigone‹ und ›König Ödipus‹ umkreist werden.

1841

14. Januar Gustav Schwabs Sohn Christoph Theodor, seit Herbst 1840 im Stift, besucht zum ersten Mal den Dichter und führt darüber wie über fünf weitere Besuche bis zum 25. 2. Tagebuch: nach Waiblingers Schrift die getreueste Schilderung des Kranken, dessen Zutrauen er durch taktvolleinfühlsames Benehmen gewinnt. Er merkt: »wenn man seine Fragen recht ruhig und ganz in ordinärem Ton an ihn richtet, dann erhascht man hie und da eine Antwort, die Sinn hat«. Als Schwab »von dem so schön männlich unter ihm hinrauschenden Fluß und den schönen Abenden« spricht, sagt Hölderlin »leis vor sich hin«: *Du verstehst mich doch auch*. Der Besucher trifft den Kranken am Klavier in Lotte Zimmers Stube: »Sein Spiel war sehr fertig und voll Melodie, ohne Noten. Er sprach kein Wort ... Ich faßte seine Physiognomie recht scharf ins Auge ... Die Stirn ist hoch und ganz senkrecht, die Nase sehr regelmäßig, ziemlich stark, aber in ganz gerader Linie vorgehend, der Mund klein und fein und wie das Kinn und die untern Teile des Gesichts überhaupt sehr zart . : Seine Augen, die von grauer Farbe sind, haben einen matten Glanz, aber ohne Energie, und das Weiße daran sieht so wächsern aus, daß mich schauerte.« Eine Woche später fällt Schwab auf, »daß man ihn mit Blicken gar nicht recht fassen« kann, »weil sein Auge gar keinen fixen Stern hat, wie es auch seiner Seele ganz an Sammlung und Konzentration fehlt«. In Hölderlins Zimmer sieht Schwab auf dem Sims die 2. Auflage des ›*Hyperion*‹; er weist ihm die Stellen, die ihn »am meisten anziehen«, und tut ihm mit seiner »Bewunderung auffallend wohl«; er bittet ihn, »eine Stelle vorzulesen«, bekommt aber »nur unsinnige Worte; das Wort *pallaksch* scheint bei ihm ja zu bedeuten«. Seine Bücher musternd, findet der Besucher »Campes Seelenlehre, Klopstocks, Zachariäs und Hagedorns Gedichte«.

16. Januar Vor dem zweiten Besuch hat der Kranke »in der Nacht und Vormittags stark getobt«, ist aber am Nachmittag »bei etwas aufgeheitertem Wetter verhältnismäßig beruhigt«, wenn auch »oft gleich wieder verstimmt«. Er nimmt es »ohne Widerrede« hin, als ihm der Besucher lächelnd sagt, »daß er so launig, so eigensinnig sei und daß er oft laut denke«. Wie Schwab in seinem *›Hyperion‹* liest, sagt er vor sich hin: *Guck nicht so viel hinein, es ist kannibalisch*. Auf- und abgehend und den Besucher ansehend, sagt er mehrmals vor sich hin: *Er hat ein ganz slavoyakisches Gesicht,* oder: *Der Baron ist schön.* Endlich, »sich als gemeinen Narren vorstellend: *Ich bin unser Herrgott.*«

17. Januar Lotte Zimmer teilt Frau Gok mit, ihr Schwager sei »recht wohl«, nur »nachts oft sehr unruhig«; das sei aber »ja schon Jahre lang so« und wechsle immer. Das »bessere Vesper«, das Gok anscheinend angeordnet, tue ihm »sehr wohl« und sei »notwendig«.

21. Januar Dritter Besuch Schwabs, »um einige Gedichte abzuholen«. Auf Lotte Zimmers Rat bittet er ihn, »den Namen Hölderlin drunter zu schreiben«, und bringt ihn dadurch in höchste Erregung: *Ich heiße Scardanelli;* endlich setzt er sich doch und schreibt »in seiner Wut den Namen *Scardanelli* darunter«. – Die beiden Gedichte: *›Höheres Leben‹* (s. Abb. 76) und *›Höhere Menschheit‹*; dieses lautet: *Den Menschen ist der Sinn ins Innere gegeben, Daß sie als anerkannt das Beßre wählen, Es gilt als Ziel, es ist das wahre Leben, Von dem sich geistiger des Lebens Jahre zählen.* Christophs Vater findet in den Gedichten noch Hölderlins »ganzes Genie«.

26. Januar Vierter Besuch Schwabs bei dem Kranken, der »ziemlich aufgeregt im Öhrn auf und ab« geht. In seinem Zimmer bietet ihm Schwab eine Zigarre an: »und so gingen wir beide rauchend auf und ab. Er war ziemlich still, sprach aber sonst fast immer in verständlichen Worten«. Er hört aufmerksam zu, als ihm Schwab erzählt, er habe »heute einen Brief aus Athen gelesen«.

12./25. Februar Fünfter und sechster der aufgezeichneten Besuche Schwabs. Er will dem Kranken das entwendete Exemplar seiner Gedichte, in dem »einige angebundene Blätter mit neueren Gedichten beschrieben waren«, durch ein anderes ersetzen. Hölderlin freut sich an dem Einband, nimmt es aber »durchaus nicht« an und gibt es Lotte Zimmer. Nun bittet ihn Schwab, ihm »auf eines der leeren Blätter . . einige Zeilen zu schreiben«, was er verspricht und gleich tut. (Das erste Buch ist verloren.) – Er ist, »wie immer um diese Jahreszeit, sehr wild«. Mit Waiblinger, dessen Tod er vergessen, hat er – so auf eine Frage hin – »von Literatur gesprochen«. Große Freude hat er an den Stahlstichen Kaulbachs zu Schillers Werken gehabt, besonders an der Szene aus ›Wallenstein‹: *Der Mann steht erstaunlich da.* »Überhaupt hat er für Kunst noch viel Sinn und Urteil.«

27. Januar Auftakt zur 2. Auflage der Gedichte: Cotta teilt Gok den Plan einer Taschenausgabe mit, der ein Lebensabriß vorangestellt werden solle. Er fragt Gok, welches Honorar er fordere und ob er nicht »einen Freund des Verstorbenen« (!) mit den »Materialien« zu dem Abriß versehen wolle, für dessen »Entwerfung« Schwab oder Kurz in Frage käme.

12. Februar Gok wünscht das gleiche Honorar wie für die 1. Auflage (198 Gulden), »ohne Rücksicht auf die Bogenzahl der neuen«. Für den Lebensabriß zieht er Schwab vor, dem er gerne »Materialien« mitteilen wird; er will »mit der größten Gewissenhaftigkeit nur diejenigen Notizen geben, welche aus Hölderlins eigenen Briefen und anderen sicheren Quellen zu entnehmen sind«. Er hat also zwar die erste quellentreue Lebensdarstellung, aber auch die Ehrenrettung seines Bruders im Auge: der Abriß ist ihm erwünschte »Gelegenheit zur gründlichen Widerlegung der von Waiblinger und einigen andern jungen schreibseligen Männern (zuerst »Lausbuben«) seit einigen Jahren im Druck verbreiteten unwahren Nachrichten über Hölderlins frühere Schicksale«. (Gok meint vornehmlich Waiblingers Rede von »Ausschweifungen« in Bordeaux.)

16. Februar Vertrag zwischen Gok (und Burk) und Cotta zu den Bedingungen Goks.

24. Februar Gok instruiert Burk über die Verwendung des Honorars: es soll »als ein von Hölderlin sauer erworbenes Eigentum nach und nach ausschließlich zu einigen Erfrischungen, deren er, außer seiner gewöhnlichen Kost, in seinem hohen Alter vielleicht manchmal bedarf«, dienen. – Am 27. 2. teilt Burk dem Bruder mit, Hölderlins Vermögen betrage 11 050 Gulden: vielleicht etwas anzüglich; wirft doch das jetzige Vermögen allein über 550 Gulden Zins ab, wovon nach Abzug der Pauschale für den Kostherrn 300 Gulden, die durch das Gratial auf 450 erhöht werden, erspart – und den Erben vorbehalten bleiben.

26. Februar Cotta bittet Schwab, derzeit Pfarrer in Gomaringen, die kurze Biographie zu schreiben: »das unglückliche Schicksal Hölderlins verdient gewiß, daß Du ihm dieses Denkmal setzest«.

5./8. April Schwab sagt Cotta zu; Gok teilt diesem mit, er habe »nun die Materialien . . gesammelt und in eine Übersicht gebracht«.

21. April Gok sendet Schwab die »Materialien«, die literarisch vorgeformt sind, was die Arbeit Schwabs ebenso einengt wie fördert. Um Schwab Gelegenheit zu geben, »Hölderlins edeln Charakter aus einer vertraulichen Korrespondenz näher kennen zu lernen«, legt Gok als »Beleg« einen Teil der Briefe seines Bruders an ihn selber bei, die er »bisher wie einen Schatz bewahrte«: das erste Mal, daß intime Papiere des Dichters zur Verfügung gestellt werden. Außerdem fügt er von Sinclair den Brief mit der Nachricht vom Tode Diotimas bei, der über Hölderlins »Verhältnis mit einer verstorbenen Freundin einigen näheren Aufschluß« gebe.

25. April Schwab bedankt sich für »die reichliche Sendung von kostbarem Material«, teilt mit, daß er seine längere Reise bis gegen Mitte Mai verschoben habe, und hofft, die Arbeit, die für ihn eine »Dichterherzensangelegenheit« bedeute, bei seiner Durchreise durch Stuttgart Gok und Cotta »fertig vorlegen zu können«.

13. Mai Schwab besucht in Stuttgart auf der Durchreise Cotta und Gok, ohne jedoch den Abriß mitzubringen.

13./24. Mai Gok erbittet von Familie Zimmer »eine gutächtliche Äußerung des Hausarztes« über die Zuträglichkeit der »Erfrischungen«, die als Zwischenmahlzeiten (»Vesper«) »mit einem Trunk guten alten Weins abzureichen wären«. – Lotte Zimmer gibt in ihrer Antwort Bericht über das Ergehen des Kranken. Er ist nach einem »starken Katarrh« »wieder wohl, nur nachts sehr unruhig, daß ich oft mitten in der Nacht ihm sagen muß, er soll doch auch ruhig sein, es könne ja niemand schlafen, wo er dann doch nachläßt. Die gegenwärtige Hitze muß viel dazu beitragen.« – Lotte sendet das Zeugnis Professor Gmelins. Dieser widerrät »den lautern Wein« als »zu stark vor ihn«; er findet die bisherige Behandlung »ganz recht«, meint aber, »ob man nicht den Kostpreis etwas erhöhen sollte«, was ihm Lotte »mehrenteils widerlegt, weil die Bedürfnisse sich nicht gleich bleiben«. Dann mit rührend liebevoller Fürsorglichkeit über die Kost. »Er bekommt nun alle Tag Wein morgens und mittags, wo ich aber zu drei Teil Wein in ein Glas einen Teil von unserm Haustrunk (Most, Apfelwein)... darunter tue, wo er dieses sehr gerne trinkt, . . . kurz, Sie dürfen ohne Sorgen sein, . . . es macht mir ja selbst Freude, mich jetzt in Stand gesetzt zu wissen, dem Unglücklichen noch mehr Gutes zu tun können«. Der Kranke empfindet diese herzliche Gesinnung: Jungfer Lotte hat »viel Gewalt über ihn, er läßt sich von ihr leiten wie ein Kind«.

18. Juli Hölderlin schreibt ein Gedicht, das beginnt: *Des Geistes Werden ist den Menschen nicht verborgen,* und endet mit dem schönen Verspaar: *Wie er dem Tage sich, dem Leben sich vertrauet, Wie er mit sich den Bund des Geistes bindet.*

25. Juli Christoph Schwab führt zu Hölderlin Philipp und Marie Nathusius, die Schriftstellerin, die den Besuch in ihrem Tagebuche festhält. Schwab läßt den Kranken »in die Stube eines seiner Freunde« rufen, wo er öfters Klavier spielt; »für Musik und schöne Natur ist ihm ein Sinn geblieben«. Er erscheint »im Schlafrock, das dünne Haar schlicht heruntergekämmt, den Kopf gebeugt, aber mehr aus Scheu als aus Schwäche«. »Was er spielt, sind . . . nur einzelne harmonische Sätze und Anklänge von Melodien, Formen, die er mechanisch in den Fingern hat«. Aus »Instinkt« gewordener Gewohnheit erklärt die Besucherin auch seine »Formen der Höflichkeit«, die »früher seiner innern Natur störend waren«. Widerwillig führt er die Besucher hinauf in ein Zimmer, wo sie hinaussehen, indes er »scheu an den Ofen gedrückt« steht: »ein zu trauriger Anblick«, der sie eilig gehen läßt.

10. August/18. September Oberamtspfleger Zeller teilt Gok mit, daß ihm in Nachfolge des alten Burk »die Verwaltung des Hölderlinschen Vermögens« übertragen sei. Er hat »vor einigen Tagen . . persönlich nach dem unglücklichen Manne« gesehen. Er fand »das Logis . . in jeder Hinsicht passend«, den Kranken »durchgängig zweckmäßig behandelt«. Seit dem 22. 5. erhält er »täglich zweimal eine Stärkung an Wein oder warmem Getränk« zu 8 Kreuzern. Dazu sei –

das ist wohl anzüglich gesagt – das vorhandene Vermögen »mehr als hinreichend«; auch sollte »dem Kranken selbst, da wir ihm leider keine geistigen Genüsse verschaffen können, wenigstens leiblich alles zuteil werden . . ., was ihm Freude machen kann«. – Gok legt Zeller gegenüber Familie Zimmer »Vertrauen und jede zuvorkommende Berücksichtigung« ans Herz: »gewiß könnte es von den traurigsten Folgen sein, wenn Verhältnisse eine Änderung herbeiführten, unter welchen er nicht wieder bei einem ihm bekannten Gliede jener Familie untergebracht werden könnte«; doch habe der Mann der (seit dem 13. 5. 1841 verheirateten) ältern Tochter Christiane, Pfarrer Zimmer in Hirschlanden, eine beruhigende »vorläufige Zusage« gegeben. – Gok empfiehlt, den Hausarzt, Professor Gmelin, »bei dem hohen Alter Hölderlins um besondere ärztliche Fürsorge . . . zu ersuchen«.

Herbst Johann Georg Fischer kommt als Student nach Tübingen und besucht bis zu seinem Weggang im Mai 1843 den Kranken öfters, teils allein, teils mit Christoph Schwab und andern theologischen Freunden. Beim ersten Mal treffen Auberlen und Fischer den Kranken, wie er auf dem Klavier »ziemlich leidenschaftlich phantasiert«. Das Gespräch ist anfangs »schwerflüssig und zaghaft . . . Aber unvergeßlich . . . das Aufleuchten im Angesichte des Ehrwürdigen, wenn eine Frage, ein Name ihn faßt«. Fischer lenkt das Gespräch auf Schiller; darauf er mit strahlendem Blick: *Ach mein Schiller, mein herrlicher Schiller!* Beim Namen Goethes dagegen »verkühlen sich seine Züge fast wie beleidigt«: *Ach, Herr von Goethe!*

25. Dezember Hölderlin schreibt ein Gedicht ›*Winter*‹; die 1. Strophe (deren letzter Vers Weihnachten meint): *Wenn sich das Laub auf Ebnen weit verloren, So fällt das Weiß herunter auf die Tale, Doch glänzend ist der Tag vom hohen Sonnenstrahle, Es glänzt das Fest den Städten aus den Toren.*

Wohl 1841 Weiterhin je ein Gedicht ›*Der Frühling*‹, ›*Der*

Sommer‹, *›Der Winter‹*. Der Schluß des Frühlingsgedichtes: *Das weite Tal ist in der Welt gedehnet Und Turm und Haus an Hügeln angelehnet.*

1842

Januar Hölderlin schreibt ein Gedicht *›Der Winter‹*, endend: *Wenn hoch erscheint von Sternen das Gewimmel, Und geistiger das weit gedehnte Leben.*

18. Januar Moriz Carriere, der in Berlin mit Bettina von Arnim und der hochbetagten Charlotte von Kalb verkehrt, die zu ihm »tiefbewegt von Hölderlin« gesprochen hat, erbietet sich Cotta gegenüber zu einer Gesamtausgabe seiner Werke, worin auch sein Sophokles aufzunehmen wäre. Hölderlin ist für ihn »der Prophet einer schönern Zukunft für Staat und Kirche, der größte Elegiker, der je gelebt«.

Frühjahr Der dem jungen Deutschland näher stehende Gustav Schlesier beginnt zu einer Biographie Hölderlins weitreichende Vorarbeiten, zu denen auch Unterredungen mit G. Schwab u. a. gehören. Am 21. 5. sagt ihm dieser: Hölderlin wäre »wohl zu retten gewesen«, wenn er nach der Rückkehr aus Frankreich »in gute Hände gekommen« wäre. Über die Herausgabe seiner Gedichte sei er »ungehalten« und erkläre sie »geradewegs für unecht«. Goethes – wie auch Schellings – gedenke er gar nicht; er müsse von ihm »erzürnt worden sein«.

7. Februar Zeller hat sich wieder davon überzeugt, daß dem Kranken »nichts abgeht«. Professor Gmelin hat sich erboten, »von Zeit zu Zeit« nach ihm zu sehen und notfalls »den Hausleuten über Kost und Pflege Anweisung zu geben«.

Etwa im Frühjahr Louise Keller, Freundin der Familie Schwab, fertigt von dem Kranken eine Zeichnung, die dann als Stahlstich das Titelbild des Gedicht-Bändchens abgibt (s. Abb. 75).

9./15. März Hölderlin schreibt je ein Gedicht ›*Der Sommer*‹ und ›*Der Frühling*‹. Die 2. Strophe des einen: *So zieht der Tag hinaus durch Berg und Tale, Mit seiner Unaufhaltsamkeit und seinem Strahle, Und Wolken ziehn in Ruh, in hohen Räumen, Es scheint das Jahr mit Herrlichkeit zu säumen.* Der Schluß des andern: *Der Frühlingshimmel weilt mit seinem Frieden, Daß ungestört der Mensch des Jahres Reiz betrachtet, Und auf Vollkommenheit des Lebens achtet.*

20. März Uhland schickt dem Dichter zum Geburtstag, wie jährlich, »eine Vase mit Blumen«, die er »freudig und bewundernd hoch« aufhebt: *Das sind prachtasiatische Blumen!*

30. Juni Geselliger Abend bei Gustav Schwab, an dem u. a. Lenau, Emma Niendorf (von Suckow) und Louise Keller teilnehmen, deren Hölderlin-Zeichnung Lenau »lange und fest« betrachtet, als ob er, »indem er sich in das Angesicht des unglücklichen Sängers vertiefte, sich mit dem eigenen Schicksal gemessen«.

12./13. Juli Hölderlin schreibt je ein Gedicht ›*Der Herbst*‹ und ›*Der Sommer*‹, dieses auf Bitten eines Theologie-Studenten; er ist »schrecklich komplimentös«, lehnt wie immer seinen Namen ab und erklärt: *Sie sprechen mit Herrn Rosetti.* Der Beginn des Herbst-Gedichtes: *Das Glänzen der Natur ist höheres Erscheinen.*

Juli Noch zwei Gedichte: ›*Der Sommer*‹ – *Die Tage gehn vorbei mit sanfter Lüfte Rauschen* – und (vom 28. 7.) ›*Der Mensch*‹. Die 1. Strophe: *Wenn aus sich lebt der Mensch und wenn sein Rest sich zeiget, So ists, als wenn ein Tag sich Tagen unterscheidet, Daß ausgezeichnet sich der Mensch zum Reste neiget, Von der Natur getrennt und unbeneidet.*

Die Verse vielleicht geschrieben für Heinrich Czolbe, Student in Heidelberg, nachmals Naturphilosoph, der, schon als Schüler »mit inniger Sympathie für den Dichter des Hyperion« erfüllt, »auf einer Ferienreise durch Schwaben« den Kranken besucht und »nachhaltigen Eindruck« von der »Unterredung« mitnimmt: »Während der Wanderung in dem schönen Neckartale gelobte er sich, nach Kräften mitzuwirken, daß das Ideal des Dichters sich verwirkliche, eine harmonischere Gestaltung des Lebens herbeigeführt werde und eine ruhig heitere Naturreligion alle Wahngebilde eines düsteren Zelotismus verscheuche.«

3. September Zeller besucht nochmals den Kranken und überzeugt sich »von seinem leiblichen Wohlbefinden«. Am 27. 11. teilt er Gok dies sowie seine Ernennung zum Konsistorialassessor in Stuttgart mit, die ihm »die Verwaltung des ganz im hiesigen Bezirk angelegten, meistens in kleinen Posten bestehenden Kapitalvermögens« fast unmöglich mache. Als Nachfolger schlägt er den Rechtskonsulenten Dr. Essig vor.

30. September Schwab schickt Cotta »den letzten Korrekturbogen von Hölderlins Gedichten und den Lebensabriß«. Er übermittelt den Wunsch seines Sohnes, für Hölderlin möchte ein Exemplar ohne den Abriß gebunden werden. Sein Sohn habe an diesem nur insofern Anteil, als er »auf seine größere Arbeit, die vorerst im Pulte bleibt, gegründet« sei. (Die »größere Arbeit« ist erhalten und, wie auch der gedruckte Lebensabriß, weithin, bis in den Wortlaut hinein, abhängig von der leicht tendenziös und biedermeierlich gefärbten Lebensskizze, in deren Form Gok seine »Materialien« gebracht: für das Hölderlin-Bild des 19. Jahrhunderts folgenreich.)

Herbst ›Gedichte von Friedrich Hölderlin. 2. Auflage‹, datiert 1843, eingeleitet durch ›Lebensumstände des Dichters‹, signiert: »Stuttgart im Okt. 1842. G. S. Chr. S.«

7. November Wieder ein Gedicht *›Der Winter‹*, worin schöne, zauberische Bilder: *Das Feld ist leer, die Ansicht scheinet milder, Und Stürme wehn umher und Regenschauer. – Als wie ein Ruhetag, so ist des Jahres Ende, Wie einer Frage Ton, daß dieser sich vollende.* Unter den letzten Gedichten ist ein verschollenes, das ein altes Motiv aufnimmt: *›Der Strom‹*.

1843

24. Januar Wahrscheinlich fallen auf diesen Tag zwei weitere, so datierte, nur mit Phantasie-Jahreszahl versehene Gedichte. Die 2. Strophe des einen: *Der Geist des Lebens ist verschieden in den Zeiten Der lebenden Natur, verschiedne Tage breiten Das Glänzen aus, und immerneues Wesen Erscheint den Menschen recht, vorzüglich und erlesen.* Dieses Gedicht vermutlich Uhland (in dessen Nachlaß es sich fand), das andere vielleicht dem Germanisten Adelbert Keller überreicht. Beide besuchen mit Christoph Schwab den Dichter, wie Keller am 18. 6. schreibt, »im vorigen Winter«: vermutlich eben am 24. 1. Sie treffen ihn »ziemlich heiter und blöd zufrieden«, doch noch immer von »hoher, ehrfurchtgebietender Gestalt«. Er schreibt ihnen »am Ende ein Gedicht über den Winter«, ohne »eigentlichen Zusammenhang«, doch mit »Ahnungen schöner Bilder und Gedanken«.

27. Januar J. G. Fischer stattet mit Christoph Schwab und Karl Auberlen dem Dichter erneut einen »Besuch von bedeutendem Eindruck« ab. Der Dichter trinkt Kaffee und raucht eine Zigarre mit den drei Besuchern. Er »sieht trotz seiner Zerstörung noch sehr geistvoll aus« und zeigt »noch jetzt Spuren seiner einstigen Schönheit«. In lichten Augenblicken gesteht er zu, »daß er seine Gedichte geschrieben, und daß Schiller sein guter Freund gewesen«. Schwab überreicht ihm ein Exemplar seiner Gedichte ohne den Lebensabriß; er dankt und durchblättert das Buch: *Ja, die Gedichte sind echt, die sind von mir, aber der Titel ist falsch; ich habe in meinem Leben niemals Hölderlin geheißen, sondern Scardanelli, oder Salvator Rosa, oder so was.* Auberlen bringt die Rede auf den Sophokles, er erwidert: *Ich habe den Ödi-*

pus zu übersetzen versucht, aber der Buchhändler war ein . . .! Fischer: »Ihre Diotima muß ein edles Geschöpf gewesen sein«; darauf er, »kurz aufleuchtend«: *Ach meine Diotima: reden Sie mir nicht von meiner Diotima; dreizehn Söhne hat sie mir geboren: der eine ist Papst, der andere ist Sultan, der dritte ist Kaiser von Rußland«*; dann plötzlich höchst erregt in reinem Schwäbisch: *Ond wisset Se, wies no ganga ischt? Närret isch se worde, närret, närret, närret.* — Vorher bittet Fischer »um ein paar Zeilen«; der Kranke: *Wie Euer Heiligkeit befehlen! Soll ich über Griechenland, Frühling, Zeitgeist?* Nun »schien sich sein ganzes Wesen zu verjüngen«: »der sonst fast immer vorgebeugte Mann stellte sich in aufrechter Haltung an sein Schreibepult, nahm einen Foliobogen und einen mit der ganzen Fahne versehenen Gänsekiel aus demselben . . . Auge und Stirn glänzten, wie wenn niemals so schwere Verwirrung darüber gegangen wäre.« — *›Der Zeitgeist‹: Die Menschen finden sich in dieser Welt zum Leben, Wie Jahre sind, wie Zeiten höher streben, So wie der Wechsel ist, ist übrig vieles Wahre, Daß Dauer kommt in die verschiednen Jahre; Vollkommenheit vereint sich so in diesem Leben, Daß diesem sich bequemt der Menschen edles Streben.* — Auberlen erhält das Gedicht *›Griechenland‹* (dessen Bezug auf den Titel nur erahnbar): *Wie Menschen sind, so ist das Leben prächtig, Die Menschen sind der Natur öfters mächtig, Das prächtge Land ist Menschen nicht verborgen, Mit Reiz erscheint der Abend und der Morgen. Die offnen Felder sind als in der Ernte Tage, Mit Geistigkeit ist weit umher die alte Sage, Und neues Leben kommt aus Menschheit wieder, So sinkt das Jahr mit einer Stille nieder.*

März Uhland besucht mit Christoph Schwab den Dichter, der »sehr freundlich« gegen ihn ist. Er schickt ihm zu seinem Geburtstag wieder einen Blumenstrauß und erfreut ihn damit »höchlich«: »in seiner Sprachweise« ruft er: *Prachatig!*

Um den 20. März Hölderlin schreibt drei Frühlingsgedichte, eines vielleicht an seinem Geburtstag; dessen 1. Strophe: *Wenn aus der Tiefe kommt der Frühling in das Leben, Es wundert sich der Mensch, und neue Worte streben Aus Geistigkeit, die Freude kehret wieder, Und festlich machen sich Gesang und Lieder.*

April Letzter Besuch Fischers. Der Kranke hört »mit Verneigung« an, daß er »komme, um Abschied zu nehmen«; seine »Gemessenheit« und sein unbewegter »Gesichtsausdruck« lassen nie »auf Ahnung früherer Begegnung« schließen.

18. April Die ›Kölnische Zeitung‹ veröffentlicht unter dem Titel: ›Dichterleben. I. Friedrich Hölderlin‹ eine kenntnisreiche Lebensskizze, vermutlich von G. Schwab. Hölderlin ist »mit Schiller und Goethe den ersten Geistern unsers Volkes beizuzählen«. Ebenso bemerkenswert über die Jahre vor der Aufnahme in das Klinikum: »Bis dahin hatte noch immer der Tiefsinn des Dichters mit dem einbrechenden dunklen Chaos des Geistes gerungen, und wie ein im Sterben noch aufflammendes Licht war im Triumph seine Poesie erloschen«.

12. Mai Tod Charlottens von Kalb im Berliner Schloß mit fast zweiundachtzig Jahren. Am Sterbetag noch nimmt sie an der Lebensskizze in der ›Kölnischen Zeitung‹ »großen Anteil«.

27. Mai Der Dichter, einst ein Verkündiger der Freundschaft, schreibt als vorletztes ein Gedicht ›*Freundschaft*‹, worin es heißt: *Der hohe Geist ist nicht der Freundschaft ferne, Die Menschen sind den Harmonien gerne Und der Vertrautheit hold.*

Etwa Anfang Juni Der Kranke, den eine Erkältung befallen hat, schreibt sein letztes Gedicht: ›*Die Aussicht*‹; 2. Strophe: *Daß die Natur ergänzt das Bild der Zeiten, Daß die verweilt, sie schnell vorübergleiten, Ist aus Vollkommenheit, des Himmels Höhe glänzet Den Menschen dann, wie Bäume Blüt umkränzet.*

7. Juni. Nachts 11 Uhr Tod Hölderlins.

Nachts 12 Uhr Lotte Zimmer unterrichtet Gok »von dem sanften Hinscheiden« seines Bruders und den letzten Stunden. Die Erkältung zeitigte »besondre Schwäche«. Er »spielte diesen Abend noch und aß in unserem Zimmer zu Nacht, nun ging er ins Bett, mußte aber wieder aufstehen und sagte zu mir, er könne vor Bangigkeit nicht im Bett bleiben, nun sprach ich ihm doch zu und ging nicht von der Seite . . . es wurde ihm aber immer banger, ein Hausherr (Mieter, Student) war auch bei ihm und ein anderer Herr, welcher ihm gewacht hätte mit mir, nun verschied er aber so sanft, ohne noch einen besondern Todeskampf zu bekommen, meine Mutter war auch bei ihm, an das Sterben dachte freilich kein Mensch von uns.« – Der Student Keim schreibt wenige Tage nach dem Tode, was sich mit Lotte Zimmers Bericht nicht verträgt: Hölderlin »habe am Abend noch sehr heiter in den Mond hinaus gesehn und sich an dessen Schönheit gelabt, habe sich dann ins Bett gelegt und sei verschieden«.
Der Dichter, der sich zeitlebens beholfen, stirbt als ein nach mittelbürgerlichen Begriffen wohlhabender Mann: Seine Geschwister erbten 12 959 Gulden.

8./9. Juni Fritz Breunlin, Hölderlins Neffe, reist nach Tübingen, um das Notwendige zu besorgen, und teilt Gok mit, daß die Beerdigung am Samstag, 10. 6., um 10 Uhr sein werde.
Die ›Allgemeine Zeitung‹ bringt eine Notiz über den Tod des Dichters, dessen Geist »nach kurzem blendenden Aufleuchten sich mit Nacht umzogen hatte«, und fügt die 2. Strophe von *›Hyperions Schicksalslied‹* an.
Christoph Schwab bereitet die Leichenrede vor und ruft »die Studenten zur Teilnahme an der Bestattung« auf.
Professor Gmelin ordnet, wie er Gok nachträglich am 11. 6. mitteilt, »um seiner Freunde willen« eine Leichenöffnung an, die »sehr interessante Resultate« ergibt. Akute Todesursache:

»Brustwassersucht« (Lungenödem) – »die beiden Lungensäcke mit Wasser ganz überfüllt« –; Ursache »der langsam und unmerklich eingetretenen Brustwassersucht«: starke Verknöcherung und Verdickung der »Klappen der großen Pulsader«. – Nach Gmelins zeitgebundener Auffassung: Ursache der geistigen Erkrankung: »Das Gehirn war sehr vollkommen und schön gebaut, auch ganz gesund, aber eine Höhle in demselben, der Ventriculus septi pellucidi, war durch Wasser sehr erweitert, und die Wandungen desselben ganz verdickt und fest geworden . . . Da man sonst gar keine Abweichung im Gehirn vorfand, so muß man diese, mit der jedenfalls ein Druck auf die edelsten Gehirnteile verbunden war, als die Ursache seiner vierzigjährigen Krankheit ansehen.«

10. Juni 10 Uhr Bestattung Friedrich Hölderlins auf dem Tübinger Friedhof (fast unmittelbar an der vom Haupteingang aus linken, südlichen Grenzmauer). Etwa hundert Studenten folgen dem Sarg; die in der »Zimmerei« wohnenden tragen ihn auf dem Friedhof. Von der Professorenschaft – von der Uhland meint, es würden »nur sehr wenige Hölderlins Gedichte gelesen haben« – ist niemand anwesend, dagegen der Dichter Karl Mayer, Uhlands Freund, und die Bibliothekare Fallati und Klüpfel. Uhland kehrt erst am 11. von einer Reise zurück. G. Schwab ist dienstlich verhindert. Von den Verwandten nehmen nur Fritz Breunlin und zwei entferntere teil. Die greise Schwester fehlt wie auch der Bruder (der Jahrs darauf den Grabstein setzen läßt). – Die Tübinger Liedertafel singt vor und nach der Beerdigung am Grabe je ein (recht konventionelles) Lied. Christoph Schwab hält die Leichenrede; er bemüht sich redlich, Christliches und Hellenisches in Einklang zu bringen.

»Wir wußten lange nicht, wie wirs mit seinem Begräbnis halten sollten. Der Himmel hat es auch hier zum besten gefügt und einen tüchtigen Gewitterregen hereinsprühen lassen, daß nur diejenigen sich an den Zug anschlossen, die wahres Interesse für den Verstorbenen hegten ... Der Regen und Sturm war aufs höchste angewachsen, als man den lorbeerbekränzten Sarg in die Tiefe senkte. Aber es war eine heitere Regenhelle und die Gegend stand frisch und üppig, und bald darauf brach die volle Sonne aus den Wolken«: so in einem Nachruf von Gottlob Kemmler, Stiftler und Freund des jungen Schwab, der am Begräbnistag auch eine schöne, verständnistiefe Elegie ›Auf Hölderlins Grab‹ schrieb, worin es gegen Schluß prophetisch heißt: ».. öffentlich Leben erblüht: Daß nicht mehr sich selbst umkreise der Dichter und schmerzlich Totem leihe sein Blut«.

Tags darauf Theodor Köstlin, Enkel von Hölderlins Nürtinger Lehrer Nathanael Köstlin, Sohn des den Dichter mit Uhland und Kerner verehrenden Heinrich Köstlin: »Die Leichenfeier war ... feierlich und ergreifend.«

Tags zuvor, tief berührt von der eben erhaltnen Todesnachricht, Gustav an Christoph Schwab:

»Es ist mit ihm ein Dichter hinübergegangen von denen, ὧν οὐκ ἄξιος ὁ κόσμος«.

(Hebr. 11,38: »derer die Welt nicht würdig«)

Abbildungen

1 Der Klosterhof in Lauffen a. N.
Hölderlins Geburtshaus
Bleistiftzeichnung von Julius Nebel. Um 1800

2 Johanna Christiana Hölderlin,
die Mutter des Dichters (1748-1828)
3 Heinrich Friedrich Hölderlin,
der Vater des Dichters (1736-1772)
Ölbilder von unbekannter Hand. 1767

4 Johanna Rosina Heyn, geb. Sutor (1725-1802), Hölderlins Großmutter mütterlicherseits. Scherenschnitt von Hauff.

5 Lauffen a. N. Nach einem Stich
von R. Stieler. Um 1860
6 Nürtingen. Lithographie. Um 1860
7 Liste der Mutter Hölderlins: ›Ausgaben vor den L. Fritz‹

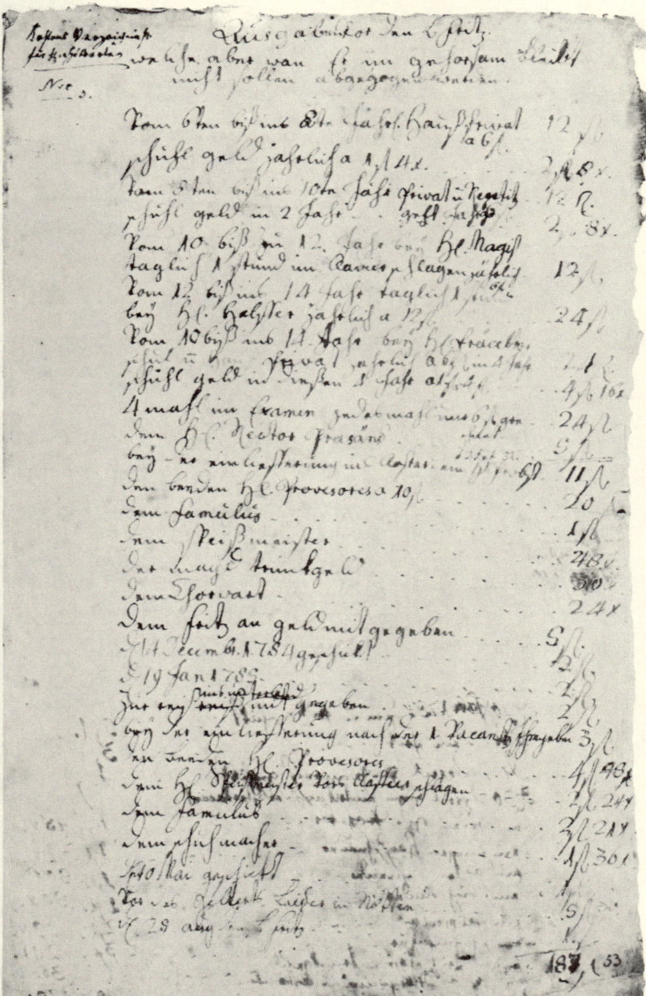

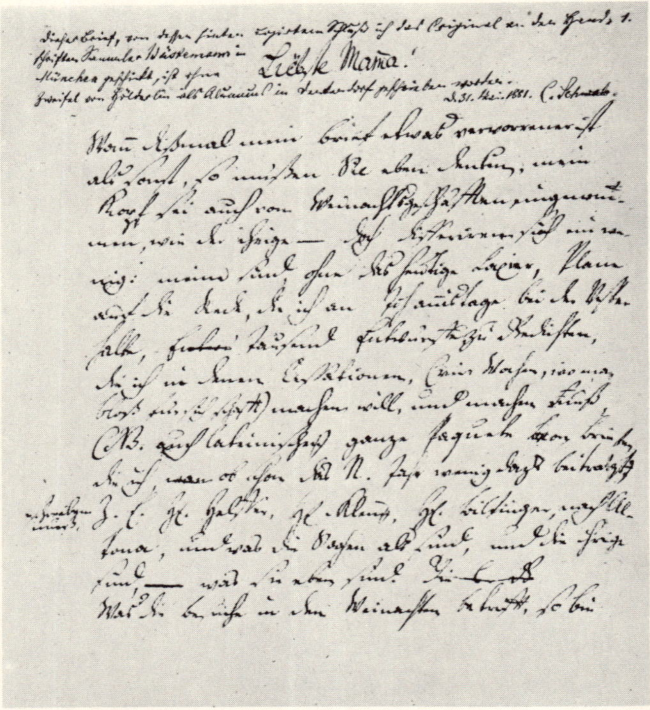
Liebste Mama!

8 Hölderlin an seine Mutter. Kurz vor Weihnachten 1785

9 Hölderlin in Maulbronn
Getönte Bleistiftzeichnung. 1786

10 Kloster Maulbronn. Lithographie.
Frühes 19. Jahrhundert
11 Hof des Klosters Maulbronn. Stahlstich.
19. Jahrhundert

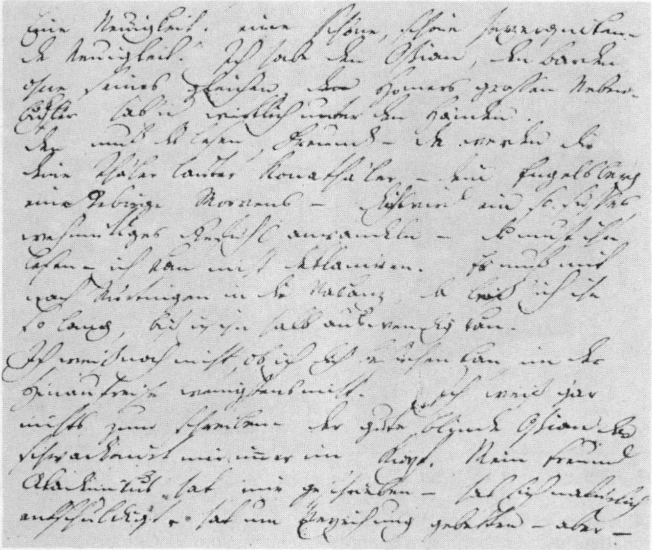

12 Hölderlin an Immanuel Nast
September 1787

13 Louise Nast (1768-1839)
Getuschter Schattenriß
14 Hölderlins Schwester Heinrike (?)
Schattenriß gegenüber ihrem Stammbucheintrag vom 30. Oktober für Clemens Christoph Camerer

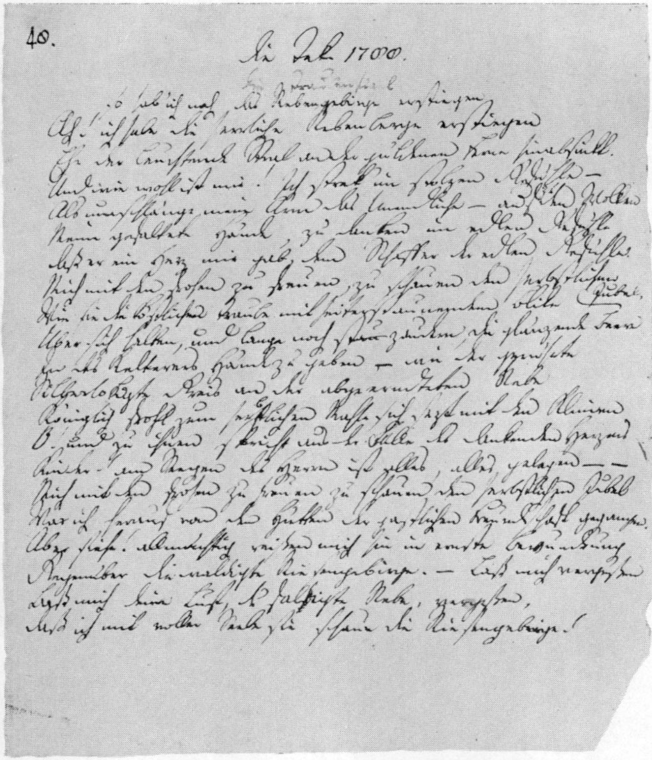

15 Hölderlins Gedicht ›Die Teck‹. 1788

16 Heidelberg. Stahlstich von F. X. Eisner
nach einer Zeichnung von Louis Mayer. Um 1830

17 Tübingen mit der Neckarbrücke
Lithographie von Elias nach einer
Zeichnung von Weng. Um 1800
18 Das Ev. Stift in Tübingen von Süden
Stahlstich um 1830

19 Ludwig Neuffer (1769-1839)
Ölbild aus späterer Zeit von unbekannter Hand
20 Gotthold Friedrich Stäudlin (1758-1796)
Ölbild von Philipp Friedrich Hetsch

21 ›Hölderlin als Magister‹
Getuschter Schattenriß. 1790
22 Hölderlin predigend. Scherenschnitt von
Johann Albrecht Hauff. 1793

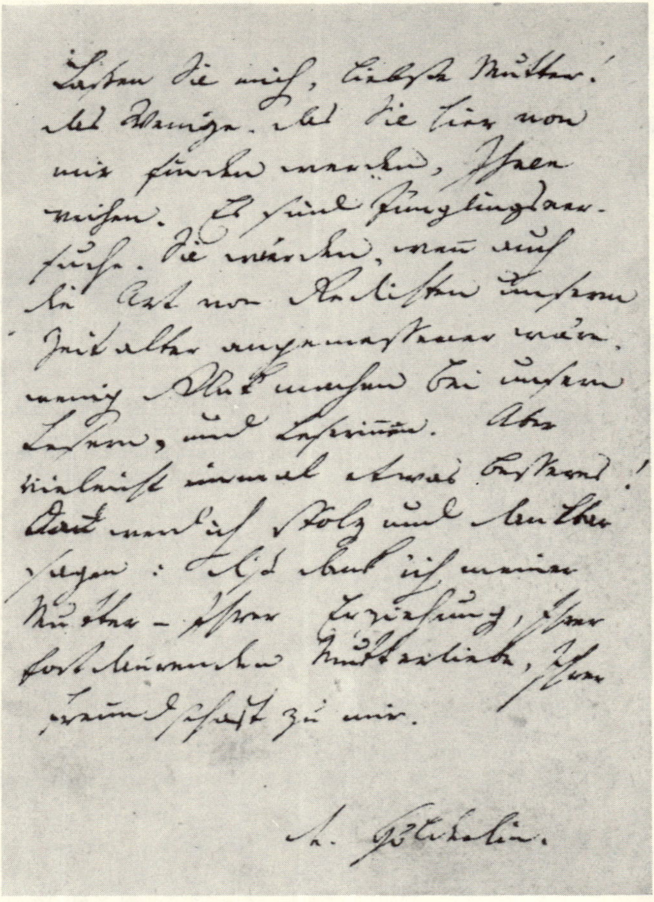
Lesen Sie mich, liebste Mutter!
Nur Weniges. Nur die hier von
mir stehen möcht ich, Ihnen
weihen. Es sind Jünglingsver-
suche. Sie würden, wenn auch
die Art von Arbeiten unseres
Zeitalters angemessener wäre,
wenig Glük machen bei unsern
Lesern, und Leserinnen. Aber
vieleicht einmal etwas Bessers!
Dann werd ich stolz und dankbar
sagen: Also dank ich meiner
Mutter – Ihrer Erziehung, Ihrer
fortdauernden Mutterliebe, Ihrer
Freundschaft zu mir.

M. Hölderlin.

23 Widmung Hölderlins an seine Mutter
in Stäudlins Almanach

24 Heinrike Breunlin, geb. Hölderlin, die Schwester des Dichters (1772-1850). Ölbild

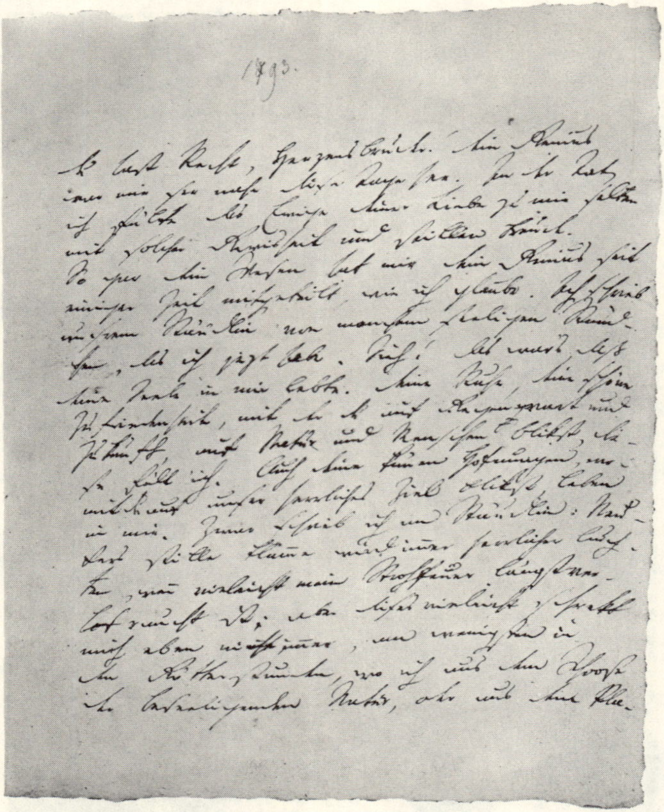

25 Hölderlin an Ludwig Neuffer
21./22. Juli 1793

26 Charlotte von Kalb (1761-1843)
Ölbild von J. H. Schmidt

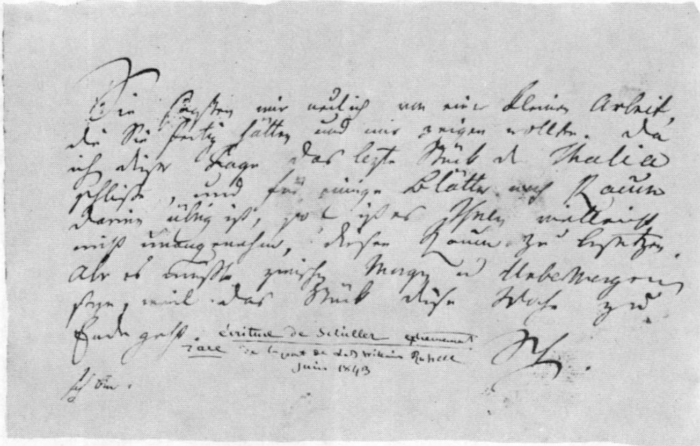

Sie versprachen mir neulich von einer kleinen Arbeit, die Sie fertig hätten und mir zeigen wollten. Da ich diese Tage das letzte Stück der Thalia schließe, und für einige Blätter noch Raum darin übrig ist, so ist es Ihnen vielleicht nicht unangenehm, diesen Raum zu besetzen. Aber es müßte zwischen Morgen und Uebermorgen seyn, weil das Stück diese Woche zu Ende geht.

Sch.

27 Schiller an Hölderlin
Um die Jahreswende 1794/95
28 Jena. Lithographie von Eduard Pietzsch. 1840

Haben Sie keinen Bericht von mir vor Fritzens Ankunft in Jena erhalten? — ich wollte Ihnen auch dann noch erst schreiben aber Kränklichkeit und wegen Kümmerniße machten mir alle etwas ordentliche Beschäftigung unmöglich. — Es war so gleich bey Fritzens Abreise der Wille meines Mannes sogleich nach Weimar dann nach Jena zu kommen, und über Fritz u seinen Lehrer mit Ihnen zu sprechen. — und vielleicht Hölderlin länger mit Fritz in J. zu lassen — oder einen andern Lehrer zu wählen. —

Viele Nachrichten melden mir aber die äußerst harte Behandlung welche mein Fritz von seinem Lehrer erdulden muß. — Lassen Sie Hölderlin ich beschwöre Sie, nicht das mindeste merken daß ich davon unterrichtet bin. — Seine Empfindlichkeit ist gränzenlos hat — und man sagt wirklich daß eine Verworrenheit des Verstandes diesem Betragen zu Grunde liegt. — ich glaube daß sie wohl wird: so wie alle Nachrichten die man mir gegeben hat sehr übertreibend ist. —

29 Charlotte von Kalb an Schiller
Waltershausen, 9. Dezember 1794

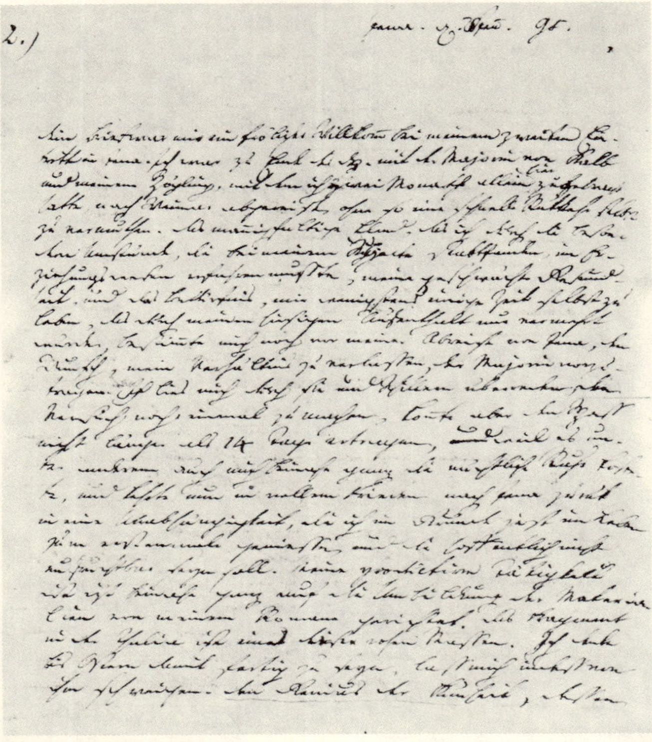

30 Hölderlin an Hegel
Jena, 26. Januar 1795

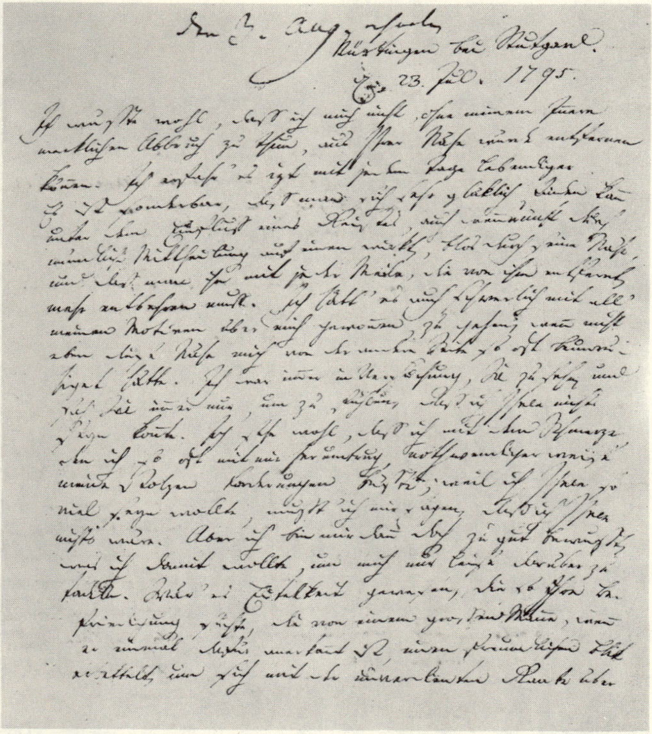
Nürtingen bei Stutgard.
d. 23. Jul. 1795.

31 Hölderlin an Schiller
Nürtingen, 23. Juli 1795

32 Der Weiße Hirsch. Gesamtanlage
Zeichnung von Carl Theodor Reiffenstein. 1872
33 Der Weiße Hirsch am Großen Hirschgraben
Lithographie von A. Fay. Frühes 19. Jahrhundert

34 Susette Gontard
Büste von Landolin Ohmacht

35 Bad Driburg
Kupferstich. Um 1790

36 Wilhelm Heinse (1749-1803)
Ölbild von Johann Friedrich Eich

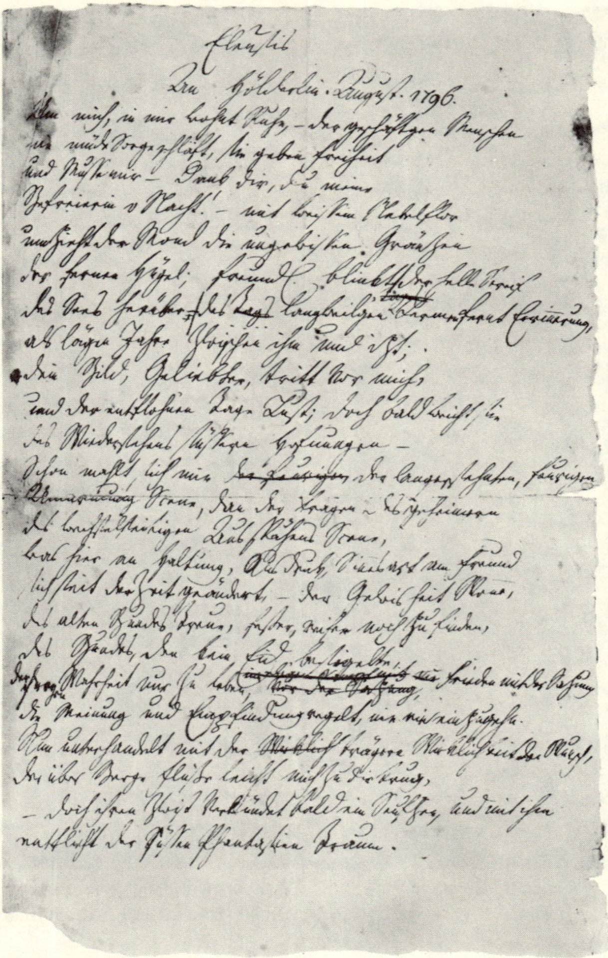

37 Hegels Gedicht ›Eleusis. An Hölderlin‹
August 1796

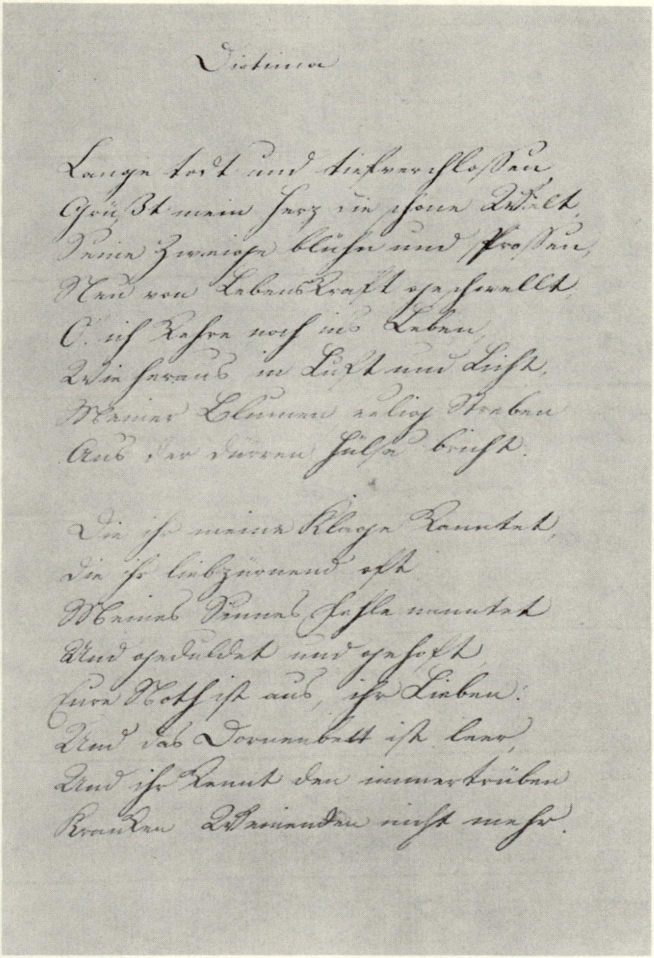

Diotima

Lange todt und tiefverschlossen,
Grüßt mein Herz die schöne Welt,
Seine Zweige blühn und sprossen,
Neu von Lebenskraft geschwellt,
O ich kehre noch ins Leben,
Wie heraus in Luft und Licht,
Meiner Blumen selig Streben
Aus der dürren Hülse bricht.

Die ihr meine Klage kanntet,
Die ihr liebzürnend oft
Meines Sinnes Hefe nanntet
Und geduldet und gehofft
Eure Noth ist aus, ihr Lieben:
Und das Dornenbett ist leer,
Und ihr kennt den immertrüben
Kranken Schwärmer nicht mehr.

38 Hölderlins Gedicht ›Diotima‹
Abschrift Susette Gontards

39 Der Adlerflychtsche Hof im Norden Frankfurts
Gouachebild von Johann Georg Meyer. 1779

40 Margarethe Elisabeth Sömmerring
Alabasterrelief von Landolin Ohmacht

41 Friedrich Hölderlin
Getuschter Schattenriß. Wohl 1797
42 Isaak von Sinclair (1775-1815)
Ölbild

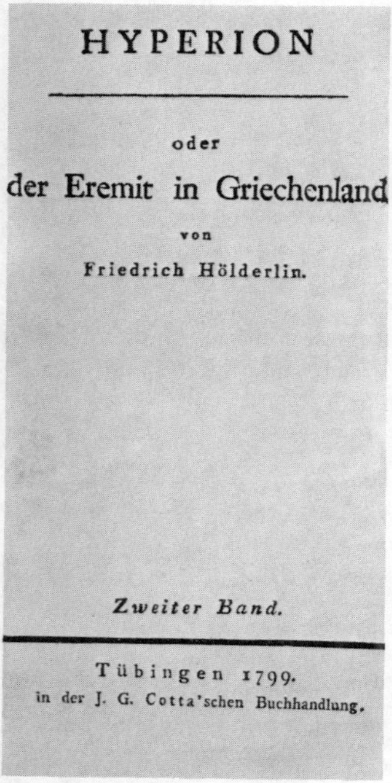

HYPERION

oder

der Eremit in Griechenland

von

Friedrich Hölderlin.

Zweiter Band.

Tübingen 1799.

in der J. G. Cotta'schen Buchhandlung.

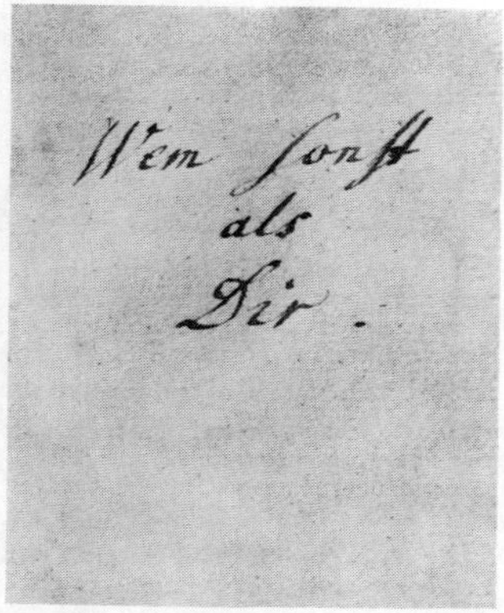

43 Hölderlin, Hyperion. Zweiter Band

44 Widmung des zweiten Bandes an Diotima

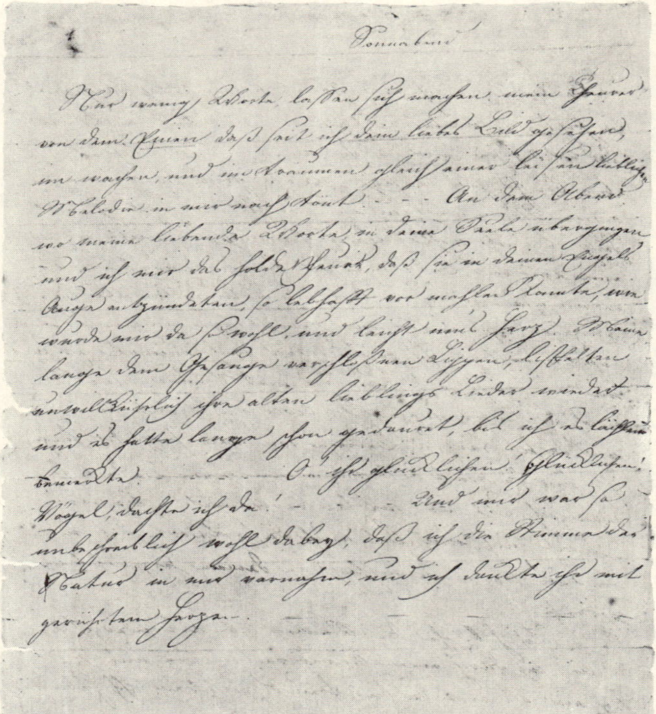

Sonnabend

Nur wenig Worte lassen sich machen mein Theurer
von dem Theuren daß seit ich dein liebes Lied gesehen,
im wachen, und im Träumen gleichsamer bei seinem lieblichen
Walde in mir nachtönt - - - An dem Abend
wo meine liebenden Worte, zu deiner Seele übergingen
und ich mir das holde Feuer, daß sie in deinen [illegible]
Augen entzündeten, so lebhaft vor mahlen konnte, wie
wurde mir da so wohl, und leicht ums Herz. Meine
lange dem Gesange verschlossenen Lippen, erschallten
unwillkührlich ihre alten lieblings Lieder wieder
und es hatte lange schon gedauert, bis ich es [illegible]
bemerkte. - - - - - - O ihr glücklichen Glücklichen!
Vögel, dachte ich da! - - Und mir war so
unbeschreiblich wohl dabey, daß ich die Stimme der
Natur in mir vernahm, und ich dankte ihr mit
gerührtem Herzen -

45 Susette Gontard an Hölderlin
Herbst 1799

46 Friedrich V. Landgraf von Hessen-Homburg (1748-1820). Pastellbild
47 Caroline Landgräfin von Hessen-Homburg (1746-1821). Pastellbild

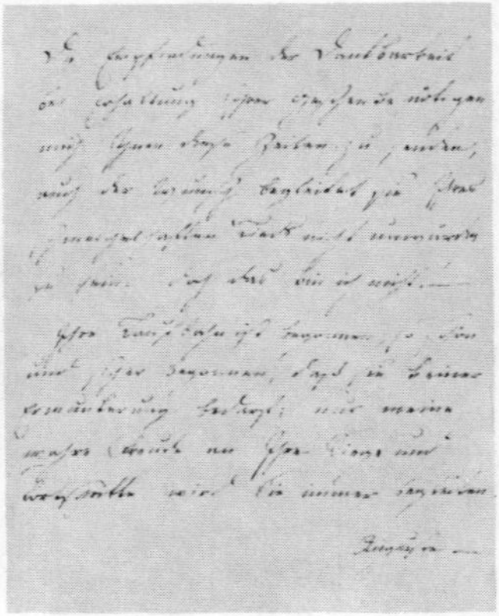

48 Auguste Prinzessin von Hessen-Homburg (1776-1871). Pastellbild
49 Prinzessin Auguste an Hölderlin Dezember 1799

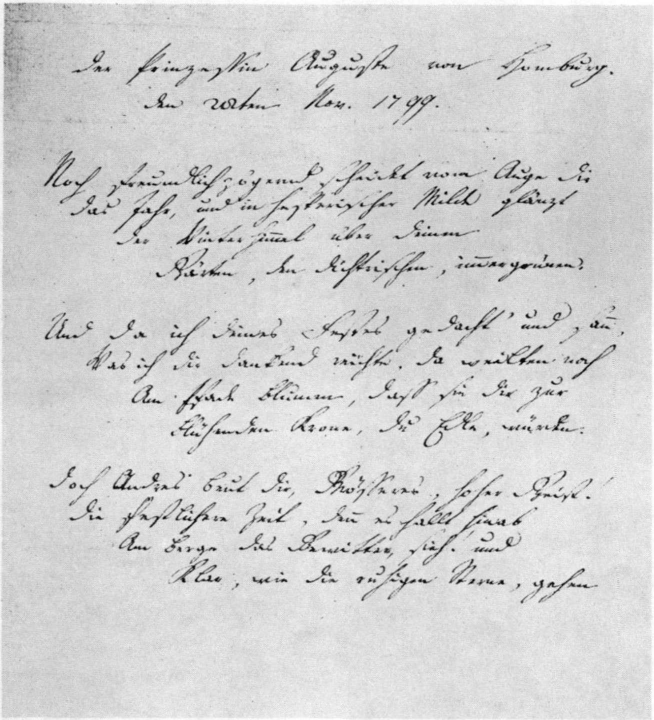

Der Prinzessin Auguste von Homburg.
Den 28ten Nov. 1799.

50 Hölderlins Gedicht
›Der Prinzessin Auguste von Homburg‹
28. November 1799

51 Homburg, vom Schloß her gesehen
Stahlstich nach einer Zeichnung von J. B. Bauer
Um 1840
52 Stuttgart von Süden
Kolorierte Lithographie nach einer Zeichnung
von E. Emminger

53 Landauers Haus in Stuttgart
Stich von Fr. Keller. Um 1800
54 Christian Landauer (1769-1845)
Miniatur. Um 1820

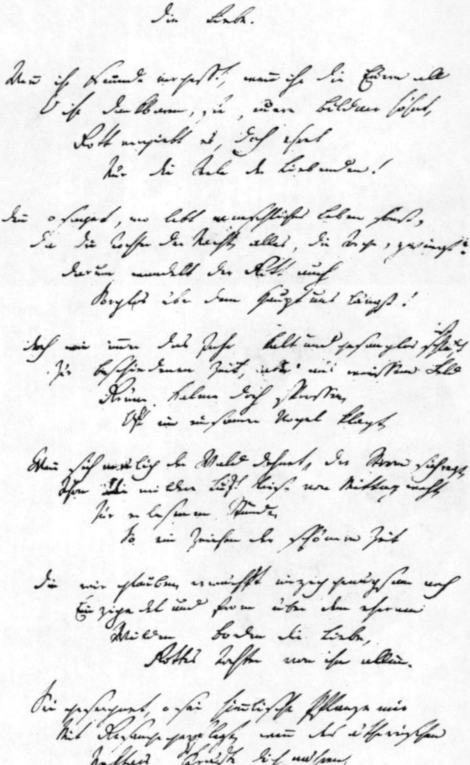

55 Hölderlins Ode ›Die Liebe‹

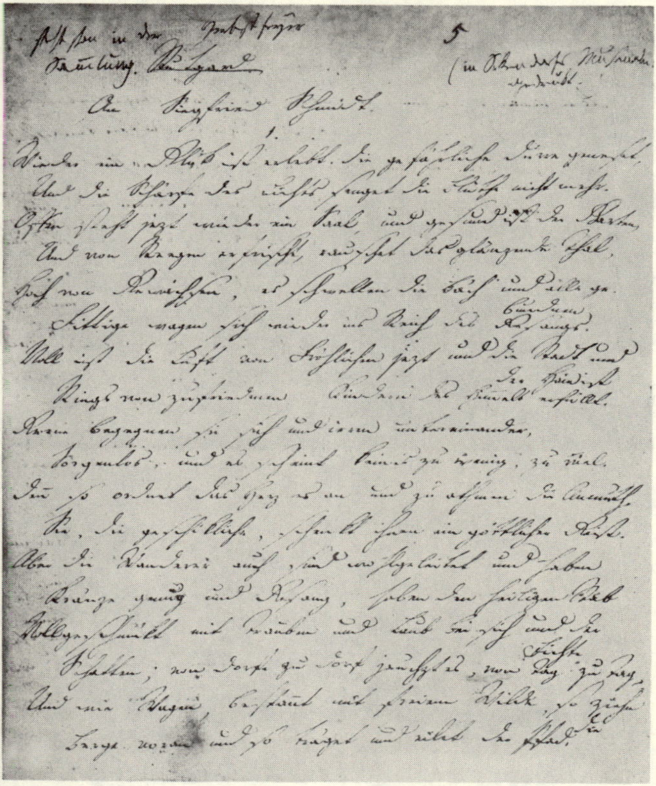

56 Hölderlins Elegie ›Stuttgart‹

57 Konstanz mit dem Alpen-Panorama
Stahlstich. Um 1845
58 Die Herrschaft Hauptwil
Kolorierter Stich von Johann Jakob Aschmann
Um 1800

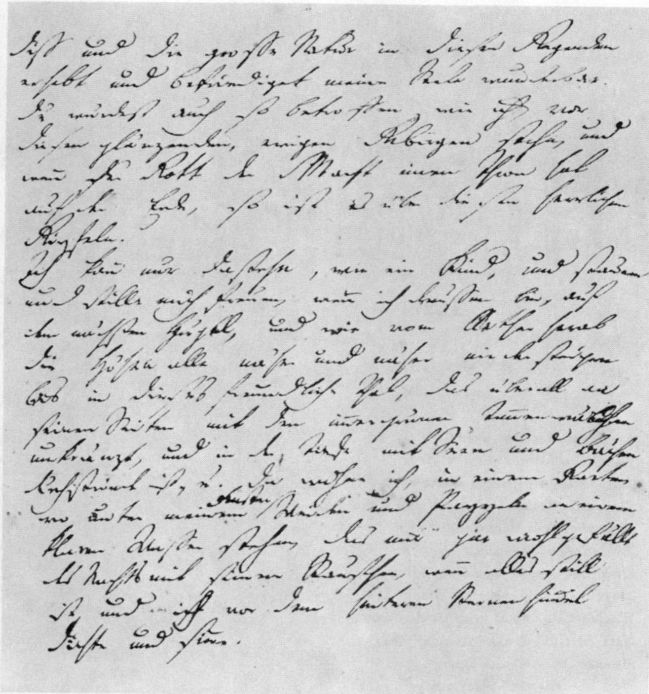

sicht und die große Natur in diesen Gegenden
erhebt und befriedigt meine Seele wunderbar.
Du würdest auch so betroffen stehn, wie ich vor
diesen glänzenden, ewigen Gebirgen stehe, und
wenn der Gott der Macht einen Thron hat
auf der Erde, so ist er über diesen herrlichen
Gipfeln.
Ich kann nur dastehn, wie ein Kind, und staunen
und stille mich freuen, wenn ich draußen bin, auf
dem nächsten Hügel, und wie vom Aether herab
die Höhen alle näher und näher herabkommen
bis in dieses freundliche Thal, das überall an
seinen Seiten mit den immergrünen Tannenwäldchen
umkränzt, und in der Tiefe mit Seen und Bächen
durchströmt ist, u. da wohn' ich in einem Garten,
wo unter meinem Fenster Weiden und Pappeln an einem
klaren Wasser stehen, das mir gar wohlgefällt
des Nachts mit seinem Rauschen, wenn alles still
ist und ich vor dem heitern Sternenhimmel
dichte und sinne.

59 Hölderlin an seine Schwester
Hauptwil, 23. Februar 1801

128

Andenken.

Der Nordost wehet,
Der liebste unter den Winden
Mir, weil er feurigen Geist
Und gute Fahrt verheisset den Schiffern.
Geh aber nun und grüsse
Die schöne Garonne,
Und die Gärten von Bourdeaux
Dort, wo am scharfen Ufer
Hingehet der Steg und in den Strom
Tief fällt der Bach, darüber aber
Hinschauet ein edel Paar
Von Eicheln und Silberpappeln;
Noch denket das mir wol und wie
Die breiten Gipfel neiget
Der Ulmwald, über die Mühl',
Im Hofe aber wächset ein Feigenbaum.
An Feiertagen gehn
Die braunen Frauen daselbst
Auf seidnen Boden,
Zur Märzenzeit,
Wenn gleich ist Nacht und Tag,
Und über langsamen Stegen,
Von goldenen Träumen schwer,
Einwiegende Lüfte ziehen.

Es

60 Haus des Konsuls Meyer in Bordeaux. Aquarellierte Zeichnung. Um 1801
61 Hölderlins Hymne ›Andenken‹. Musenalmanach für das Jahr 1808

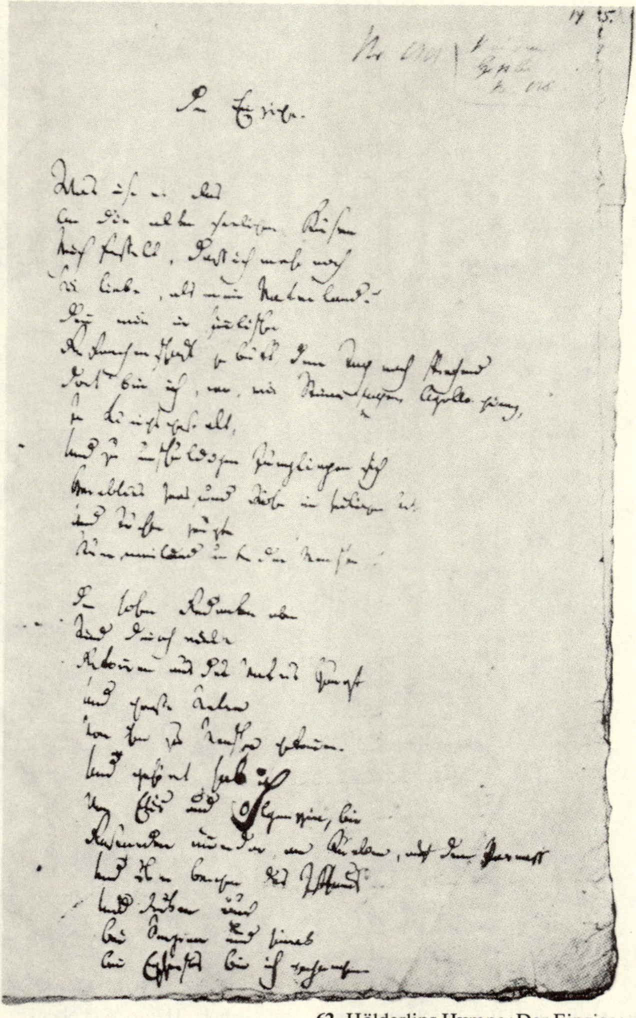

62 Hölderlins Hymne ›Der Einzige‹

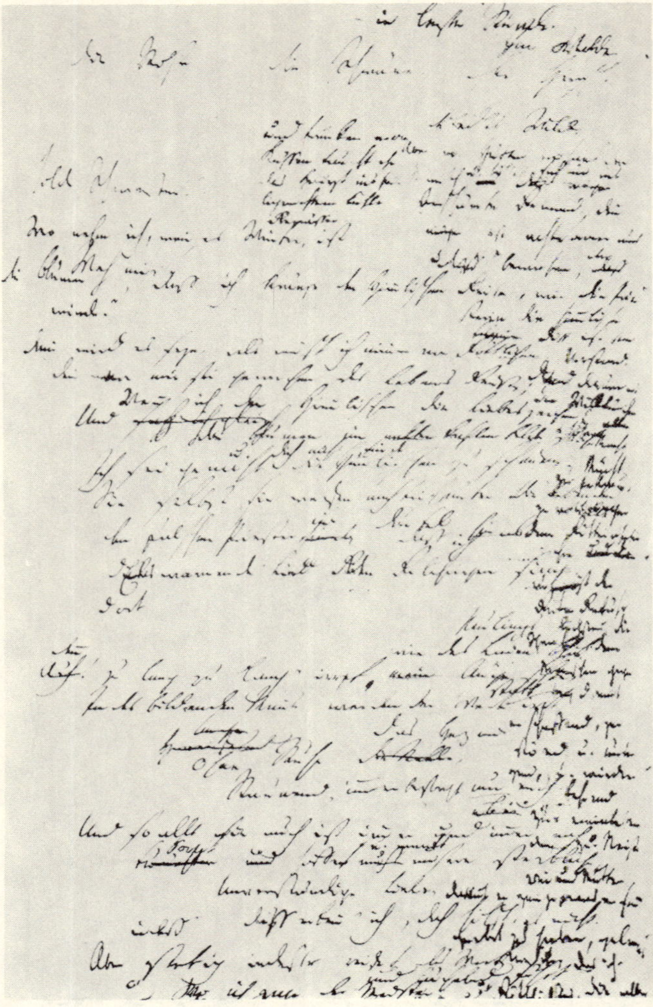

63 Entwürfe Hölderlins, besonders zu dem Gedicht ›Hälfte des Lebens‹

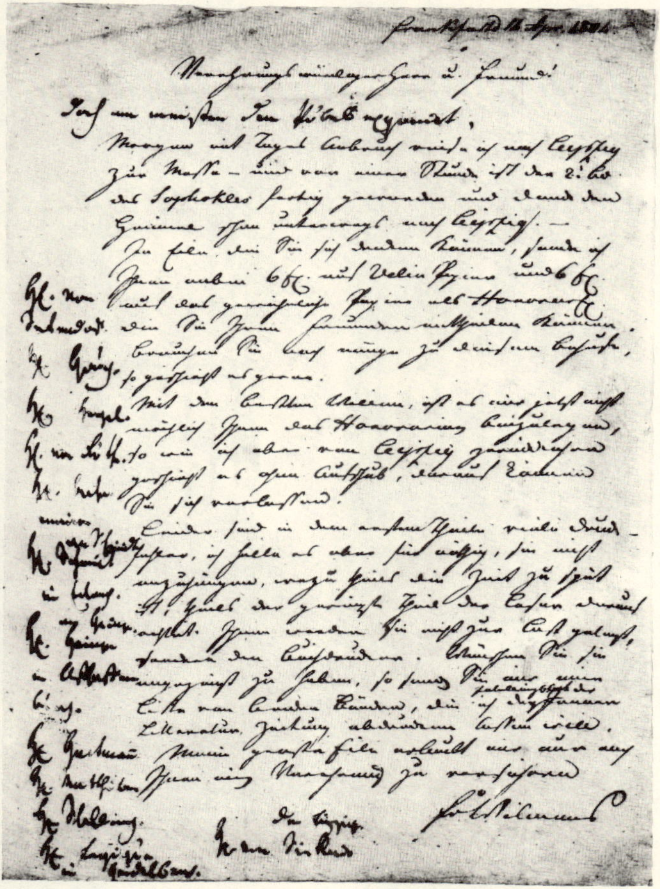

64 Wilmans an Hölderlin
Frankfurt, 14. April 1804

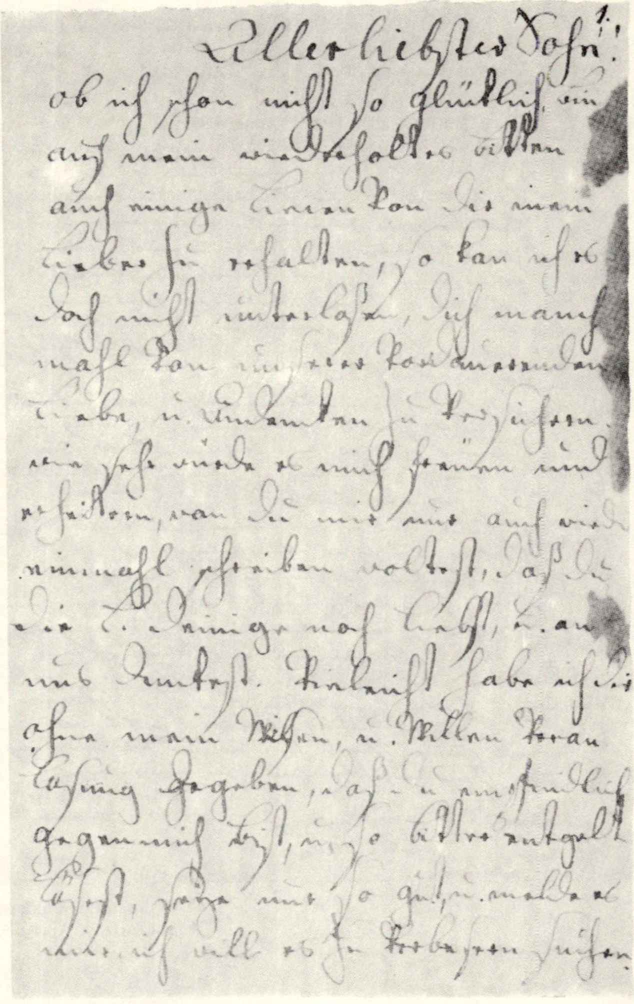

65 Die Mutter an Hölderlin. Nürtingen, 29. Oktober 1805

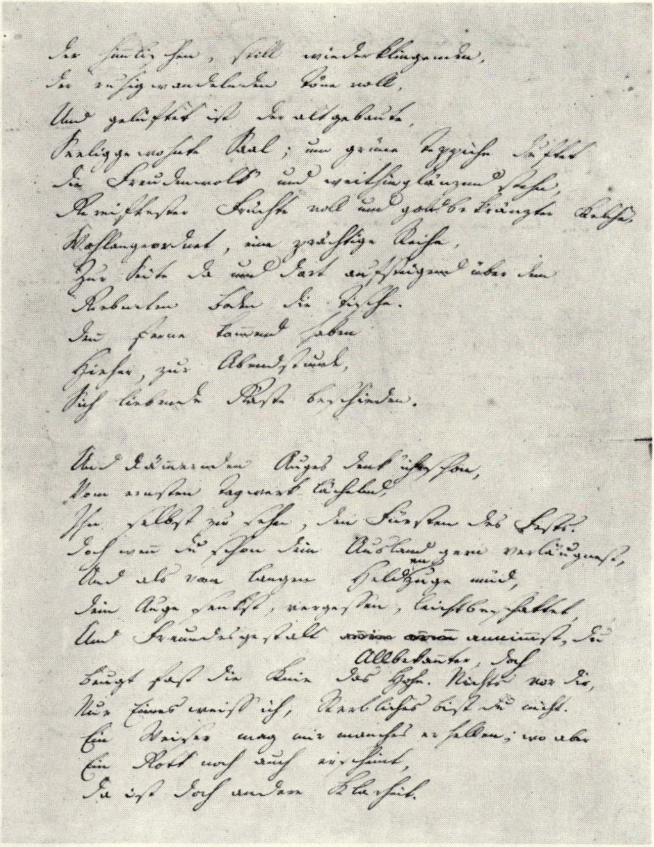
Der himmlischen, still wiederklingenden,
Der ruhigwandelnden Töne voll,
Und gelüftet ist der altgebaute,
Seeliggewohnte Saal; um grüne Teppiche duftet
Die Freudenwolk' und weithinglänzend stehn,
Gereiftester Früchte voll und goldbekränzter Kelche,
Wohlangeordnet, eine prächtige Reihe,
Zur Seite da und dort aufsteigend über den
Geebneten Boden die Tische.
Denn ferne kommend haben
Hieher, zur Abendstunde,
Sich liebende Gäste beschieden.

Und dämmernden Auges denk' ich schon,
Vom ernsten Tagwerk lächelnd,
Ihn selbst zu sehn, den Fürsten des Fests.
Doch wenn du schon dein Ausland gern verläugnest,
Und als vom langen Heldenzuge müd,
Dein Auge senkst, vergessen, leichtbeschattet,
Und Freundesgestalt annimmst, du
Allbekannter, doch
Beugt fast die Knie das Hohe. Nichts vor dir,
Nur Eines weiß ich, Sterbliches bist du nicht.
Ein Weiser mag mir manches erhellen; wo aber
Ein Gott noch auch erscheint,
Da ist doch andere Klarheit.

66 Hölderlins Hymne ›Friedensfeier‹

67 Der Hölderlin-Turm in Tübingen
Aquarell von M. Yelin. Um 1850

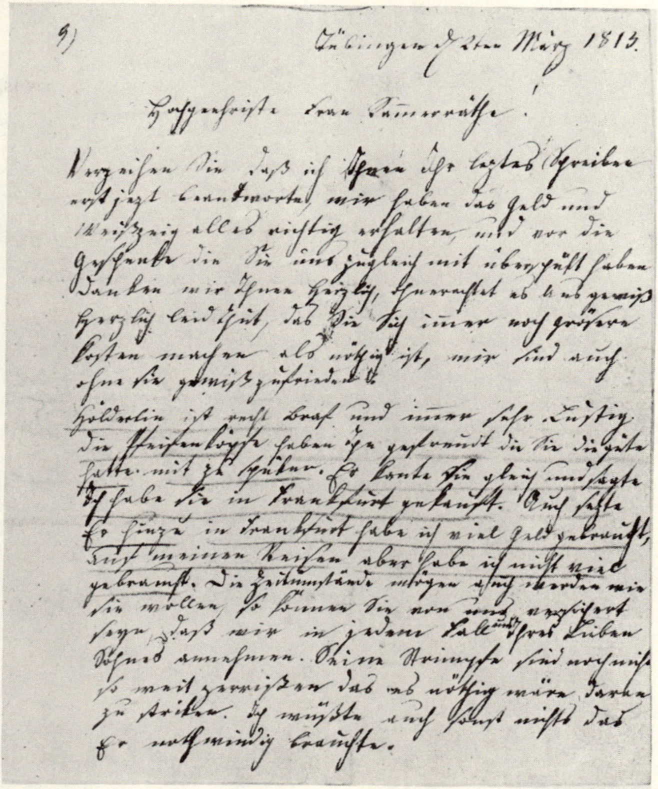

9)

Tübingen d. 2ten März 1813.

Hochzuverehrende Frau Kammeräthin!

Verzeihen Sie daß ich Ihnen Ihr leztes Schreiben erst jezt beantworte, wir haben das Geld und Weißzeug alles richtig erhalten, und vor die Geschenke die Sie uns zugleich mit überschikt haben danken wir Ihnen herzlich, übrigens ist es uns gewiß herzlich leid thut, daß Sie sich immer noch größere Kosten machen als nöthig ist, wir sind auch ohne sie gewiß zufrieden.

Hölderlin ist recht brav und immer sehr Lustig die Pfeifenköpfe haben ihn gefreut die Sie die güte hatte mit zu schiken. Er kante sie gleich und sagte ich habe sie in Frankfurt gekauft. Auch sagte er Hinze in Frankfurt habe ich viel Geld gebraucht, auf meinen Reisen aber habe ich nicht viel gebraucht. Die Zeitumstände mögen sich werden wie sie wollen, so können Sie von uns versichert seyn daß wir in jedem Fall und Ihren Lieben Sohn annehmen. Seine Strümpfe sind wirklich so weit zerrißen das es nöthig wäre daran zu stricken. Ich wüßte auch sonst nichts das er nothwendig brauchte.

68 Zimmer an Hölderlins Mutter, mit einem Gruß des Dichters 2. März 1813

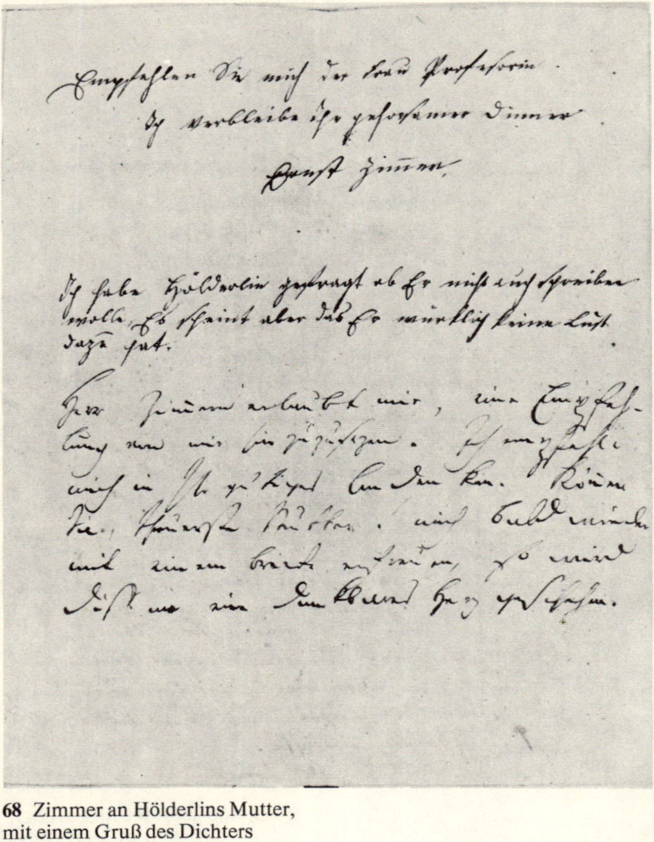

Empfehlen Sie mich der Frau Professorin.
Ich verbleibe ihr gehorsamer Diener
Ernst Zimmer.

Ich habe Hölderlin gefragt ob er nicht auch schreiben wolle, Es scheint aber daß er würklich keine Lust dazu hat.

Herr Zimmern erlaubt mir, eine Empfehlung von mir hinzuzusezen. Ich empfehle mich in Ihr gütiges Andenken. Können Sie, theuerste Mutter, mich bald wieder mit einem Briefe erfreuen, so wird dieß an ein dankbares Herz geschehen.

68 Zimmer an Hölderlins Mutter,
mit einem Gruß des Dichters
2. März 1813

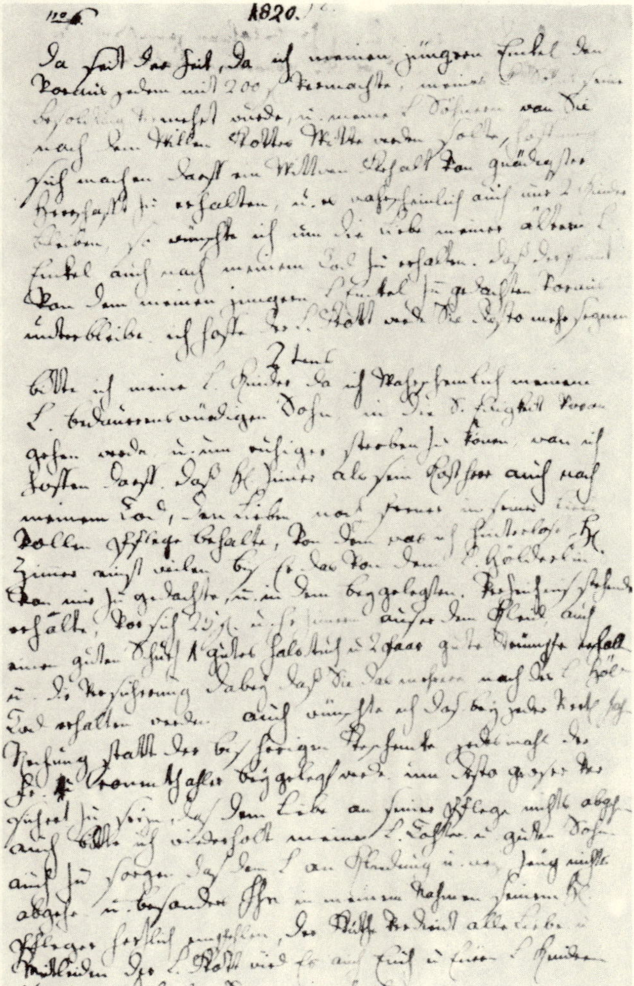

69 Das Testament der Mutter Hölderlins 1808-1820

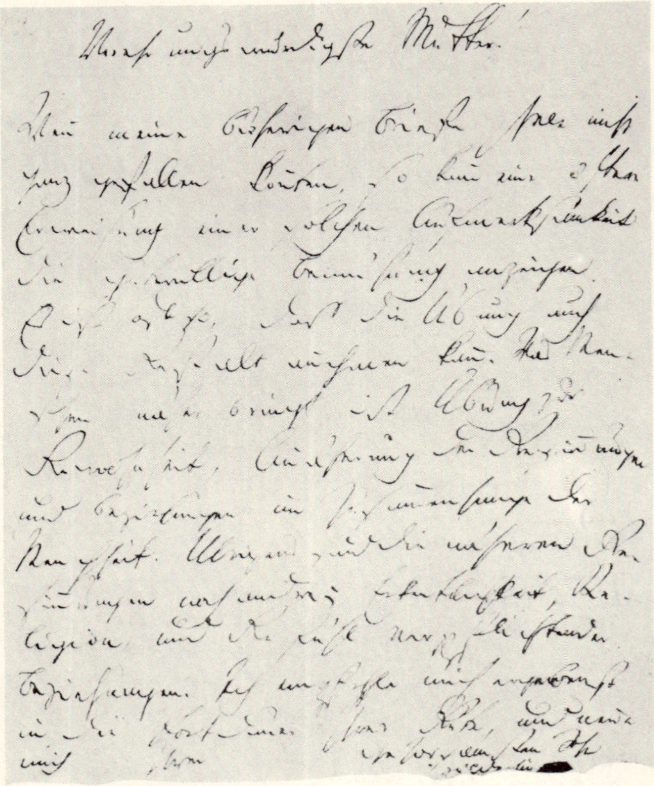

Verehrungswürdigste Mutter!

70 Hölderlin an seine Mutter

71 Friedrich Hölderlin
Bleistiftzeichnung von Johann Georg Schreiner
und Rudolf Lohbauer
27. Juli 1823

72 Tübingen, vom Österberg aus,
mit dem Presselschen Gartenhaus
Lithographie, 1835

73 Friedrich Hölderlin
Kohlezeichnung von Johann Georg Schreiner
1825/1826

74 Hölderlin im Alter
Bleistiftzeichnung von Louise Keller. 1842

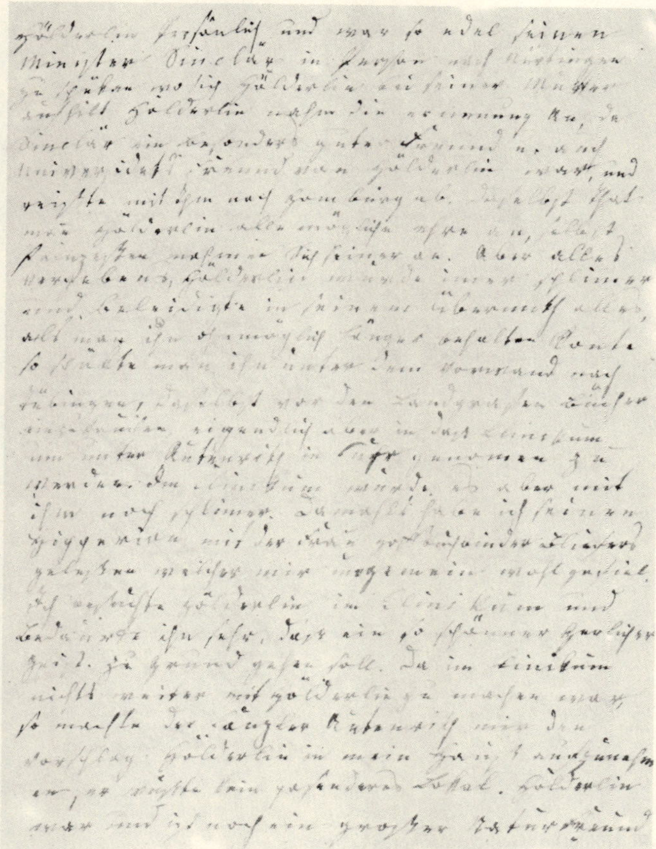

75 Brief Ernst Zimmers über Hölderlin
22. Dezember 1835

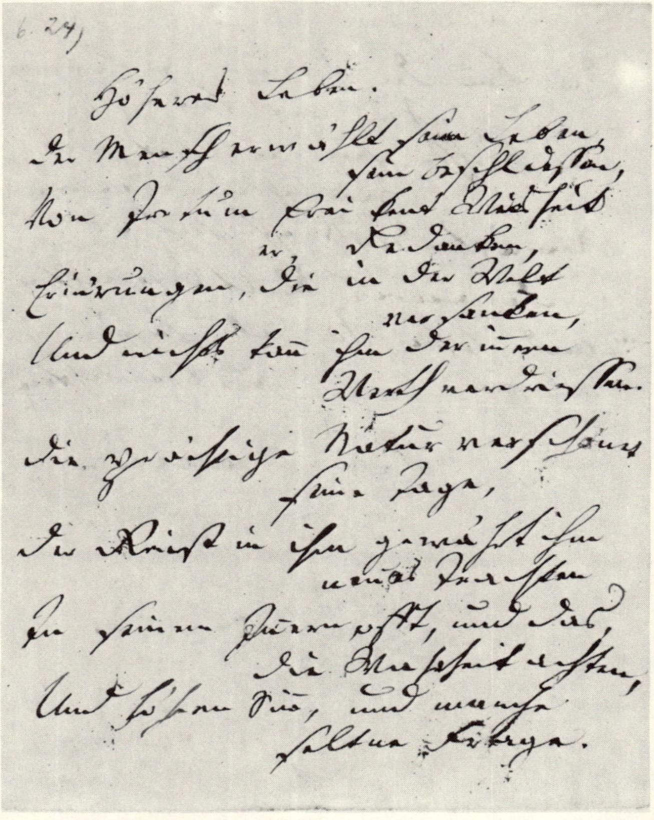

(6.24)

Höheres Leben.

Der Mensch erwählt sein Leben, sein Beschließen,
Von Irrthum frei kennt Weisheit er, Gedanken,
Erinnerungen, die in der Welt versinken,
Und nichts kann ihm der innern Werth verdrängen.

Die prächtige Natur verschönet seine Tage,
Der Geist in ihm gewähret ihm neues Trachten
In seinem Innern oft, und das, die Wahrheit achten,
Und höhern Sinn, und manche seltne Frage.

76 Hölderlins Gedicht ›Höheres Leben‹

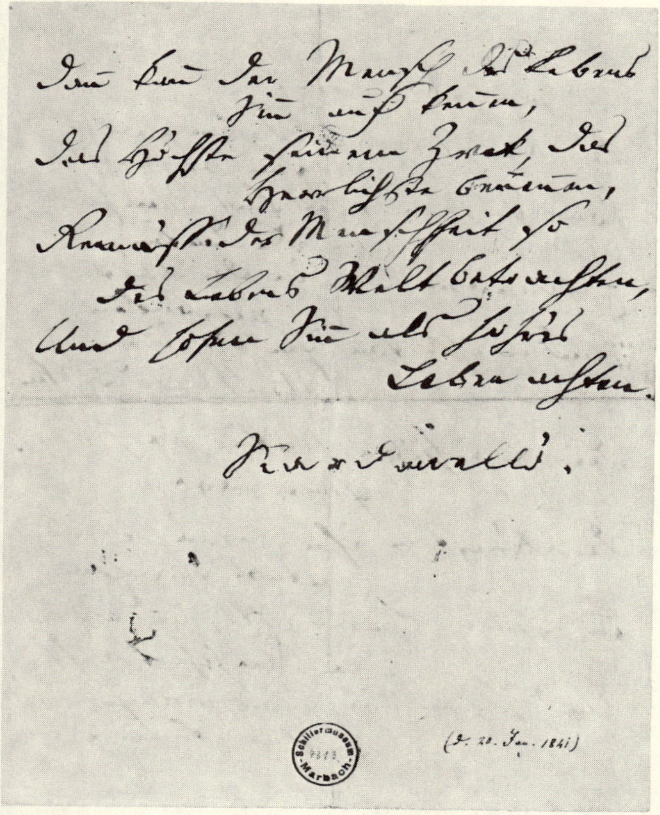
Scardanelli.

(d. 20. Jan. 1841)

76 Hölderlins Gedicht ›Höheres Leben‹

77 Hölderlins Grab auf dem Tübinger Friedhof

Bild-Erläuterungen

Frontispiz: Friedrich Hölderlin, Pastellbild von Franz Karl Hiemer. 1792. – Marbach, SNM.
Hiemer (1768–1822): Auf der Karlsschule zum Maler ausgebildet, später Hofschauspieler und Theaterdichter. Seit 1786 durch dichterische Bestrebungen mit Hölderlin verbunden: *ein lustiger Dichter, ganz bon homme.* Nach 1793 schlief die Beziehung der ungleichen Naturen ein. – Hölderlin schenkte das Bild seiner Schwester zur Hochzeit am 9. 10. 1792. Sie schrieb 1795: »Dein liebes Porträt, dem freilich . . viel zur Ähnlichkeit fehlt«. Es fehlt darin vornehmlich der Zug männlich stolzer, hoher Geistigkeit. – Hölderlin war von mittlerer Größe (1,76 m), von breiten Schultern – das ist bemerkenswert – und kräftigem Körper; seine Gesichtsform oval, Augen und Haare von brauner Farbe, die sich im Alter »ins Graue verlor«. Seine Schönheit und Anmut wird mehrfach gerühmt. Wenn er vor Tische auf- und abging, war es seinen Stiftsgenossen, »als schritte Apollo durch den Saal«. Zwei Schwestern Stäudlins sprachen noch spät »öfters von der herrlichen Erscheinung des jugendlichen Hölderlin«.

1 Der Klosterhof in Lauffen a. N., Hölderlins Geburtshaus. Bleistiftzeichnung von Julius Nebel. Um 1800. – Marbach, SNM. Das 1003 zu Ehren des, der Legende nach, in Neckar ertränkten Grafenkindes Regiswindis gegründete, in der Reformation säkularisierte, 1808 abgebrochene Nonnenkloster lag abseits des Städtchens im »Dörfle«, vor der Zaber-Mündung. Der Wirtschaftshof mit dem stattlichen, 1919 abgerißnen Wohnhaus war ein geschlossener, ummauerter Bereich. Hölderlins Vater: »Das Closter Lauffen . . ., darinnen ein Hof, Scheuren, Stall und Meiereihaus, eine Kelter . . ., (Frucht-) Kasten und Keller, auch mehr andere Gebäue, desgleichen ein halber Morgen Baumgarten inwendig dem Kloster, und ein Morgen Weinberg dabei, wie solches alles mit einer Mauer rings herum beschlossen . .«. Hier erhielt das Kind die ersten, ländlichen Eindrücke. In der Elegie ›*Der Wanderer*‹ ist diese frühe Welt in dichterischer Abwandlung vergegenwärtigt: *wo die Ulme das alternde Hoftor Übergrünt und den Zaun wilder Holunder umblüht, Da empfängt mich das Haus und des Gartens heimliches Dunkel, Wo mit den Pflanzen mich einst liebend mein Vater erzog.*

2 Johanna Christiana Hölderlin, die Mutter des Dichters (8. Juli 1748 bis 17. Februar 1828). Ölbild. 1767. — Marbach, SNM. Die Tochter des Pfarrers Heyn zu Cleebronn war kaum achtzehn bei ihrer Vermählung, erst neunzehn, als ihr Mann — der sie mit Schmuck reich zu beschenken liebte — ihr Bild in eleganter Robe malen ließ. Es läßt aus dem feingeschwungnen Mund und besonders aus den großen, hell und wach blickenden Augen auf eine liebenswerte Persönlichkeit schließen und macht verständlich, daß noch 1780 die Leidgeprüfte als »junge schöne Witwe . . . voller Anmut« bezeichnet wurde. — Obwohl sie seinem Höhenflug nicht folgen konnte, fühlte sich der Dichter seiner Mutter tief verbunden und verpflichtet. 1793: *täglich lern ich mehr den Geist und das Herz kennen, dem ich alles im Grunde danke, was ich bin.* 1798: *bei jedem Anlaß fühl ich wunderbar, wie Sie mich insgeheim beherrschen.* Als Witwe lebte sie ganz für ihre Kinder, tief fromm und pflichtenstreng, ihr schweres Los mit Gottvertrauen tragend, aber auch mit haushälterischer Tüchtigkeit meisternd. (Vgl. Abb. 69.)

3 Heinrich Friedrich Hölderlin, der Vater des Dichters (25. Januar 1736 bis 5. Juli 1772). Ölbild. 1767. — Marbach, SNM.
Nach mehreren Universitätsjahren in Tübingen, die er »seine vergnügtesten« nannte, wurde H. F. Hölderlin schon 1762 Nachfolger seines Vaters als »Klosterhofmeister« in Lauffen. Die Gala-Kleidung und die selbstbewußte Haltung verraten Hang zu Repräsentation und standesgemäßem Auftreten. Er liebte Gastlichkeit und weltoffnes Leben, das etwas über die Verhältnisse des jungen Paares ging. In Hölderlins Vorstellung lebte sein Vater als ein Mann mit *immerheitrer Seele.* — Der ovalen Gesichtsbildung nach scheint der Sohn mehr seiner Mutter nachgeschlagen zu sein. Von ihr mag er auch die mehrfach gepriesne Schönheit geerbt haben (s. Frontispiz und Nr. 2).
Seinen Vater hat er kaum, dessen Eltern gar nicht gekannt: sie starben 1762 und 1765, beide an »Schlagfluß« wie ihr Sohn. In der Familie scheint denn auch die Rede von einer Gefährdung psychosomatischer Art umgegangen zu sein: der künftige Mann von Hölderlins Base Volmar in Markgröningen — allerdings in

einer Stunde des Unmuts —: »die von Natur ererbte Melancholie — die ihre Großeltern und Eltern das Leben kostete, und all ihre nächsten Anverwandten getötet hat«.

4 Johanna Rosina Heyn, geb. Sutor (1725-1802), Hölderlins Großmutter mütterlicherseits. Scherenschnitt von Hauff. — Stuttgart, Familien-Archiv Decker-Hauff.
Nach dem Tod ihres Mannes, des Pfarrers Johann Andreas Heyn (1712-72) in Cleebronn, lebte die aus alt-angesehener Familie stammende Witwe vorwiegend bei ihrer ältern Tochter in Lauffen und Nürtingen. An der Erziehung ihres vaterlosen Enkels hatte sie wesentlichen Anteil. Dieser verehrte und liebte sie offenbar aufrichtig: das bezeugt ein Brief an sie aus Waltershausen, und besonders ein Gedicht zu ihrem 73. (nicht, wie er schrieb 72.) Geburtstag Ende 1798, dessen Niederschrift ihn tief bewegte. Um diese Zeit mag auch die Silhouette von ihrem Verwandten Hauff (s. Nr. 22) gemacht worden sein: nach mehreren Anzeichen offensichtlich ein Altersbildnis.

5 Lauffen a. N. Nach einem Stich von R. Stieler. Um 1860. — Stuttgart, WLB.
Das sehr alte Städtchen — zu Hölderlins Zeit noch nahe der Nordgrenze Württembergs — liegt in obst-, korn- und weinreicher Landschaft an einer Schleife des Neckars. Seine ragenden Wahrzeichen sind auf dem linken Ufer, dem »Dorf«, die gotische Regiswindis-Kirche und auf der Felseninsel der Bergfried der uralten Königsburg. Daß sich Hölderlin später der geschichtlichen Würde Lauffens bewußt war, geht aus der Elegie *›Stuttgart‹* hervor, worin er den Ort zugleich als seinen Geburtsort zärtlich feiert: . . *die Grenze des Lands, wo mir den lieben Geburtsort Und die Insel des Stroms blaues Gewässer umfließt. Heilig ist mir der Ort, an beiden Ufern, der Fels auch, Der mit Garten und Haus grün aus den Wellen sich hebt . . . Andres erwacht! ich muß die Landesheroen ihm nennen, Barbarossa! dich auch, gütiger Christoph, und dich, Konradin! wie du fielst, so fallen Starke; der Epheu Grünt am Fels und die Burg deckt das bacchantische Laub.*

6 Nürtingen. Lithographie. Um 1850. – Stuttgart, WLB.
Wie Lauffen erhielt Nürtingen sein Gepräge durch den Neckar, den »Urstrom« Hölderlins mit seinen *Pappeln, .. lieblichen Wiesen und Uferweiden.* An seinem rechten Ufer stieg das Landstädtchen an, überragt von der gotischen Stadtkirche, deren Turm *in lieblicher Bläue blühet mit dem metallenen Dache.* – Der stattliche Schweizerhof lag beim Herrschaftlichen Schloßgarten (links der Kirche) an der Neckarsteige, die zur Brücke hinabführt (heute Schule, gründlich verbaut); der große »Baum-, Gras- und Küchengarten« etwas flußaufwärts am linken Uferhang, von dem aus hinter der Stadt drüben die Alb zu sehen war. Links im Bild, über der Pappelreihe, erhebt sich der Neuffen. Der Fluß gab durch das Hochwasser im November 1778, in dessen Folge Hölderlins Stiefvater dahingerafft wurde, dem werdenden Dichter zum ersten Male das Bild des »entfesselten Stroms«; er gab ihm aber auch ein frühes numinoses Naturerlebnis, mitten im Spiel mit seinem kleinen Bruder *am Neckarstrand: Endlich sah ich auf. Im Abendschimmer Stand der Strom. Ein heiliges Gefühl Bebte mir durchs Herz ..*

7 Liste der Mutter: »Ausgaben vor den L. Fritz«. – Nürtingen, Stadtarchiv.
Die Liste umfaßt 11 Folio-Seiten mit gegen 400 Einträgen. Die Mutter legte sie im Herbst 1784 an, trug zunächst den Aufwand für Hölderlins Unterricht vom 6. Jahr an nach und führte sie dann, kleine wie große Beträge aufhebend, bis in ihr 75. Jahr fort. Der Grund der genauen Buchführung war ihre fromme Sorge, es ihren Kindern aus den beiden Ehen recht zu machen. Insofern ist die nüchterne Liste, die über viele kleinere Reisen Hölderlins Auskunft gibt, doch ergreifend. Die Verfügung, daß die Ausgaben »nicht sollen abgezogen werden«, bezieht sich auf das väterliche Erbe Hölderlins; der *Gehorsam* meint wohl gleichermaßen den gegen die Mutter wie den gegen Gott. (Mit der Liste vgl. Abb. 69.)

8 Hölderlin an seine Mutter. Kurz vor Weihnachten 1785. – Stuttgart, WLB.

Der erste in der Handschrift erhaltne Brief, kindlich, aber schon ist der Grundzug der Hand Hölderlins da. — Die *Rede . . an Johannistage* (Z. 7), dem 27. 12., ist erhalten; sie geht über das 1. Kapitel des Hebräer-Briefes. — *Cessationen* (Z. 9): Freizeit zu Privatstudien um Weihnachten. Liebenswert die kindlichen Hyperbeln für die Arbeitsvorhaben (Z. 8. 11). (Lateinische Gedichte sind nicht erhalten.)

9 Hölderlin in Maulbronn. Getönte Bleistiftzeichnung. 1786. — Stuttgart, WLB.
Die Zeichnung mag von einem Kompromotionalen sein. In zarten Strichen und Farbtönen gehalten, erfaßt sie feinsinnig die »präexistente« Reinheit des Antlitzes, den träumerischen Ernst, der den noch kindlichen Zügen aufliegt. — Im Frühjahr 1787 schrieb Hölderlin der Mutter: *Meine Haare sind in der schönsten Ordnung. Ich hab jetzt auch wieder Rollen. Und warum? Ihnen zulieb!* Offenbar sah sie ihn so am liebsten.

10.11 Kloster Maulbronn. (1) Lithographie. Frühes 19. Jahrhundert. (2) **Hof des Klosters.** Stahlstich. 19. Jahrhundert.
Mit welchem Blicke Hölderlin die großartige Geschlossenheit des ummauerten Klosterbezirkes und besonders die Schönheit der romanisch-gotischen Bauten des eigentlichen Klosters aufnahm, ist nicht bekannt. Erst etwa zehn Jahre später entdeckte die Romantik die Kunst des Mittelalters. — Die Klosterverwaltung, ein stattlicher, breit hingelagerter Fachwerkbau, in dem Louise Nast wohnte, stand (und steht) auf dem großen Platze vor der Klausur, ungefähr deren Eingang gegenüber. In der Liebe Hölderlins und Louisens spielten der Kreuzgang und der von ihm aus erreichbare Garten hinter der Kirche, vor dem Faust-Turm, eine Rolle: *wann ich Dich aus Deinem Hause dem Kreuzgang zu gehen sah — es ist mir noch alles so lebendig — der schöne majestätische Gang, das liebevolle Auge nach mir heraufblickend — und die Erwartung der seligen Stunden auf Deinem Gesichte so ganz ausgedrückt — und wie uns Erd und Himmel schwanden, in der Stille und Dämmerung!*

12 Hölderlin an Immanuel Nast. Wohl März 1787. — Stuttgart, WLB.
Erstes spontanes Zeugnis der Begeisterung für den gälischen Barden *Ossian* und seine nach Macphersons Vorgeben echten und alten, in Wirklichkeit von ihm sentimentalisierten Heldenlieder, deren düstere Stimmung stark auf Deutschlands empfindsame Dichtung wirkte. Auch andere sahen damals in Ossian *Homers großen Nebenbuhler.* In einem Gedichte nennt ihn Hölderlin *Meinen Schlachtenstürmer.* — »Kona« ist Ossians Lieblingstal, »Morven« Schottland, der *Engel(s)berg* die Höhe über Leonberg.

13 Louise Nast (1768–1839). Getuschter Schattenriß. 1789. — Stuttgart, WLB.
Louise war Immanuels Base, die jüngste der drei Töchter des Maulbronner Klosterverwalters Johann Conrad Nast (1724-93). Dank seiner Tüchtigkeit brachte er das Klostergut — »eines der beträchtlichsten und geschäftvollsten Ämter«, dessen Kernstück 80 Morgen vortrefflicher Weinberge waren — auf hohen Stand und auch sein Haus zu Wohlstand. Mit der Prälatur hielt er »gute Eintracht«. — Ein anderer Schattenriß zeigt einen etwas mehr geneigten Kopf und ein mehr kindliches als frauliches, gleichsam träumendes Gesicht mit zarterem Kopfschmuck. Die Louise der drei erhaltnen Briefe an Hölderlin ist von überschwenglicher Herzlichkeit, von einer Zärtlichkeit, die für Augenblicke frauliche Leidenschaft wird und sie einmal schreiben läßt: »was für Tage müssen es sein, . . wo wir ganz für einander leben, wann uns kein Schicksal, keine Zeit, auch der Tod selbst uns nicht trennen kann«.

14 Hölderlins Schwester Heinrike. Schattenriß mit ganzfigürlicher Zeichnung. — Stuttgart, Prof. Dr. W. Fleischhauer.
Daß die anmutige Gestalt Rike Hölderlin (s. Nr. 24) sei, ist nicht bezeugt, doch steht die Zeichnung gegenüber ihrem Eintrag vom 30. 10. 1789 — sie war siebzehn — im Stammbuch Dr. Clemens Christoph Camerers aus Reutlingen, der auf ihre Hand hoffte. Jedenfalls vermittelt das Bildchen etwas von dem

Stil – dem Sonntags-Stil – der »Jungfern«, mit denen Hölderlin in den Landstädtchen seiner Heimat umging, die er 1789 der Schwester zulieb als *Schwabens Mägdelein* pries und 1787 in dem empfindsamen Gedicht ›*An meine Freundinnen*‹ anredete: *Mädchen! die ihr mein Herz, die ihr mein Schicksal kennt, . . . In der Stille der Nacht denket an euch mein Lied . .*

15 Hölderlins Gedicht ›Die Teck‹. Herbst 1788. – Marbach, SNM.
Die Teck ist ein schroff abfallender Vorsprung der Alb südöstlich Nürtingens, im früheren Mittelalter Stammsitz der Herzöge von Teck. Bemerkenswert, daß dem Dichter die Alb ein *Riesengebirge* ist, dessen Anblick ihn dem *herbstlichen Jubel* entrückt: *allmächtig reißen mich hin in ernste Bewundrung Gegenüber die waldigte Riesengebirge. – Laß mich vergessen, Laß mich deine Lust, du falbigte Rebe, vergessen, Daß ich mit voller Seele sie schaue die Riesengebirge!* So tritt dann im Mittelteil als Vertreter der *eisernen Vorzeit* ein Fürst der Burg auf, der sich durch sein Gebirge, *so königlich herrlich,* beschämt und zu heldischem Tun aufgerufen fühlt. An der großen Vergangenheit wird dann pathetisch eifernd die schwache Gegenwart gemessen: *Wehe! wehe! so flüstern im Sturme die Geister der Vorzeit, Ausgetilget aus Suevia redliche biedere Sitte!* Und doch ist diese nicht ganz ausgestorben: sie lebt drunten im *Teck-benachbarten Tal,* in den *Hütten der biederen Freundschaft,* in die nun der Dichter am Abend einkehren will. – Hölderlin entrichtet hier den Tribut dem modischen Kult der »altdeutschen« Ritterzeit, der aber für ihn nur ein flüchtiges Durchgangsstadium war.

16 Heidelberg. Stahlstich von F. X. Eisner nach einer Zeichnung von Louis Mayer. Um 1830.
Die Lage ist so schön, als man sich je eine denken kann, so schrieb der Dichter 1788 von Heidelberg, als er von Maulbronn aus die Hauptstätten der Pfalz befahren durfte. Schon bei dem ersten, flüchtigen Besuche, der ihm gut zehn Jahre später Grund gab zu sagen: *Lange lieb ich dich schon,* wurden ihm die zwei Bilder zu eigen, die dann, verbunden mit dem Bild des Flusses, die

Struktur der vollendet schönen Ode *›Heidelberg‹* ausmachen sollten: *das alte, ehrwürdige Schloß* — in der Sprache der Ode: *die gigantische, Schicksalskundige Burg* — und *die neue Brücke.*

17 Tübingen mit der Neckarbrücke. Lithographie von Elias nach einer Zeichnung von Weng. Um 1800.
Wie bekannt, bietet Tübingen von der Neckarseite her im Wesentlichen heute noch dasselbe Bild wie zu Hölderlins Zeit, das von dem Gegenüber der Stiftskirche mit dem mächtigen Chor und des Schlosses, von den enggedrängten Giebelhäusern längs des »Zwingels«, dazu von der breiten Südfront des Stifts bestimmt wird. Dagegen war die rechte Neckarseite wie der Österberg noch unbebaut; so ging, gerade vom Stift und später von der Stube des Kranken aus, der Blick unverstellt ins Steinlachtal und zu den Bergeswogen der Alb hinüber.

18 Das Ev. Stift von Süden. Stahlstich. Um 1830.
Das Ev. Stipendium, 1536 in einem Augustiner-Kloster eingerichtet, erfuhr im Lauf der Jahrhunderte, auch in Hölderlins Studienzeit, mancherlei bauliche Veränderungen. Hinten ist am Obern oder Alten Bau der Chor der Augustiner-Kirche zu erkennen. Bis zum Magisterium, 1790, wohnte Hölderlin wohl eben im Alten Bau; danach bezog er mit etwa zehn Kommilitonen, darunter Hegel und Schelling, im Neuen Bau, dessen Front auf dem Bilde sichtbar, eine der »Winterstuben«, die Augustinerstube: *eine der besten, .. gegen Morgen, .. sehr geräumig, und schon auf dem zwoten Stockwerk.* Sein Schlafraum war damals der »Ochsenstall« (wohl die linke Reihe der Mansardenfenster): Magenau am 15. 11. in einer humoristischen Epistel an Neuffer: »Nur hie und da erschallt der Ochsenstall von Holzens (Hölderlins) Zentaur-ähnlichem Poetenschritt, wenn allenfalls aufs Wörtchen: Fluchtal der schwere Reim ihm noch gebricht.«

19 Ludwig Neuffer (1769-1839). Ölbild aus späterer Zeit. — Marbach, SNM.
Neuffers Vater war Konsistorialsekretär, seine Mutter eine Pelargos — daher der Sohn sich selbstgefällig gern »der Pelargide«

nennen ließ — »aus einer Familie griechischer Flüchtlinge, eine feine, gemütliche und fromme Frau«. Hölderlin, der bis 1795 öfters in ihr Haus zu Gast kam, verehrte *diese seltne Frau*. Daß sie ihm von Griechenland und der türkischen Gewaltherrschaft erzählte und dadurch einen Keim des ›*Hyperion*‹ legte, ist nicht bezeugt, doch möglich. — Die Freundschaft wurde 1799 brüchig infolge tiefer Kluft in Auffassung der Poesie. Bis dahin war Neuffer, nächst Sinclair, der vertrauteste Freund Hölderlins, der freilich wohl zu viel in ihn hineinsah. Um den Kranken hat er sich gar nicht, um sein Gedächtnis erst gekümmert, als in den zwanziger Jahren andere es taten. Formgewandt und wortgefällig, aber oft weitschweifig — »endlose Reimereien« bescheinigte ihm A. W. Schlegel —, ohne Wucht und Tiefe und Kühnheit, bald sentimentalem Kult der vergangnen Jugendzeit verfallend, in seinem Alter als zweiter Stadtpfarrer in Ulm eitel und eifersüchtig auf seinen Kanzel- und seinen schwindenden Dichterruhm bedacht, blieb Neuffer in den Bahnen des schwäbischen Klassizismus befangen. Seine Hauptwerke: Übersetzung der ›Aeneis‹ (1816) und eine Hexameter-Idylle ›Die Herbstfeier‹ (1802), die nach ihrem Erscheinen gefiel und Voß zugeschrieben wurde.

20 Gotthold Friedrich Stäudlin (1758-96). Ölbild von Philipp Friedrich Hetsch. — Marbach, SNM.
Stäudlin ist wahrlich ein herrlicher Mann: so schrieb Hölderlin schon Ende 1789. Das schöne Porträt scheint diesem enthusiastischen Wort über den »Oberpriester der schwäbischen Musen« recht zu geben, der, von Beruf Kanzleiadvokat, neben und nach Schubart der willigste Förderer junger Talente in Württemberg war. Gemäß seinem Wunsche nach einer »höheren lyrischen Poesie« nahm er in seinen Museenalmanach 1792 und in seine Poetische Blumenlese 1793 die Tübinger Hymnen Hölderlins auf. 1793 vermittelte er dessen Bekanntschaft mit Matthisson und Schiller. Bald danach nahm sein Schicksal eine tragische Wendung Als »enragé« der Revolution, der in Schubarts Chronik nach dessen Tod einen politisch radikalen Zug brachte, von der Regierung zum Verlassen des Landes aufge-

fordert, als politischer Journalist zu Lahr im Breisgau gescheitert, suchte er 1796 den Tod im Rhein: ein Opfer der Zeit, deren »Geist« er in »kühnen, auf alle Welt wirkenden Dichterwerken« gespiegelt sehen wollte, — eines der tragischen Schicksale im Freundeskreise Hölderlins. Fast prophetisch klingen in dessen Gedicht ›*Griechenland. An St.*‹ die Worte: *du suchst auf diesem Erdenrunde, Edler Geist! umsonst dein Element.* Der Freund wird hier als ein in der Gegenwart verlorner Grieche gefeiert und beklagt: *Ach! es hätt in jenen bessern Tagen Nicht umsonst so brüderlich und groß Für das Volk dein liebend Herz geschlagen, Dem so gern der Freude Zähre floß!*

21 Hölderlin als Magister. Getuschter Schattenriß. 1790. — Stuttgart, WLB; Marbach, SNM.
Die Frisur mit Knoten wie in einem andern Schattenriß. Hier wie dort die Stirn gewölbt und hoch. Die Kopfhaltung deutet auf ruhiges Selbstbewußtsein.

22 Hölderlin predigend. Scherenschnitt von Johann Albrecht Hauff. — Stuttgart, Familien-Archiv Decker-Hauff.
Der Silhouettist, Johann Albrecht Hauff (1756-1827) — mit Hölderlin von dessen Großmutter her (s. Nr.4) verwandt, ein Meister seiner Kleinkunst — vermerkte auf der Rückseite: »Der Neveu Hoelderle erstmals predigend auf der Kanzel zu Altenburg, wo er den Schulmeister sehr erbaut hat Ao 1793«. Der junge, bezopfte Mann, der leicht vorgebeugt über die unsichtbare Kanzel hinab zu der Gemeinde spricht, die von zwei prachtvollen Charakterköpfen repräsentiert wird, ist also fraglos Hölderlin, — er, der sich Anfang Oktober 1793 bei Neuffer nach dem Termin seines Konsistorialexamens erkundigte und dazu schrieb: *Ich predige so viel möglich auf den umliegenden Dörfern, um mich, so lang ich noch Zeit habe, zu üben.* Altenburg am Neckar liegt nördlich von Reutlingen, damals Filial des nahen Oferdingen, mit dessen früherem Pfarrer der Silhouettist Hauff nah verwandt war. Der gab seinen Scherenschnitten, wie auch diesem, einen Zug von Humor bei. Das Wort »erbaut« ist wohl ironisch gemeint: der Schulmeister mag sich am kantischen Tenor

gestoßen haben; der Prädikant kam ja frischweg von der Universität und erhielt bald danach vom Oberkirchenrat in seinem Zeugnis den Vermerk: »philosophiae, inprimis Kantianae, . . assiduus cultor«.

23 Widmung Hölderlins an seine Mutter in Stäudlins Almanach. — Marbach, SNM.
Zeugnis dafür, wie sehr der Dichter bei seinen Hoffnungen und Erfolgen stets an seine Mutter dachte. Ihr schrieb er im September 1799: *kann ich auch für diesmal nicht die Aufmerksamkeit meines deutschen Vaterlands so weit verdienen, daß die Menschen nach meinem Geburtsort und meiner Mutter fragen, so will ich es, so Gott will! in Zukunft noch dahin bringen.* — Mit der *Art von Gedichten* meint Hölderlin die Hymnen, von denen er fast zwei Jahre später schrieb, daß sie ihm *doch selten in dem Geschlechte, wo doch die Herzen schöner sind, ein Herz gewinnen werden.*

24 Heinrike Breunlin, Hölderlins Schwester (1772-1850). Ölbild von unbekannter Hand. — Korntal, Oberforstrat Rudolf Breunlin.
Heinrikes Ehe mit dem Blaubeurer Klosterprofessor Breunlin (1752-1800) entsproßten zwei Kinder; einen vierjährigen Knaben brachte Breunlin aus seiner ersten Ehe mit. Den drei Kindern war Hölderlin, wie Kindern überhaupt, herzlich zugetan. Von so vielen *ungeheuren Karikaturen* in der Frankfurter Handelswelt angewidert, schrieb er von seinem Schwager, er *ehre und verstehe Menschen von seinem Charakter immer mehr* und möchte manchmal *bei seiner Ruhe und Menschenkenntnis in die Schule gehn.* Doch ist von Breunlin kein scharfes Bild zu gewinnen, und im ganzen blieb es wohl bei einem respektvollen Verhältnis. Umso herzlicher war von Jugend auf das zur Schwester. Obwohl ihr geistiger Horizont und ihr seelisches Vermögen sicher beschränkt waren, wurde sie öfters schon in Tübingen, besonders aber in Stuttgart 1800 die Vertraute des Dichters. Von Frankfurt aus pries er sie in ihrem *schönen häuslichen und gesellschaftlichen Kreise*: *Dein Glück ist echt; . . nur in der Gesellschaft, wo*

die goldne Mittelmäßigkeit zu Haus ist, ist noch Glück und Friede und Herz und reiner Sinn zu finden. Einer der schönsten Briefe gilt der Schwester: der aus Hauptwil vom 23. 2. 1801 (s. Nr. 59)

25 Hölderlin an Neuffer. Tübingen, 21./22. Juli 1793. – Stuttgart, WLB.
Freudiger Widerhall von Neuffers Brief vom 20. 7., der anhebt: »Hat Dir Dein Genius nicht einen freundlichen Morgengruß zugeflüstert?« und dann besonders über »noch unentdeckte Gegenden in dem Gebiete der Dichtkunst«, über »die höhere Ode und den Hymnus« als »am meisten vernachlässigte Musen« spricht: »In ihre Arme wollen wir uns werfen.« Hölderlins Antwort ist ebenso hochgestimmt. Er geht besonders ein auf das *Werkchen,* in dem er »lebt und webt«. Neuffers Wort, so meint er, *von der terra incognita im Reiche der Poesie . . trifft ganz genau besonders bei einem Romane zu.* Ermutigt aber fühlt er sich durch die *Götterstunden* im *Schoße der beseligenden Natur* und in der Gemeinschaft mit den Griechen, besonders Platon und seinen Schülern. Der ›Timaios‹ eröffnet ihm *die Seele der Welt,* die *ihr Leben versendet in die tausend Pulse der Natur*; im ›Gastmahl‹ lehrt ihn Sokrates, *was Liebe sei.*

26 Charlotte von Kalb (1761-1843). Ölbild von J. H. Schmidt. – Weimar, Wittumspalais.
Das Porträt der Freundin Schillers und Jean Pauls vermittelt bestimmende Wesenszüge der geb. Marschalk von Ostheim, deren Gemütsleben durch frühe Verwaisung, zerfahrene Erziehung und neigungslose Ehe (1783) verbogen wurde: geist- und phantasiebegabt, weich und anschmiegsam, zur Schwärmerei neigend, fraulicher Leidenschaft fähig, darin unbefriedigt, wurde die zu Unrecht oft Gelästerte eine »gespannte Natur«, ihr Leben unstet und glücklos, gezeichnet durch Verarmung, Augenleiden und Erblindung. – Ihr Verhältnis zu Hölderlin war niemals Leidenschaft. Es war zunächst frohe Dankbarkeit für die hohe Auffassung und scheinbar erfolgreiche Ausübung seiner Pflicht, sodann warme Anteilnahme an seinem dichterischen Streben, –

endlich Sorge wegen der »Empfindlichkeit« des »Rastlosen«, dessen Gefahr sie sah: »Er ist ein Rad, welches schnell läuft!!« Hölderlin seinerseits fühlte sich in Waltershausen längere Zeit *im Kreise eines seltnen, nach Umfang und Tiefe, und Feinheit, und Gewandtheit ungewöhnlichen Geistes*; beim Abschied im Januar 1795 empfand er nochmals *ihren ganzen edlen Sinn.* Der dem Wahnsinn Verfallene, dessen Briefe sie vernichtet hatte, galt ihr als gottbegnadeter Seher.

27 Schiller an Hölderlin. Um die Jahreswende 1794/95. – Wien, Österreichische Nationalbibliothek.
Hölderlin war noch in Jena – noch nicht in Weimar –, als ihn Schiller eilends um einen Beitrag für »das letzte Stück der Thalia« bat. Was er »fertig« hatte und hergab, war die Hymne *›Dem Genius der Kühnheit‹*, die das letzte Heft beschließt. Seinen Antwortentwurf links unten: *Ich bin* (gerne bereit . .) brach er wohl ab, um mündlich zuzusagen.

28 Jena. Lithographie von Eduard Pietzsch. 1840.
Die Gegend von Jena ist trefflich; so schrieb Hölderlin summarisch im November 1794. Von der Stadt dagegen kein Wort. Als er nach Jena kam, stand die Universität am Anfang ihrer höchsten geistigen Blüte. Von ihrem Geiste wurde auch ein Teil der Studentenschaft erfaßt, insbesondere die Gesellschaft der freien Männer, die Fichtes sittlichen Appell aufnahmen. Anderseits wurde gerade Fichte von dem Haß geheimer Orden betroffen, der im Frühjahr 1795 zu seinem zeitweiligen Rückzug aus Jena und, wieder einmal, zu Tumulten führte, die auch Hölderlin noch miterlebte. Der Dichter wohnte zuerst *im Vogtischen Garten*: es war vermutlich das Haus Engelplatz 10, das *in einem Garten, in der Vorstadt* vor dem Löbder Tore lag. Nach der Lösung vom Hause Kalb, Mitte Januar 1795, bezog er ein Logis *neben dem Fichtischen Hause*: wohl Unterlauengasse 17. Vom April ab endlich lebte er, wahrscheinlich mit Sinclair, *auf einem Gartenhause, auf einem Berge, der über der Stadt liegt*: aller Wahrscheinlichkeit nach an dem Hausberg rechts der Saale, dem hinter dem hohen Kirchturm auf dem Bilde vorspringenden Berg-

zug. Hölderlin freute sich daran, daß er von dem Berge *das ganze herrliche Tal der Saale überschaue: Es gleicht unserem Neckartale in Tübingen, nur daß die Jenischen Berge mehr Großes und Wunderbares haben.*

29 Charlotte von Kalb an Schiller. Waltershausen, 9. Dezember 1794. — Weimar, Goethe- und Schiller-Archiv.
Ein Notruf der besorgten Mutter, der »viele Nachrichten« aus Jena über »die äußerst harte Behandlung« ihres Sohnes durch seinen Lehrer »keine ruhige Stunde mehr« lassen, die aber zugleich darauf sinnt, wie die Trennung für Hölderlin »auf die ruhigste, delikateste Weise geschehn« könne. Hölderlin selbst rechtfertigte diese mit seiner Erschöpfung durch die Schwierigkeiten der Erziehung des Knaben. Übergewissenhaft, scheint er schließlich die Nerven verloren und in seiner Verzweiflung zu Mitteln gegriffen zu haben, die ihm nicht anstanden. Im Rückblick waren es für den Dichter *Höllengeister,* die er *aus Franken mitnahm.* ». . seine Empfindlichkeit ist grenzenlos — und man meint würklich, daß eine Verworrenheit des Verstandes diesem Betragen zu Grunde liegt“: so Charlotte, die das für »sehr übertrieben« hält (im zweiten Absatz). Hätte jene Meinung doch einigen Grund, so läge wohl ein früher, durch äußere Ursachen bedingter Schub der Krankheit vor. (Bettina behauptete — doch wohl nach Mitteilung Charlottens — »3 Anfälle von Wahnsinn vor dem eigentlichen Ausbruch«.)

30 Hölderlin an Hegel. Jena, 26. Januar 1795. — Hamburg, Museum für Hamburgische Geschichte.
Hegel war im Sommer 1793 vor Hölderlin als Hofmeister Charlottens von Kalb in Aussicht genommen, hatte sich aber schon nach Bern verpflichtet. Der in Waltershausen im Juli 1794 mit der Erinnerung an die Abschieds-Losung: *Reich Gottes!* aufgenommene Briefwechsel mit Hegel steht in Jena vornehmlich im Zeichen Fichtes. In einem verlornen Briefe pries ihn Hölderlin als »Titanen, der für die Menschheit kämpfe«. Im Mittelteil des abgebildeten Briefes legt er seine ersten, noch zwiespältigen Gedanken über Fichtes Philosophie, als er *in Waltershausen . . seine*

ersten Blätter las, dem Freunde dar. Im ersten, abgebildeten Teil berichtet er von dem *mannigfaltigen Elend,* das zur Trennung vom Hause Kalb führte. *Ich .. kehrte nun in vollem Frieden nach Jena zurück, in eine Unabhängigkeit, die ich im Grunde jetzt im Leben zum erstenmale genieße, und die hoffentlich nicht unfruchtbar sein soll. Meine produktive Tätigkeit ist itzt beinahe ganz auf die Umbildung der Materialien von meinem Romane gerichtet.*

31 Hölderlin an Schiller. Nürtingen, 23. Juli 1795. – Marbach, SNM.
Hölderlin schrieb aus Nürtingen am 4. 9. nochmals an Schiller. Dieser ließ beide Briefe unbeantwortet, wohl aus Befremdung durch den jähen Weggang seines »liebsten Schwaben«, und erhöhte dadurch dessen Unsicherheit, so daß er am 20. 11. 1796 fragte: *Haben Sie mich aufgegeben?* Schiller antwortete sofort in »teilnehmender Freundschaft«, erteilte jedoch poetische Mahnungen, die an Hölderlins Art vorbeitrafen. – In dem abgebildeten Briefe fehlt jede Anrede: wohl Zeichen der Befangenheit. In dem Wort *Nähe* (Z. 4 *Ihrer Nähe,* 8, 12) spricht sich ein schmerzliches Grundmotiv der Briefe an den Verehrten aus, dem Hölderlin im August 1797 schrieb: *daß ich denn doch mir sagen muß, daß Ihre Nähe mir nicht erlaubt ist.* – Im zweiten Nürtinger Briefe verrät sich tiefe Verstimmung und Bedrückung. Nach Magenau war der Dichter damals »abgestorben allem Mitgefühl mit seinesgleichen, ein lebendig Toter«. Dem Meister enthüllte er seine Stimmung so: *Ich friere und starre in dem Winter, der mich umgibt. So eisern mein Himmel ist, so steinern bin ich.*

32 Der Weiße Hirsch: Gesamtanlage. Zeichnung von Carl Theodor Reiffenstein. 1872. – Frankfurt a. M., Historisches Museum.

33 Der Weiße Hirsch am Großen Hirschgraben. Lithographie von A. Fay. Frühes 19. Jahrhundert. – Frankfurt a. M., Historisches Museum.
Das weitläufige, großbürgerliche Anwesen wurde vor dem Ab-

bruch von Reiffenstein in Zeichnungen liebevoll festgehalten. Die Torausfahrt im Quergebäude ging auf den Großen Hirschgraben. In dem fensterreichen Langbau enthielt das Parterre vermutlich großenteils Repräsentationsräume, in denen Johann Heinrich Gontard-du Bosc ein großes Haus zu machen liebte. Ihm fiel bei der Erbteilung 1773 der Weiße Hirsch zu, während sein älterer Bruder, Jakob Friedrichs Vater, der 1781 starb, das Stammhaus erhielt. Die Eheleute Gontard-Borkenstein haben also nicht in einem eigenen Hause gewohnt. Der Hauptteil ihrer Wohnung lag im ersten Stock – am ehesten am Ende des Langbaus gegen den schönen Garten hin. Susette im ersten Brief an Hölderlin nach der Trennung: »gehe unverstohlen der hintern Türe, welche immer offen ist, herein, laufe leicht und schnell die Treppe herauf wie sonst, die Türe zu meinem Zimmer an der Treppe wird Dir schon geöffnet sein«. Am 30. 1. 1800: »die einsame Ruhe in meinem häuslichen Zimmer war mir sehr heilsam, . . niemand geht da mich zu stören an meinem stillen Fenster vorüber, . . die Wolken ziehen mir vorbei, ich folge ihnen oft, wenn abends hinter der Baumgruppe im Hintergrund einige Strahlen der untergehenden Sonne durchscheinen, und mir ist wohl!«

34 Susette Gontard, geb. Borkenstein (1769–1802). Büste von Landolin Ohmacht. – Frankfurt a. M., Herr Herbert de Bary.
Nicht wahr, eine Griechin?: so soll der Dichter seinem Freunde Neuffer in Gegenwart Susettens zugeflüstert haben. Ob die indiskret anmutende Bemerkung richtig überliefert, ist fraglich; jedenfalls feierte Hölderlin Diotima als *Athenerin.* Die Büste des Bildhauers Landolin Ohmacht (1760-1834) – der, in Italien ausgebildet, in Hamburg u. a. Klopstock porträtierte, der ihn vielleicht nach Frankfurt wies – antikisiert ebenfalls die äußere Erscheinung der aus Hamburg Stammenden, damals Sechsundzwanzigjährigen, die, früh des Vaters beraubt, von der Mutter in wohlhabenden Verhältnissen sorgfältig erzogen, mit siebzehn Jahren am 9. 7. 1786 ihrem Vetter zweiten Grades vermählt wurde und ihm in rascher Folge vier Kinder gebar. (Nach neuerer Forschung stammte sie durch ihre Mutter von fürstlichem Hochadel des Mittelalters ab.) Sie bequemte sich dem in großbürger-

licher Konvention befangnen Lebensstil des Hauses an, in dem ihre tieferen seelischen Bedürfnisse kein Genüge fanden. Erst die Begegnung mit dem Dichter erweckte sie zu dem, was sie war. Den Kommentar zu der Büste bilden zwei Briefe Hölderlins an Neuffer. Ende Juni 1796: *Lieblichkeit und Hoheit, und Ruh und Leben, und Geist und Gemüt und Gestalt ist Ein seliges Eins in diesem Wesen.* Am 16. 2. 1797: *Mein Schönheitssinn ist nun vor Störung sicher. Er orientiert sich ewig an diesem Madonnenkopfe... Sie ist schön, wie Engel. Ein zartes geistiges himmlischreizendes Gesicht!.. Majestät und Zärtlichkeit, und Fröhlichkeit und Ernst, und süßes Spiel und hohe Trauer und Leben und Geist, alles ist in und an ihr zu Einem göttlichen Ganzen vereint.*

35 Bad Driburg. Kupferstich. Um 1790.
In unserem Bade lebten wir sehr still, . . wir wohnten unter herrlichen Bergen und Wäldern und machten unter uns selbst den besten Zirkel aus: so schrieb der Dichter seinem Bruder von dem Leben der kleinen Gesellschaft in Bad Driburg, wo man von Kassel her *durch wilde, schöne Gegenden* am 11. 8. ankam und wahrscheinlich bis zum 13. 9. blieb, um sich dann nochmals bis gegen Ende September in Kassel aufzuhalten. In dem stillen Driburg, wo Frau Gontard nicht durch Repräsentationspflichten in Anspruch genommen war, mag Hölderlin mit ihr besonders glückliche Wochen verlebt haben. Das Bad, westlich des Egge-Gebirges am Fuß der alten Iburg (auf der den Hintergrund des Bildes beherrschenden Höhe), nach Heinse in einem »romantischen quellenreichen Tal, von einem Amphitheater waldichter Höhen umgeben«, blühte eben damals auf. Hölderlin gebrauchte *das Bad ein wenig und trank das köstliche stärkende und reinigende Mineralwasser,* was ihm *ungewöhnlich gut* bekam und ihn nach Schwab »von einem ihn oft peinigenden Kopfweh befreite«. — Wie Heinse glaubte auch Hölderlin nahe dem Tale zu sein, *wo Hermann die Legionen des Varus schlug.*

36 Wilhelm Heinse (1749-1803). Ölbild von Johann Friedrich Eich. — Halberstadt, Gleimhaus.

Ein durch und durch trefflicher Mensch — Ein herrlicher alter Mann, der *grenzenlose Geistesbildung* verbindet mit *Kindereinfalt*: so sah Hölderlin den *berühmten Verfasser des Ardinghello,* der, ebenfalls Flüchtling, Hausfreund der Gontards, am 25. 7. nach Kassel und am 9. 8. mit nach Driburg kam. Heinse dagegen hat den Jüngeren wohl mit weltmännisch-kühler Distanz behandelt. Wohl gab er seinen »Segen dem jungen Helden (Hyperion) auf seiner Laufbahn«; gleich darauf aber erklärte er hautement, man dürfe »bei einem angehenden Schriftsteller nicht strenge sein«; der Verfasser sei »an Komposition poetischer Wahrscheinlichkeitscharaktere . . noch ein so ziemlich ungelecktes Bärlein«. Heinse begriff und bejahte an *›Hyperion‹* nur, was seiner vitalistisch-dionysischen Lebensauffassung zu entsprechen schien. Hölderlin seinerseits sah in Heinse, mit dem er den Äther-Glauben teilte, einen Geistesverwandten, gegen den er bleibende Verehrung hegte. Ihm widmete er *›Brot und Wein‹*. Wie aus weiter Ferne tönt es aus dem späten Entwurf *›Der Vatikan‹* herüber: *wie . . gesagt . . dort drüben, in Westfalen, Mein ehrlich Meister.*

37 Hegels Gedicht ›Eleusis. An Hölderlin‹. August 1796. — Tübingen, Universitätsbibliothek.
Das Gedicht ist nach v. 7: »der helle Streif des Sees« auf dem Landsitz von Hegels Brotherrn in Tschugg bei Erlach, beim südlichen Ufer des Bieler Sees, geschrieben. Es gibt v. 10 ab »des Wiedersehens süßern Hoffnungen« Ausdruck und nimmt so mittelbar Bezug auf einen (verlornen) Brief Hölderlins, worin er *zu Anfang des Sommers von einer äußerst vorteilhaften Stelle schrieb,* eben der, die Hegel dann im November annahm. Das Gedicht ist nur im Konzept erhalten, Hölderlin erwähnt es nicht: das ist so auffällig, daß es sehr zweifelhaft wird, ob er es überhaupt bekommen hat. Fraglos stellt es aber einen Höhepunkt der Freundschaft Hegels zu dem Dichter dar. Erinnerte dieser den Freund zwei Jahre zuvor an die *Losung: Reich Gottes!* beim Abschied in Tübingen, so gedenkt nun Hegel voller Zuversicht »des alten Bundes . ., . . der freien Wahrheit nur zu leben, Frieden mit der Satzung, die Meinung und Empfindung regelt, nie, nie einzugehn«. — Der zweite Teil des Gedichtes (der schwer und

hier nicht zu erklären ist) redet begeistert von Eleusis und Ceres, der Göttin der Mysterien dort, beklagt den Untergang »der heilgen Weihen«, preist die Verschwiegenheit der Mysten, die das Geheimnis »verwahrten . . im innern Heiligtum der Brust«, und schließt mit persönlichem Bekenntnis zu der Gottheit: »Du bist der hohe Sinn, der treue Glauben, der, eine Gottheit, wenn auch alles untergeht, nicht wankt.« Dieser zweite Teil ist neuerdings als ein durch den Hinweis auf Hellas getarnter Rat Hegels an den ungestümen Freund erklärt worden, im Hause des Bankiers Gontard den allzu offenen, spontanen Ausdruck seiner politischen, jakobinischen Meinungen zu zügeln. Der Text gibt solcher Deutung keinen Anhalt.

38 Hölderlins Gedicht ›Diotima‹. Abschrift Susette Gontards. — Stuttgart, WLB.
Du weißt ja, wie ich war, . . wie ich ohne Glauben lebte . . ; konnt ich werden, wie ich jetzt bin, froh wie ein Adler, wenn mir nicht dies, dies Eine erschienen wäre und mir das Leben, das mir nichts mehr wert war, verjüngt, gestärkt, erheitert, verherrlicht hätte mit seinem Frühlingslichte? So Ende Juni 1796 an Neuffer. Dieses dankerfüllte Gefühl der Verjüngung ist die eine Wurzel des Reimgedichtes *›Diotima‹*, von dem mit der Abschrift der größere Teil einer älteren Fassung erhalten ist. Die früheste, bis auf den Titel *›Athenäa‹* verlorne entstand wohl im Frühjahr 1796 aus dem ersten Glück der Begegnung. Eine mittlere wie eine letzte Fassung nahm Schiller nicht zum Druck an, die letzte erschien erst in Neuffers Taschenbuch 1800. Gleich bleibt immer der Glaube an Urverwandtschaft, der die andre Wurzel des Gedichtes ist: *Unergründlich sich verwandt Hat, noch eh wir uns gesehen, Unser Wesen sich gekannt.*

39 Der Adlerflychtsche Hof. Gouache von Johann Georg Meyer. 1779. — Frankfurt a. M., Historisches Museum.
Auf die Wiese geh ich hinaus, wo . . an tausend Zweigen des Hains, wie an brennenden Kerzen, Mir das Flämmchen des Lebens glänzt, die rötliche Blüte . . . Oder schau ich hinauf zum Berge, der mit Gewölken Sich die Scheitel umkränzt . .: so in dem

Gedicht *›Die Muße‹* vom Frühjahr 1797. Ende April schreibt Hölderlin seiner Schwester von dem gemieteten *Landhaus bei der Stadt*: *Das Haus selbst ist trefflich gemacht und man wohnt mitten im Grünen, am Garten unter Wiesen, hat Kastanienbäume um sich herum und Pappeln, und reiche Obstgärten und die herrliche Aussicht aufs Gebirg.* Die Schilderung stimmt mit den Versen überein wie mit dem Bilde. Wie andre Handelsherren mietete Gontard vor den Toren der Stadt den Sommer über ein Landhaus, von dem er tagsüber ins Geschäft gehen konnte. 1797-1800 bezog man den einer Patrizierfamilie gehörigen Adlerflychtschen Hof im Norden vor dem Eschenheimer Tor. Es war ein Wirtschaftsgebäude und ein Landhaus vornehm spätbarokken Stils. In der Fortsetzung des Weges vorn und der Hecke nach rechts hin war die Einfahrt zu dem Landhaus: hier haben die Liebenden im Sommer 1799, und noch Einmal am 8. 5. 1800, durch die Hecke getrennt ihre Briefe getauscht, wie Susette am 4. 4. 1799 vorschlug.

40 Margarethe Elisabeth Sömmerring. (um 1770-1802). Alabasterrelief von Landolin Ohmacht. – Frankfurt a. M., Historisches Museum.
Elisabeth Sömmerring, aus dem angesehenen Frankfurter Hause Grunelius, war Gattin des berühmten Anatomen S. Th. Sömmerring (1755-1830), dem Hölderlin als dem Verfasser der Schrift ›Über das Organ der Seele‹ (1796) zwei ehrenvolle Epigramme schrieb. Sömmerring hatte seinen Lehrstuhl in Mainz nach der Besetzung durch die Franzosen 1792 aufgegeben und wirkte nun als praktischer Arzt in Frankfurt, wo er mit seiner Frau ein geselliges Haus machte. 1805 wurde er an die Akademie der Wissenschaften zu München berufen, von wo er 1820 nach Frankfurt zurückkehrte. Nach dem Kurfürsten von Mainz »ein Patriot, wie alle Deutsche sein sollten«; mit Heinse befreundet, von den Gontards öfters als Arzt zu Rat gezogen, von Susette noch im letzten Winter ihres Lebens und in ihrer Todeskrankheit im Juni 1802. – Sömmerrings Frau war Susettens vertraute, doch nicht in ihre Liebe eingeweihte Freundin; nach dem Relief wie nach Aussagen Nahestehender bezaubernd schön, dazu geistvoll, künstlerisch be-

gabt und kultiviert, nach ihrem Mann »die Perle von Frankfurt«. Sie starb wenige Monate (am 11. 1.) vor Susette. Diese an Marie Rüdt von Collenberg am 7. 4. 1802: »Meinen großen unersetzlichen Verlust berühre ich nicht, meine Gefühle darüber aufzuschließen wäre mehr, als ich tragen könnte . .« Heinse an Sömmerring am 27. 6., im Gedenken an den Tod der beiden Frauen: »wären auch wir noch in unsrer Blüte wieder frei in das ewig Göttliche verschwunden! . . . Ach uns wurden die holden Engel für dieses Labyrinth durch die Welt zu früh hinweggenommen!«

41 Friedrich Hölderlin. Getuschter Schattenriß, wohl 1797, in Hölderlins Handexemplar seines *›Hyperion‹*. — Marbach, SNM. Auffallend ist außer dem hochstehenden Rockkragen das nach der von der Französischen Revolution aufgebrachten Mode kurzgeschnittne, in die Stirn fallende Haar.

42 Isaak von Sinclair (1775-1815). Ölbild von unbekannter Hand. — Homburg v. d. H., Schloßmuseum.
Es wird . . wenig Freunde geben, die sich . . so untertan sind: so Hölderlin im November 1798 über den fünf Jahre jüngeren Edelmann, der 1795 mit dem consilium abeundi von Jena heimgekehrt, trotz seiner republikanischen Gesinnung in die Dienste seines Landgrafen getreten, seiner Überzeugung aber treu geblieben und übrigens in Homburg wegen seines hochfahrenden, ehrgeizigen Wesens — das auch aus dem Bilde spricht — gar nicht beliebt war. Hölderlin gebraucht in dem Briefe dasselbe Wort wie im *›Hyperion‹* über Harmodios und Aristogeiton: *nichts Herrlicheres auf Erden, als wenn ein stolzes Paar, wie diese, so sich untertan ist,* und in der Ode *›An Eduard‹* (Sinclair) fragt er, *woher es ist, Daß ich so untertan ihm bin.* Sinclair seinerseits betrachtete den Dichter seit dem Frühjahr 1795 in Jena als »Herzensfreund instar omnium«. Aber die Freundschaft blieb in Homburg nicht ohne Spannungen, die mit der leidenschaftlichen, zupackenden Natur des Edelmanns zusammenhingen und den Dichter zwangen, seinen dichterischen Bereich gegen den aktivistischen Sinclairs abzugrenzen. Es läßt aufhorchen, wenn Hölderlin am 3. 7. 1799 Neuffer nach Reflexionen über Fragen der

Poesie schreibt: *Ich lebe so sehr mit mir allein, daß ich oft jetzt gerne in einer müßigen Stunde mit einem unbefangenen Freunde schriftlich mich über Gegenstände unterhalten möchte, die mir nahe liegen.* Auf eine erschöpfende Formel bringt den Unterschied der Freunde auf gemeinsamem Boden — den Unterschied zwischen dem »Aktivisten« und dem *Erzieher unsers Volks* — Böhlendorff: »Ich habe hier einen Freund, der Republikaner mit Leib und Leben ist — auch einen andern Freund, der es im Geist und in der Wahrheit ist.«

43 **Hölderlin, ›Hyperion‹.** Zweiter Band. Tübingen 1799.

44 **Widmung des Zweiten Bandes** an Susette Gontard. — Marbach, SNM.
Das Diotima zugedachte Exemplar des 1. Bandes (1797) versah Hölderlin mit einer längeren Widmung, die nur sie darin seine *lebendigste Seele* vernehmen ließ: *»Der Einfluß edler Naturen ist dem Künstler so notwendig, wie das Tageslicht der Pflanze . .«* Ganz anders die — schon in der Schrift und Anordnung — monumentale Widmung des 2. Bandes, der im Herbst 1799 erschien, als schon der Abschied schreckhaft sich erhob. Diotima, die den Band sehnlich erwartete, schrieb kurz vor der heimlichen Überreichung: »Du hattest ein Buch in der Hand! wie freut es mich schon«, und wenig später: »wenn es doch nur schon Abend wäre, und ich hätte, was mich so freuen wird, in sichern Händen. Was wir leiden müssen, ist unbeschreiblich, aber warum wirs leiden, ist auch unbeschreiblich.« Der letzte Satz klingt zusammen mit Sätzen in Hölderlins Begleitbrief. Er beginnt: *Hier u n s e r n Hyperion, Liebe! Ein wenig Freude wird diese Frucht unserer seelenvollen Tage Dir doch geben*; bald danach aber bricht er aus: *es ist himmelschreiend, wenn wir denken müssen, daß wir beide mit unsern besten Kräften vielleicht vergehen müssen, weil wir uns fehlen.*

45 **Susette Gontard an Hölderlin.** Herbst 1799. — Stuttgart, WLB.
Das zauberhaft ergreifende Stimmungsbekenntnis gehört in Diotimas Briefen zu den Stellen von hinreißender Kraft. Es ist in der Zeit zunehmender Verstörung ihres innern Lebens durch

»Schmerz« und »Angst« geschrieben. »Ich fühlte es lebhaft, daß ohne Dich mein Leben hinwelkt und langsam stirbt«: so gesteht sie im vorhergehenden Briefe, und der Dichter antwortet darauf: *dieser ewige Kampf und Widerspruch im Innern, der muß Dich freilich langsam töten.* Das Schicksalsgefühl, das aus dem angeführten Satze spricht, verbunden mit dem Wort im selben Briefe: »besser ein Opfer der Liebe! als ohne sie noch leben«, offenbart die Tragik Diotimas. Die kritische Frage, warum sie nicht aus ihrem verwöhnten Leben ausgebrochen sei, ist müßig. — Der Dank im letzten Satz an die »Natur« ist Ausdruck eines Naturglaubens, den ihr wohl Hölderlin gegeben hat. Im zweiten Briefe schreibt sie: »verzweiflen werde ich nie an der Natur, . . sie weckt mich wieder, sie gibt mir alle meine Gefühle wieder, . . sie bereitet aus Tod mir neues schöneres Leben, denn der Keim der Liebe liegt tief und unaustilgbar in meinem Wesen«.

46 Friedrich V. Landgraf von Hessen-Homburg (1748-1820).

47 Caroline Landgräfin von Hessen-Homburg (1746-1821). Pastellbilder. — Homburg, Schloßmuseum.
Die Familie des Landgrafen besteht aus echtedeln Menschen, die sich durch ihre Gesinnungen und ihre Lebensart von andern ihrer Klasse ganz auffallend auszeichnen. Das Urteil Hölderlins war triftig. Der Landgraf war ein milder, hochgebildeter, dabei grüblerischer, selbst menschenscheuer Charakter, tief christlich und deutsch gesinnt, Freund und Verehrer Klopstocks und Lavaters. An Tatkraft überragte ihn seine in ihrer Jugend hinreißend schöne Gemahlin, Tochter der »großen Landgräfin« Caroline von Hessen-Darmstadt, Bewunderin Napoleons. Das Fürstenpaar hatte elf wohlgeartete Kinder — sechs Söhne und fünf Töchter — von damals elf bis neunundzwanzig Jahren. — *Die Aufwartung,* die der Dichter auf Wunsch des Hofes einmal machte, konnte nur der Landgräfin (und den jüngeren Kindern) gelten: die vier älteren Söhne waren im Feld, die drei ältesten Töchter mit deutschen Fürsten vermählt, der Landgraf in Frankfurt, da ihm die ständige Einquartierung französischer Stäbe im Schloß allzu widrig war. Aber Hölderlin begegnete ihm vier Jahre später in Regensburg

und gab daraufhin seiner Hymne *›Patmos‹* die Widmung: *Dem Landgrafen von Homburg.*

48 Auguste Prinzessin von Hessen-Homburg (1776-1871). Pastellbild. – Homburg, Schloßmuseum.
»Wie hattest Du Hölderlin geliebt?« Dies fragte Ende 1816, einige Zeit nach einem vertraulichen Nachtgespräch in dem geliebten Homburger Schloßgarten, Prinzessin Marianne (1785-1846) – von Stein »die deutsche Prinzessin« genannt – im Glauben an eine »große heftige Leidenschaft« ihre noch unvermählte, schwerblütige Schwester. Von der Frage tief bewegt, legte Auguste der Jüngern Rechenschaft – sie nannte es ihr »Testament« – über ihr Leben ab, in dem nach einer religiösen Erweckung der Zwanzigjährigen die Ergriffenheit durch den *›Hyperion‹* und seinen Dichter mächtig und folgenreich war. »Was ich da erkannt hatte, auf eine himmlisch ernste Weise – das fand ich ins Leben getragen, versinnlicht . . im Hyperion . . Den ganzen Tag las ich, und dachte mich in diese Gedanken hinein – es war mir wie aus dem Herzen gesprochen. So las ich es wohl zwanzigmal durch – Was fernen Bezug darauf hatte, wurde mir heilig – so bekam ich die Begeisterung für Griechenland, die mir so lange anklebte . . . Was war aber natürlicher, als daß, der dieses geschrieben, für mich . . eins mit dem Inhalte wurde . . . Gesprochen habe ich ihn . . drei oder vier Mal, eigentlich gar nicht – gesehen vielleicht sechs Mal. Aber die Einbildungskraft hatte freies Spiel – und was sie leisten kann, das hat sie treulich geleistet! – Daß ich nicht übergeschnappt bin, bei dieser Überspannung, ist allein eine Gnade von Gott.« Die Distanz, die sich im letzten Satz verrät, verstärkt sich noch in einem spätern Abschnitt: »Hölderlin – ist ein Narr geworden. – Er hatte wohl die Tiefe seines Gefühls zu sehr durch Träume isoliert. – Diese Würkung wenigstens hatten seine Gedichte auf mich – und ich war nicht weit von demselben Erfolg. – . . Für mich war er eine idealische Person – die ich in seiner Gestalt festhielt – ein Wesen meiner Phantasie.«

49 Prinzessin Auguste an Hölderlin. Dezember 1799. – Marbach, SNM.

50 Hölderlins Gedicht ›Der Prinzessin Auguste von Homburg‹. November 1799. — Schwerin, Mecklenburgische Landesbibliothek. . . *in hesperischer Milde glänzt Der Winterhimmel über deinen Gärten, den dichtrischen, immergrünen.* So feiert die 1. Strophe, ins Zeitlose erhebend, den von Auguste und ihren Schwestern so geliebten Schloßgarten. Der Mittelteil berührt das aufgehende Zeitgeschehen (des 2. Koalitionskrieges), in dem sich *der Freigebornen* der kriegerische Heros und *die Weisen* gesellen. Der *träumende Sänger* dagegen findet die Rechtfertigung seines Daseins in seinem *Beruf . . , Zu rühmen Höhers.* Das Gedicht ist neben dem Reimgedicht an Landauer (s. Nr. 54) zu dessen Geburtstag 1800 das schönste Gelegenheitsgedicht Hölderlins. Er überreichte es wahrscheinlich zusammen mit der Ode *›Gesang des Deutschen‹* und mit dem 2. Bande des *›Hyperion‹*, der eine, nach außen unpersönliche, Widmung trug. Die Dankzeilen der Beschenkten sind bei aller Anteilnahme voll geistig-seelischer Zucht, die sie nichts von der gefährlichen Bezauberung preisgeben ließ, die später ihr »Testament (s. Nr. 48) bekannte. Nachdem der Dichter auf die *gütige Zuschrift* jahrelang *das Wort schuldig geblieben* war, dankte er 1804 durch Widmung der *›Trauerspiele des Sophokles‹*. Was er nie erfuhr, war, daß die Prinzessin, die in ihrem »Testament« von der gefährlichen Wirkung seiner Gedichte sprach, sich von diesen durch Abschriften aus Almanachen einen großen Teil zu eigen machte.

51 Homburg, vom Schloß her gesehen. Stahlstich nach einer Zeichnung von J. B. Bauer. Um 1840.
Homburg, das elterliche Schloß und den Schloßgarten empfanden die Töchter des Landgrafenpaares auch nach ihrer Heirat zeitlebens als ihre eigentliche Heimat, an der für sie eine Fülle von Erinnerungen hing. Noch dreißig Jahre nach dem Hyperion-Erlebnis ihrer Schwester Auguste wurde der Prinzessin Marianne in Berlin durch ihren Tischgast Hegel und sein Gespräch über Sinclair und Hölderlin, den Altkönig und den Feldberg das Räumlich-Atmosphärische jenes Erlebnisses anschaulich gegenwärtig: »mir ging die Vergangenheit auf bei diesen Namen — . . ich sah ihr (Augustens) Fenster mit Weinranken, die dunklen

Kastanienalleen, durch deren Schatten ein paar Sonnenstrahlen in die Schwüle hinein fielen – ich hörte die Nachtigallen, sah Hyperion .. grün eingebunden liegen auf ihrem Fenster«.

52 Stuttgart von Süden. Kolorierte Lithographie nach einer Zeichnung von E. Emminger.
Denn mit heiligem Laub umkränzt erhebet die Stadt schon, Die gepriesene, dort leuchtend ihr priesterlich Haupt. Herrlich steht sie und hält den Rebenstab und die Tanne Hoch in die seligen purpurnen Wolken empor ... Glückliches Stuttgart, .. Immer hast du Gesang mit Flöten und Saiten gebilligt, .. So, in mythischem, dionysisch getöntem Bild, zugleich mit überströmender Herzlichkeit, pries der Heimgekehrte in der Elegie ›*Stuttgart*‹ (s. Nr. 56) die Stadt, in der er im Juni 1800 einkehrte. Seine Hoffnung, *hier eine Zeit im Frieden zu leben* und sein *Tagewerk tun zu können,* erfüllte sich denn auch bis zum Spätherbst: es wurde für sein Schaffen ein reich gesegneter Sommer und Herbst. Das dankte er nicht zuletzt der Familie Landauer und der Neckar-Landschaft, wohin die Freunde gerne zogen. In der Landauer gewidmeten, unvollendeten Elegie ›*Der Gang aufs Land*‹ heißt es: *Nämlich droben zu weihn bei guter Rede den Boden, Wo den Gästen das Haus baut der verständige Wirt, Daß sie kosten und schaun das Schönste, die Fülle des Landes, .. Deshalb wollen wir heut wünschend den Hügel hinauf ... Aber schön ist der Ort, wenn in Feiertagen des Frühlings Aufgegangen das Tal, wenn mit dem Neckar herab Weiden grünend und Wald und all die grünenden Bäume Zahllos, blühend weiß, wallen in wiegender Luft.* Als *geliebter Strom* erscheint der Neckar öfters in Hölderlins Gedicht, am gewaltigsten aber, wiederum mythisch gesehen, in ›*Stuttgart*‹: *Aber der Meister pflügt die Mitte des Landes, die Furchen Ziehet der Neckarstrom, ziehet den Segen herab.*

53 Landauers Haus in Stuttgart. Stich von Fr. Keller. Um 1800.
Mein Logis und die Aufnahme in meines Freundes Hause fand ich ganz nach meinem Wunsche: so schrieb der Dichter Ende Juni 1800, gleich nach seinem Einzug bei Landauer, den er 1795 kennen gelernt und in Frankfurt, wohin der Tuchhändler jähr-

lich kam, zum treuen Freund gewonnen hatte. Das von Landauers Vater erworbene Wohn- und Geschäftshaus — das zweite links vom Gymnasium illustre — stand gegenüber der Hauptwache (ganz links) am Großen Graben (der jetzigen Königs-, an der Ecke der Gymnasiumstraße). Der in solchen Dingen delikate Hölderlin war bei Landauer zahlender Pensionsgast, und pro forma — um sich vor dem Zugriff des Konsistoriums zu sichern — »Erzieher seiner Kinder«.

54 **Christian Landauer** (1769-1845). Miniatur. Um 1820. — Marbach, SNM.
Stiller Vater! auch du lebtest und liebtest so; Darum wohnest du nun, als ein Unsterblicher, Bei den Kindern, .. Und es mehrt sich und reift, edler von Jahr zu Jahr, In bescheidenem Glücke, Was mit Hoffnungen du gepflanzt. So in der Ode ›*Das Ahnenbild*‹ vom Herbst 1800. Christian Landauers Vater, Sohn eines Pfarrers, Begründer der Tuchhandlung, starb am 21. 8., während Hölderlin im Hause lebte: kein Zweifel, daß ihm die in der Trauer so freudige Ode gilt. Das Gedicht läßt auf ein herzliches Familienleben schließen, zu dem die Pflege der Musik gehörte. Von Hauptwil aus ließ Hölderlin den Damen *danken für die goldnen Stunden der Musik.* Das galt vornehmlich Louise Landauer, einer Tochter des kunstverständigen Vorstehers der Goldarbeiterzunft J. E. Heigelin, und ihrer Schwester, der Frau des Bildhauers Scheffauer.
Der Kaufmann war dem Dichter sehr viel mehr als Gastfreund: er war Geistesverwandter, der später seine Zerrüttung tief mitlitt und der Mutter beistand. Er verstand es, Hermes, dem *klugen Gott* der Kaufleute, und den Musen zumal zu leben, praktischen und musischen Sinn, Taktkraft und Takt zu verbinden. Er gab wohl auch dem lebensfremden Dichter ein Maß: *der fernhinsinnende Kaufmann* gehört zu dem Kreise der Lebensbilder des späten Hölderlin. Politisch war auch er Republikaner, Demokrat. Er liebte heitere Geselligkeit, über der *Freude mit Geist* waltete, und zog mit seinen Freunden sommers am Abend gerne hinaus in sein Baum- und Weingut vor der Stadt. In den gastlichen Feiern mag »etwas vom hellenischen Symposion, etwas

von den altchristlichen Agapen und etwas von geheimen Clubsitzungen« gewesen sein. Um 1800 war Landauer, der später auch eine ansehnliche Gemäldesammlung besaß, »mit all den damaligen literarischen Zelebritäten befreundet«, die der Dichter z. T. bei ihm kennen gelernt haben wird. Zu seinem Geburtstag am 11. 12. lud er jeweils so viele Gäste, als er Jahre zählte. Den von 1800 feierte Hölderlin durch ein sangbares Reimgedicht, so schlicht wie tief. Zwei Mittelstrophen: *Und selig, wer im eignen Hause Frieden, Wie du, und Lieb und Fülle sieht und Ruh; Manch Leben ist wie Licht und Nacht verschieden, In goldner Mitte wohnest du. – Dir glänzt die Sonn in wohlgebauter Halle, Am Berge reift die Sonne dir den Wein, Und immer glücklich führt die Güter alle Der kluge Gott dir aus und ein.* – Der Schluß: *Und sieh! aus Freude sagen wir von Sorgen; Wie dunkler Wein, erfreut auch ernster Sang; Das Fest verhallt, und jedes gehet morgen Auf schmaler Erde seinen Gang.*

55 Hölderlins Ode ›Die Liebe‹. – Stuttgart, WLB.
Die Ode ist im Sommer 1800 entstanden in Erweiterung Einer Strophe *›Das Unverzeihliche‹* vom Sommer 1798. Zur monumentalen Großform gestaltete Hölderlin 1800/01 noch ein halbes Dutzend »epigrammatische Oden« des letzten Frankfurter Jahres aus. Ist *›Dichterberuf‹* die mächtigste Ode der Gruppe, so *›Die Liebe‹* wohl die innigste: ergreifend, wie sich das Gedicht von der Klage, daß heute *menschliches Leben* erstirbt, *da die Tochter der Nacht alles, die Sorge zwingt,* aufschwingt zum Glauben an die *schönere Zeit* einer allbeseelenden Liebe: *Wachs und werde zum Wald! eine beseeltere Vollentblühende Welt! Sprache der Liebenden Sei die Sprache des Landes, Ihre Seele der Laut des Volks!*

56 Hölderlins Elegie ›Stuttgart‹. – London, Nachlaß Stefan Zweigs.
Das dem Freunde Siegfried Schmid gewidmete Gedicht, dessen Rahmen eine Wanderung mit ihm neckaraufwärts ist, hieß im ersten Druck *›Die Herbstfeier‹*, was den Worten in der 2. Strophe entspricht: *jetzt komm und feire des Herbstes Alte Sitte.* Jeden-

falls ist die 5. Strophe (zit. zu Nr. 52) nebst der Ode *›Heidelberg‹* der schönste, und nach ihr der einzige, Preis einer Stadt. Diesem Preise kommen gleich in der 4. Strophe der auf den Neckar, den *Meister,* und in der 3. der auf den *Geburtsort* (zit. zu Nr. 5). Der Herbstfeier aber gelten in der 2. Strophe die hochgemuten Verse, die etwas von den gastlichen Feiern bei Landauer (s. die Erl. zu Nr. 54) spiegeln mögen: *Eins nur gilt für den Tag, das Vaterland, und des Opfers Festlicher Flamme wirft jeder sein Eigenes zu. Darum kränzt der gemeinsame Gott umsäuselnd das Haar uns, Und den eigenen Sinn schmelzet, wie Perlen, der Wein ... und darum zwinget die wilden Seelen der streitenden Männer zusammen der Chor.*

57 Konstanz mit dem Alpen-Panorama. Stahlstich. Um 1845. *Der heitere Himmel mag uns auch .. aneinander mahnen, und trösten*: so schrieb Hölderlin von Stuttgart aus den Seinigen in einem bewegten Abschiedsbrief am Vorabend seiner Abreise nach Hauptwil (9./10. 1. 1801). Von Konstanz aus wollte er wieder schreiben. Von diesem Briefe gibt es nur ein Resumé des Reiseweges. Von den Stuttgarter Freunden durch den winterlichen Schönbuch bis Tübingen geleitet, ging er seiner Angabe nach, *meist zu Fuße,* über Ebingen nach Sigmaringen: also das Steinlach-Tal aufwärts über Hechingen am Hohenzollern vorbei den Nordhang der Alb empor, von Ebingen im Tal der Schmiecha bis zum Dorfe Winterlingen. Dort stieg er empor auf *das Hochsträß* (schwäbische Form für z. T. römische Höhenstraßen), das sich auf einsamer, rauher Höhe — rund 800 m, und es war Januar — nach Sigmaringen hinzieht. Hier sah er den Durchbruch der Donau durch die Alb: *Es brennet der Säulen Laub, Und reget sich. Wild stehn Sie aufgerichtet, untereinander; darob, Ein zweites Maß, springt vor Von Felsen das Dach.* — An den Bodensee kam Hölderlin *mit einem Gefährt,* sicher nach Überlingen, wo er sich *überschiffen ließ.* Von einer Höhe des Bodman-Rückens vor Konstanz konnte er bei klarer Sicht schon die Alpen sehen, deren Anblick ihn bald in Hauptwil überwältigen und erheben sollte (s. Nr. 59).

58 Die Herrschaft Hauptwil. Kolorierter Stich von Johann Jakob Aschmann. Um 1800. – Hauptwil, Privatbesitz.
In Hauptwil saßen die Gonzenbach seit Generationen als Fabrik- und Kaufherren. Ihr Wohlstand beruhte auf dem im Thurgau blühenden Leinengewerbe. Seit 1664 hatten sie die niedere Gerichtsbarkeit; daher das Adelsprädikat: eine »eigentümliche Verbindung von Junkertum und Kaufmannsgeist«. – Das Bild zeigt die Mitte der Herrschaft Hauptwil, zu der große Liegenschaften und Arbeitsstätten gehörten, von Süden her. Im Hintergrund, an dem Gehölz vorbei, führt der Weg nach Bischofszell, auf dem der Dichter von Konstanz herkam. Unter dem Gehölz zunächst das obere Schloß, in dem die ältere Linie der Familie wohnte. Davor, rechts von dem Torturm, mit Walmdach das aus dem 17. Jahrhundert stammende »Schlößli«, das die jüngere Linie, deren Haupt Anton von Gonzenbach war, bewohnte, bis die Familie in das stattliche Kaufhaus zog: links vom Torturm am Rand des großen Gartens, der gegen die Straße und das langgestreckte Wirtschaftsgebäude durch eine Baumreihe abgeschirmt war. Hier wohnte Hölderlin.

59 Hölderlin an seine Schwester. Hauptwil, 23. Februar 1801. – Stuttgart, WLB.
›Blick in die Zukunft bei dem Lüneviller Frieden‹ — den das Reich am 9. 2. 1801 mit Abtretung des ganzen linksrheinischen Gebiets erkaufte – schrieb Hölderlins Freund Emerich im selben Jahre. Er selbst gab seinen Ausblick, abgesehen von der *›Friedensfeier‹* (s. Nr. 66), in dem am 23. 2. datierten, im Hauptteil aber gleich nach der *Nachricht des ausgemachten Friedens* geschriebnen Brief. Von der Verstümmelung des untergangnahen Reiches kein Wort. Bestärkt durch *die reine Sonne über den nahen Alpen,* bricht überschwenglich sein Glaube – ein metapolitischer Glaube – hervor an kommende *Tage der schönen Menschlichkeit, die Tage sicherer, furchtloser Güte.* Dazu die *große Natur in diesen Gegenden,* der Blick südwärts über *die Höhen alle* auf den Säntis und die Churfirsten. Beides, so schreibt er, *erhebt und befriediget meine Seele wunderbar. Du würdest auch so betroffen, wie ich, vor diesen glänzenden, ewigen Ge-*

birgen stehn, und wenn der Gott der Macht einen Thron hat auf dieser Erde, so ist es über diesen herrlichen Gipfeln. Die Landschaft ist wie der Friede, wie mit Recht gesagt, in einer Erschütterung erlebt, die die Verwandlung in den Mythos vorbereitet, der dann in der Elegie ›*Heimkunft*‹ gestaltet wird.

60 Haus des Konsuls Meyer in Bordeaux. Aquarellierte Zeichnung. Um 1801. – Bordeaux, Musée des Arts.
Fast wohn ich zu herrlich: so Hölderlin am Tage seiner Ankunft. Das Haus, besser; der Palast (heute Café) lag vorspringend zwischen der repräsentativen Promenadenstraße, den Allées Tourny, und der ovalen Place Tourny. Meyer hatte es 1793 erworben und zwei Jahre später in großzügigem Stil von dem großen klassizistischen Architekten Louis Combes umbauen lassen, der zur Veredelung der Hauptfassade ein Peristyl von sechs jonischen Säulen anbrachte, die einen Balkon mit Balustrade trugen. »Im Ganzen eine harmonische Synthese der klassischen Tradition und des Neoklassizismus«. Hier empfing Meyer die Elite der Stadt, hier verband sich, nach einem Worte seines Bruders, »französische politesse mit deutscher bonhommie«. – Der Weinhändler besaß außerdem im Médoc, unweit vom Ufer der Gironde, das Weingut Blanquefort mit einem ebenfalls klassizistischen reizvollen Landhaus. Dort muß auch Hölderlin einmal im Frühjahr geweilt haben: *Dort an der luftigen Spitz An Traubenbergen, wo herab Die Dordogne kommt, Und zusammen mit der prächtgen Garonne meerbreit Ausgehet der Strom.*

61 Hölderlins Hymne ›Andenken‹. Erster Druck im Musenalmanach für das Jahr 1808, hrsg. von Leo von Seckendorf.
Was bleibet aber, stiften die Dichter: das ist der allbekannte Schlußvers der Hymne, die wohl im Frühjahr 1803 entstand und am Schlusse wie in den zwei ersten Strophen die Landschaft um Bordeaux dichterisch in zauberhaften Versen aufhebt. Der Zauber der Bilder liegt darin, daß sie zugleich im höchsten Maße dichterisch und ganz »realistisch«, d. h. scharf gesehen sind, vermutlich auf einer Schiffahrt die Garonne hinab. Der Bruder des Konsuls Meyer schrieb 1802: »Die schönste Lust-Partie in

Bordeaux ist . . eine Wasserfahrt auf der Garonne einige Meilen stromabwärts . . . Aus freundlichen Tälern steigen sie (die Hügel) hervor, an ihre Seiten lehnen sich Weinberge; ihre mit Pappeln und Ulmen bewachsenen Rücken . . .«

62 Hölderlins Hymne ›Der Einzige‹. — Homburg v. d. H., Stadtarchiv.
Die Handschrift stammt wohl aus dem Herbst 1803 und zeigt einen für die letzten Jahre vor dem Einbruch der Krankheit charakteristischen steilen Duktus. Sie hält als Reinschrift, die allerdings nicht bis zum Ende reicht, die dritte Fassung der in erster Fassung im Herbst 1801 entworfenen, nie ganz vollendeten, in der letzten und schon in der zweiten Fassung in dunkle Worte und Sprüche auslaufenden Hymne fest. Diese bemüht sich liebend, das Verhältnis Christi, der für den Dichter *des Hauses Kleinod,* sein *Meister und Herr* ist, zu den alten Göttern und Halbgöttern zu bestimmen: *zu sehr, O Christus! häng ich an Dir; Wiewohl Herakles' Bruder, Und kühn bekenn ich, du Bist Bruder auch des Eviers, der einsichtlich, vor Alters Die verdrossene Irre gerichtet, Der Erde Gott.* (Der *Evier* ist Dionysos, der mit Herakles und Christus eine Dreiheit, wie es nachher heißt, *ein Kleeblatt* bildet. Der Lakonismus: *Wiewohl Herakles' Bruder* bezieht sich auf Dionysos, nicht auf das Ich des an Christus hängenden Dichters, dem es gewiß nicht in den Sinn gekommen wäre, sich als *Bruder* des Herakles zu bezeichnen.) Ergreifend schlicht nach dem Vergleich der drei, die *wie Jäger der Jagd sind oder Ein Ackersmann, der atmend von der Arbeit Sein Haupt entblößet* . . das Wort: *Schön Und lieblich ist es zu vergleichen.*

63 Entwürfe Hölderlins, besonders zu dem Gedicht ›Hälfte des Lebens‹. — Stuttgart, WLB.
Die Seite aus dem Stuttgarter Foliobuch mag als Beispiel für die Verschiedenheit des Duktus von Hölderlins Hand, aber auch für die Schwierigkeiten stehen, die dem Herausgeber (zuletzt Friedrich Beißner) die Entzifferung des Wortlauts sowie die Scheidung von Schichten und Entwürfen bereitet. Wie Beißner gezeigt hat, verdankt »das kleine Gedicht . . seine Entstehung dem zufälligen

Nebeneinander verschiedener Entwürfe« (die hier nicht alle vorzuführen sind): zunächst dem nicht ausgeführten Entwurf zu dem düsteren Schlusse des Gedichts *Wie wenn am Feiertage . .* (etwa im zweiten Viertel der Seite rechts einsetzend): *Weh mir! . . Und sag ich gleich, Ich sei genaht, die Himmlischen zu schauen, Sie selbst, sie werfen mich tief unter die Lebenden Den falschen Priester, ins Dunkel, daß ich Das warnende Lied den Gelehrigen singe.* Dazwischen schieben sich dann wehmütige Verse, die an *›Die Rose‹* als *holde Schwester* gerichtet sind: *Wo nehm ich, wenn es Winter ist Die Blumen, daß ich Kränze den Himmlischen winde?* Daraus ergibt sich der Beginn der 2. Strophe von *›Hälfte des Lebens‹*, zuerst *›Die Schwäne‹*, dann *›Die letzte Stunde‹* überschrieben. Entworfen wird unter der Überschrift das herrliche Bild: *und trunken von Küssen taucht ihr das Haupt ins heilignüchterne kühle Gewässer.* Noch fehlt aber der ebenso herrliche und berühmte, handschriftlich nicht überlieferte Anfang: *Mit gelben Birnen hänget Und voll mit wilden Rosen Das Land in den See.* Noch fehlt auch der letzte Satz, der schon durch den Klang die Kälte ausströmt, die er beklagt: *Die Mauern stehn Sprachlos und kalt, im Winde klirren die Fahnen.*

64 Friedrich Wilmans an Hölderlin. Frankfurt a. M., 14. April 1804. — Frankfurt a. M., Goethemuseum.
Ich hoffe, die griechische Kunst . . dadurch lebendiger als gewöhnlich dem Publikum darzustellen, daß ich das Orientalische, das sie verleugnet hat, mehr heraushebe: so umriß Hölderlin das Ziel seiner *›Trauerspiele des Sophokles‹* in dem verspäteten Dankbrief vom 28. 9. 1803 an Wilmans, der sich, dank Vermittlung Sinclairs, schon am 3. 6. zum Verlag des Werks erboten hatte. Der regsame Mann, der Kunst- und Geschäftssinn verband, hatte 1802 sein Unternehmen von Bremen nach Frankfurt verlegt, wo er es mit der Frühromantik zur Blüte brachte und in der Folge auf den Kunsthandel ausdehnte. Als Sammler war er von Goethe geschätzt, als Mensch ob seiner Redlichkeit, Liebenswürdigkeit und Langmut geachtet und beliebt. Dem entspricht die Geste, mit der er Hölderlin außer den zwölf Freiexemplaren bei Bedarf »noch einige« zur Verfügung stellte. — Im Dezember

1803 stellte Hölderlin dem Verleger *kleine Gedichte in einen Almanach* in Aussicht: es waren die *›Nachtgesänge‹*. Außerdem wollte er ihm *einzelne lyrische größere Gedichte* zusenden, deren *Inhalt unmittelbar das Vaterland angehn soll oder die Zeit.* Er meinte damit *das hohe und reine Frohlocken vaterländischer Gesänge.* Ob er, im Wettlauf mit der Krankheit, noch zur Abfertigung mehrerer Gesänge kam, ist fraglich; doch wird die Hymne *›Friedensfeier‹* (s. Nr. 66) dem Verleger zugegangen sein. – Im Manuskript von dessen Brief vom 14. 4. 1804 ist bedeutungsvoller als sein Text der Randvermerk des Dichters über die zwölf Persönlichkeiten, denen er Freiexemplare zudachte, vornehmlich aber das sarkastische Echo auf die auszeichnend höfliche Anrede des Verlegers: *Doch am meisten dem Pöbel exponiert.* Daß Wilmans die dunklen, nach Erscheinen von der Kritik spöttisch abgetanen *Nachtgesänge* in sein Taschenbuch 1805 aufzunehmen wagte, gereicht ihm ebenso zur Ehre wie der Druck des Sophokles.

65 Die Mutter an Hölderlin. 29. Oktober 1805. – Stuttgart, WLB.
Von den vielen Briefen der Mutter an ihren Sohn ist dies der einzige, der sich erhalten hat. Erhalten sind ihre große Liste der Ausgaben für Hölderlin und ihr Testament (s. Nr. 69). Der Brief ergreift durch die Trauer wegen seines Schweigens (im 1. Abschnitt), und ebenso (im 2. Abschnitt) durch die Sorge der frommen Frau um sein Seelenheil: »Besonders aber bitte ich Dich herzlich, daß Du die Pflichten gegen unser l. Gott und Vatter im Himmel nicht versäumest. Wir können auf dieser Erde keine größere Glückseligkeit erlangen, als wann wir bei unserem l. Gott in Gnaden stehen. Nach diesem wollen wir mit allem Ernst streben, daß wir dort einander wiederfinden, wo keine Trennung mehr sein wird.«

66 Hölderlins Hymne ›Friedensfeier‹. – Cologny bei Genf, Sammlung Martin Bodmer.
Die Hymne – nächst dem *›Rhein‹* und *›Patmos‹* wohl die größte, die monumentalste und tiefgründigste von Hölderlin – trat erst

1954 ans Licht; bis dahin waren nur fragmentarische Vorstufen mit dem Anfang: *Versöhnender, der du nimmergeglaubt Nun da bist* bekannt. Das Gedicht wurde ausgelöst durch den Frieden von Lunéville (9. 2. 1801), der den Dichter mit dem Glauben an *Tage sicherer, furchtloser Güte* erfüllte (s. Nr. *59*). Vermutlich schickte er die schöne, überraschend regelmäßige Handschrift im Winter 1803/04 dem Verleger Wilmans zum Einzeldruck als einen der *vaterländischen Gesänge,* deren *Inhalt unmittelbar das Vaterland angehn soll oder die Zeit* (s. Nr. 64). — Die Abbildung gibt die zwei ersten Strophen des in vier Triaden zu je drei Strophen gebauten Gesanges wieder. Voran geht das Titelblatt, auf dessen Rückseite eine so bescheidene wie selbstbewußte Vorbemerkung steht: *Ich bitte dieses Blatt nur gutmütig zu lesen. So wird es sicher nicht unfaßlich, noch weniger anstößig sein. Sollten aber dennoch einige eine solche Sprache zu wenig konventionell finden, so muß ich ihnen gestehen: ich kann nicht anders. An einem schönen Tage läßt sich ja fast jede Sangart hören, und die Natur, wovon es her ist, nimmts auch wieder.* — Die Hymne — deren Aufbau und religiöser Gehalt nicht nachgezeichnet werden können — hat nach ihrem Erscheinen einen sehr lebhaften »Streit um die ›*Friedensfeier*‹ « erregt, der sich besonders an der Frage entzündete, wer — ob Christus, Napoleon oder ein himmlischer Genius sonst — im 3.Vers der 2. Strophe mit dem *Fürsten des Fests* gemeint sei, von dem es nochmals in der 9. Strophe heißt: *denn darum rief ich Zum Gastmahl, das bereitet ist, Dich, Unvergeßlicher, dich, zum Abend der Zeit, O Jüngling, dich zum Fürsten des Festes.* Am meisten überzeugt die Deutung auf Dionysos. — Ganz ist der späte Hölderlin in dem schlichten Worte gegen Schluß, wo nochmals, wie früher oft, in der *Gestalt der Himmlischen* wohl Urania berufen wird: *Denn Alles gefällt jetzt, Einfältiges aber Am meisten.*

67 Der Hölderlin-Turm in Tübingen. Aquarell von M. Yelin. Um 1850. — Tübingen, Stadtarchiv.

Das über den Zwingel gegen den Neckar vorspringende Türmchen bekam erst nach einem schweren Brande, dem das ganze Gebäude bis auf das Erdgeschoß zum Opfer fiel, seine heutige

Gestalt mit dem Spitzhelm. 1778 erhielt ein Zeugmacher die Erlaubnis, »die im Zwinger . . neu erbaute Behausung mit der vorderen Seite auf die Zwinger-Mauer zu stellen, den daran befindlich gewesenen Stadtturm abzubrechen und auf das steinerne Rundel einen Anbau aufzuführen und mit seinem Hause zu verbinden«. In dieser Gestalt erwarb Schreiner Zimmer 1807 — sicher kurz vor Hölderlins Aufnahme — das Anwesen, das über dem als Werkstatt dienenden Erdgeschoß nur ein Stockwerk hatte. Um dem Wohnbedarf seiner Familie nachzukommen und Studenten aufnehmen zu können, baute er das Häuschen mehrmals aus; insbesondere ließ er 1820 auf das »Rundel« noch ein Stockwerk für ein Zimmer aufsetzen und 1828, nachdem er die Werkstatt aufgegeben hatte, das Erdgeschoß zu Wohnräumen umgestalten; so entstand der lange Gang, den der Kranke nach Zimmers Bericht »alle Tage mit gewaltigen Schritten« durchmaß. Er bewohnte das Turmzimmer im ersten Stock, nach Waiblinger »ein kleines, geweißnetes, amphitheatralisches Zimmer«. Die ganze Behausung der Familie und so auch Hölderlins war sicher sehr bescheiden, aber über den Fluß und den Wöhrd ging der Blick nach Süden hinein ins breite Steinlach-Tal und zu den Bergen der Alb, eine Aussicht, die Besucher mehrfach bewunderten.

68 Gruß Hölderlins an seine Mutter unter einem Brief Ernst Zimmers. 2. März 1813. – Marbach, SNM.
Entgegen der Mitteilung Zimmers im Nachwort, Hölderlin habe anscheinend »würklich (gegenwärtig) keine Lust« zum Schreiben, fügte der Kranke doch einige wenige Zeilen hinzu, ganz in der förmlichen Art der Briefe aus der Krankheitszeit, doch ohne Unterschrift und Anrede am Anfang, die fast immer *Verehrungswürdig(st)e Mutter!* lautet. Vgl. Nr. 70.

69 Das Testament der Mutter Hölderlins. 1808-1820. – Nürtingen, Stadtarchiv.
Das mit ungelenker Hand und in altertümlicher Schrift geschriebne Dokument »Mein letzter Wille«, am 15. 10. 1808 begonnen, bis 1820 mehrmals abgewandelt und ergänzt, läßt in rührender Weise das Wesen der Mutter in ihrem Alter erscheinen: tiefe

Frömmigkeit und Familienliebe, Willen zur Gerechtigkeit gegen ihre Kinder aus zwei Ehen, haushälterischen Sinn, vornehmlich aber Sorge um die Zukunft ihres kranken Sohnes, aus der sie ihre Tochter und ihren jüngern Sohn schon im ersten Aufsatz bittet, von seinen Ausgaben fürs Studium, für Reisekosten und für Unkosten »während seiner trauerigen Gemütskrankheit.. nichts anzurechnen« (vgl. schon die Überschrift der Ausgabenliste, Nr. 7). Mehrmals meldet sich in der Sorge ein leises Mißtrauen gegen die Haltung der beiden Geschwister nach ihrem Tod an, das sich als berechtigt erweisen sollte. — So aufschlußreich wie ergreifend ist die 2. Beilage, vom 20. 9. 1812, worin die Mutter in acht Punkten begründet, weshalb sie nach dem Tod ihres zweiten Mannes »nicht habe inventieren lassen« — nach den großen Ausgaben in der zweiten Ehe wären sie »in den Ruf als üble Haushälter gekommen« — und mit den mehrmals zu Bruch gehenden Sätzen schließt: »mein Dank gegen den l. Gott ist desto größer, der mir in dem langen Lauf meines trauerigen Witten-Standes, und wo der l. Gott vor gut fand, mir noch das Schwerste, und Härteste, wo je eine Mutter treffen kann, mir aufzulegen, wo ich unter der Last von Kummer und Sorgen schon lange erlegen sein sollte, und die Summe von Kosten vor meinen l. bedauernwürdigen Sohn nach meinem Vermögen viel zu groß, und doch half der l. Gott alles tragen und ist mir selbst unbegreiflich, daß noch das, was ich habe, erhalten wurde. ich hoffe auch, meine l. Kinder werden es als ein Geschenk von der guten Vorsehung ansehen und desto dankbarer darvor sein, da nichts darunter ist, wo ihnen Unsegen bringen würde«.

70 Hölderlin an seine Mutter. — Stuttgart, WLB.
Die Briefe an die Mutter wurden von dem Kranken, der wohl das Zeitgefühl verloren hatte, nie datiert; der vorliegende trägt den Poststempel: Tübingen, 18. April 1815. Im Unterschied zu Gedichten, die er später, seinen Namen leidenschaftlich verleugnend (vgl. Nr. 76), mit *Scardanelli* zu unterzeichnen liebte, behielt ihn der Sohn in Briefen an die Mutter bei. Die Mehrzahl der Briefe des Kranken ergeht sich in mehr oder weniger starrer Formelhaftigkeit: *Ich schicke mich schon wieder an, Ihnen einen*

Brief zu schreiben. Was ich Ihnen gewöhnlich geschrieben habe, ist Ihnen erinnerlich, und ich habe Ihnen fast wiederholte Äußerungen geschrieben. Der vorliegende Brief bemüht sich, wie einige andere, einen Gedanken zu entfalten, der um menschliche *Gesinnungen und Beziehungen,* um ihre »Nähe« kreist: *Was Menschen näher bringt, ist Übung zur Gewohnheit* – übrigens ein Satz von regelmäßig jambischem Gang, der in einem der Gedichte des Kranken stehen könnte, in denen ja Sentenzen und sechshebig jambische Verse häufig sind.

71 Friedrich Hölderlin. Bleistiftzeichnung von Johann Georg Schreiner und Rudolf Lohbauer. 27. Juli 1823. – Marbach, SNM. »Rudolf Lohbauer und G. Schreiner (Lithograph) besuchten mich im Juli 1823 in Tübingen; ich führte sie auch zu Hölderlin; nachher zeichneten sie, gleichsam wehmütig spielend, das Profil des armen Manns miteinander auf einen Wisch Papier«: so Mörike am 7. 4. 1832. Es ist die erste bekannte Zeichnung des Kranken. Charakteristisch der gebeugte Rücken und das vorgebeugte Haupt, die hohe Stirn, das klare Profil. Die Zeichnung ist nach Mörikes Beischrift »in Eile« gemacht und vorwiegend auf Umrisse beschränkt; daran mag es liegen, daß, im Gegensatz zu Schreiners Zeichnung von 1826 (s. Nr. 74), die Zerrüttung kaum sichtbar wird. Wohl aber spricht, wie mit Recht gesagt, aus dem nach innen gerichteten Blick Schwermut und Schmerz, erschütternde Hilflosigkeit und Ergebenheit.

72 Tübingen vom Österberg aus, mit dem Presselschen Gartenhaus. Lithographie. 1835.
Das die Stadt und die Landschaft scharf konturierende Bild zeigt links in der Ferne noch die Weilerburg bei Rottenburg, rechts davon den Spitzberg, der noch in einem späten hymnischen Entwurf rätselhaft auftaucht — *Des Tübingens, wo . . Römisches tönend ausbeuget der Spitzberg* –, hinter dem Baume das Ammer-Tal, rechts davon Höhen des Schönbuchs. Besonders aber ist wahrscheinlich das Presselsche Gartenhaus zu erkennen, das Waiblinger im April 1823 als »Sommermuseum« mietete, in dem er und seine Freunde »romantische Mysterien« feierten und in

das er am 9. 6. zum ersten Mal den Kranken führte. Es ist das viereckige, im Schatten liegende Türmchen vor der Häuserzeile, die sich vom Pfleghof (rechts des Baumes) nach rechts zieht, über der ganz rechts sitzenden männlichen Staffage-Figur. Das turmartige Gartenhaus — Waiblinger sagt in seinem Gedicht ›An Hölderlin‹: »Steige hinan die Treppe« — stand im Garten des heutigen Anwesens Österberg Nr. $2^1/_2$. Hier — so Waiblinger in seinem Aufsatz über Hölderlin — »hat man Aussicht über grüne freundliche Täler, die am Schloßberg emporgelagerte Stadt, die Krümmung des Neckars, viele lachende Dörfer und die Kette der Alb ... Hier also wars, wo ich Hölderlin jede Woche einmal hinaufführte ... Hölderlin öffnete sich das Fenster, setzte sich in seine Nähe und fing an, in recht verständlichen Worten die Aussicht zu loben ... Ich versorgte Hölderlin mit Schnupf- und Rauchtabak, an welchem er eine große Freude hatte ...«.

73 Friedrich Hölderlin. Kohlezeichnung von Johann Georg Schreiner. 1826. — Frankfurt a. M., Goethemuseum.
»Das gegenwärtige kleine Profilbild .. wurde ums Jahr 1825 von dem Maler G. Schreiner .. skizziert«: so Mörike 1863. Wie 1823 führte er den Zeichner zu dem Kranken; das Bildchen wurde »gleich nachher aus frischester Erinnerung« an Mörikes Pult gemacht. In der Zerfurchung des Antlitzes ist die innere Zerrüttung diesmal ergreifend getroffen. Ungemein beredt die deutende rechte Hand. Zweifellos ist Mörikes Urteil triftig: »Es ist in hohem Grade ähnlich ausgefallen, besonders auch ist die Haltung, worin sich das Bemühen zeigt, einem subtilen Gedanken den gehörigen Ausdruck zu geben, sehr gut getroffen.«

74 Hölderlin im Alter. Bleistiftzeichnung von Louise Keller. 1842. — Marbach, SNM.
»Louise Keller, die kunstliebende Seele, .. kehrte eben von Tübingen zurück, wo sie durch Christoph Schwab .. bei dem Kranken eingeführt: dahin gelangte, ihn zu zeichnen, und das erste und einzige Bildnis von ihm zu erhalten; man bestimmte es für seine Gedichtsammlung«: so Emma Niendorf von einer Abendgesellschaft bei Gustav Schwab, am 30. 6. 1842. Die Künstlerin

gehörte zum Schwabschen Freundeskreise. Die Zeichnung ist zwar nicht »das erste und einzige Bildnis« des Kranken – Schreiner war vorhergegangen –, wohl aber das erste, das zur Veröffentlichung bestimmt wurde, und zweifellos aus liebevoller Einfühlung sehr lebenswahr. Die Haare wirr, das Auge blicklos, »ohne Energie« und »fixen Stern«. Mit Recht ist als Pendant der Zeichnung ein Satz von Waiblinger bezeichnet worden: »man sieht die verwüstenden Spuren der geistigen Krankheit in den Wangen, am Mund, an der Nase, über dem Auge, wo ein drükkender schmerzlicher Zug liegt«. – Bald nach des Dichters Tod war Louise Keller auch berufen, nach dem Hiemerschen Pastell (s. Frontispiz) das maßgebende Hölderlin-Bild des bürgerlichen Jahrhunderts zu zeichnen, das als Stahlstich mit dem Vers aus der Ode *›Dem Sonnengott‹*: *Dich lieb ich, Erde! trauerst du doch mit mir!* weit verbreitet wurde.

75 Ernst Zimmer über Hölderlin. 22. Dezember 1835. – Weimar, Goethe- und Schiller-Archiv.
Der umfangreiche Brief des Schreinermeisters an einen unbekannten Verehrer, der sich nach dem Dichter erkundigt (und wohl eine Handschrift von ihm erbeten) hatte, zeugt wie seine Briefe an die Mutter von herzlichem Respekt vor dem Kranken, bringt aber in der Lebensdarstellung in naiver Weise Wahrheit und Fabel durcheinander. Z. B.: ». . der Landgraf kannte Hölderlin persönlich und war so edel, seinen Minister Sinclair in Person nach Nürtingen zu schücken«; in Homburg »tat man Hölderlin alle mögliche Ehre an, selbst Prinzessen nahmen sich seiner an«.

76 Hölderlins Gedicht ›Höheres Leben‹. – Marbach, SNM.
Von Christoph Theodor Schwab am 21. 1.1841 samt dem Gedicht *›Höhere Menschheit‹* abgeholt, von dem Dichter auf die Bitte, »den Namen Hölderlin darunter zu schreiben«, in Wut darüber mit dem Namen *Scardanelli* versehen. – In v. 4 ist zu *der innern* »Welt« zu ergänzen (doch ist auch Verschreibung für *den innern Werth* denkbar). Wie öfters in den spätesten Gedichten ist hier *der Mensch* Gegenstand der Betrachtung. Eigenartig, wie

die Überschrift im letzten Verse wiederkehrt: *Und hohen Sinn als höhres Leben achten.*

77 Hölderlins Grab auf dem Tübinger Friedhof. Photo Sinner. *Im heiligsten der Stürme falle Zusammen meine Kerkerwand, Und herrlicher und freier walle Mein Geist ins unbekannte Land!* Diese Verse — die erste Hälfte der Schlußstrophe des Gedichts ›*Das Schicksal*‹, das Christoph Schwab 1846, wie schon sein Vater und Uhland 1826, an die Spitze der Gedichte stellte, da hier »Hölderlins Eigentümlichkeit« anfange — ließ Karl Gok in die rechte Seite des wohlproportionierten Grabsteins einmeißeln. (Auf der linken steht allein sein Name.) Den Stein überschattet eine Esche. Die Wahl der idealistisch hochgestimmten Verse für den Grabspruch traf einen bestimmenden Zug im Wesen des Dichters und im Hölderlin-Bild der Zeit. Doch ist nicht der ganze Hölderlin darin. Heutigem Empfinden entsprächen wohl tiefer Verse wie diese aus der Spätzeit, ergreifend schlicht, gelassen und sicher zumal: *Was kümmern sie dich, O Gesang, den Reinen; ich zwar, Ich sterbe, doch du Gehest andere Bahn, umsonst Mag dich ein Neidisches hindern. Wenn dann in kommender Zeit Du einem Guten begegnest, So grüß ihn, und er denkt, Wie unsere Tage wohl Voll Glücks, voll Leidens gewesen.*

Nachwort

Ein so bescheidenes wie reiches, an Gefühlen, Gedanken, Gesichten überreiches, doch tragisches Leben verfolgend, möchte dieses Taschenbuch den Menschen in seinem Wesen, seinem Schicksal, seiner Umwelt nahebringen, aber auch, soweit auf biographischem Wege möglich, zum Dichter und zu seinem Werk hinführen. Es beruht allgemein auf der Großen Stuttgarter Hölderlin-Ausgabe (hg. von Friedrich Beißner), besonders auf ihren biographischen Teilen (hg. von Adolf Beck: Bd. VI Briefe Hölderlins, Bd. VII Briefe an ihn und Zeugnisse seines Lebens), speziell aber auf dem Bande: Hölderlin. Eine Chronik in Text und Bild (hg. von Adolf Beck und Paul Raabe. Insel Verlag 1970; zugleich erschienen in den Schriften der Hölderlin-Gesellschaft Bd. 6/7, gedruckt mit Hilfe der Geschwister Boehringer, Ingelheim, Stiftung für Geisteswissenschaften in Ingelheim am Rhein).

Das Taschenbuch ist eine gekürzte Form, ein Extrakt der zwei Hauptteile des Bild- und Chronik-Bandes. Es bemüht sich, in der Kürzung den Kern, die wesentliche Substanz zu erhalten, so gut es möglich war. Am stärksten sind die Abbildungen betroffen: sie mußten auf drei Zehntel des größeren Bestandes reduziert werden. (Bei ihrer Auswahl war der sachliche, biographische Aussagewert maßgebend; der Gesichtspunkt der künstlerischen Qualität mußte zurücktreten, ohne ganz vernachlässigt zu werden. Wie in dem großen Bande stehn im Taschenbuch von Örtlichkeiten, Hölderlins Grab ausgenommen, keine noch so vorzüglichen Photos, nur Stiche, Lithographien und Zeichnungen älteren, womöglich zeitgenössischen Datums: es schien geboten, den einheitlichen Stil zu wahren.)

Hauptgesichtspunkte der Einschränkung: Ausgeschieden sind, ohne Rücksicht auf die Bedeutung der Dargestellten für Hölderlin, alle Bildnisse von allbekannten Persönlichkeiten, die in den Insel-Chroniken von Goethes und von Schillers Leben wie auch sonstwo leicht zu finden sind (Goethe und Schiller, Herder und Wieland, Fichte, Kant u. a., selbst Hegel und Schelling); von solchen, mit denen sich die Lebensbahn des Dichters nur flüchtig oder nur sachlich berührt hat (Lavater, wohl auch Sömmerring u. a., dazu die Verleger Cotta, Steinkopf und Wilmans); von den

Tübinger Professoren, deren keinem er besonders nahestand; von Kompromotionalen und Studienfreunden (meist Schattenrisse), zu denen seine Verbindung über kurz oder lang verkümmerte; auch solche der Dichter und Gelehrten, die den Rang des Erkrankten schon zu seinen Lebzeiten — einige schon sehr früh — erkannten und für seinen Ruhm warben (Uhland und Kerner, Gustav und Christoph Theodor Schwab, Waiblinger und Mörike, Clemens Brentano, Bettina und Achim von Arnim); ferner solche Stätten, die Hölderlin auf einer seiner Wanderungen nur flüchtig besucht und durcheilt hat (Leipzig, Sigmaringen, Lyon, Murrhardt u. a.); endlich eine größere Anzahl von Handschriftenproben u. ä. Infolge der Ausfälle ist die Reihe notgedrungen hie und da sprunghaft.

Der Herausgeber stand bei der Auswahl einem »embarras de richesse« gegenüber. Er hat sich bemüht, das subjektive Moment so gut wie möglich auszuschalten; eine schlechthin treffende, vollkommene Auslese war schwerlich zu erreichen. Der eine wird dies, der andre das vermissen. Das Gebotene ist »eisernes Gepäck«. Wer sich reicher versehen, wer in einem größern Garten sich ergehen will, sei nochmals auf den Bild- und Chronik-Band verwiesen.

Wie der Kreis der Bildnisse ist natürlich auch der Anhang der Erläuterungen dazu stark reduziert. Mehrmals mußte allerdings die Erklärung eines aufgenommenen Bildes durch die eines ausgeschiedenen erweitert werden, wenn nicht eine Lücke im Verständnis entstehen sollte. Ein Schema der Erläuterungen aufzustellen verbot sich; ihre Art und ihr Ziel, auch ihr Umfang richten sich nach der Art des Dargestellten. Immerhin haben sie zwei Hauptaufgaben: Zum einen sollen sie die abgebildeten Örtlichkeiten und Personen weiter »vergegenwärtigen«, die letzteren womöglich durch eine Charakteristik, die über die Kurzbiographie (oder sonstige, knapp mitgeteilte Lebensdaten) hinausgeht; zum andern sollen sie die jeweilige Beziehung des Dichters zu dem Dargestellten umreißen. Diesen Bezug sollen besonders auch die Worte und Sätze aus Briefen und Gedichten Hölderlins einprägsam machen, mit denen die Erläuterungen durchsetzt und öfters, einer Ouvertüre gleich, eröffnet sind.

(Wiederholungen zwischen einer Stelle der Chronik und einer Erläuterung sind nach Möglichkeit vermieden worden; wo das leichtere Verständnis es erforderte, wurden sie, doch in begrenztem Umfang, in Kauf genommen.)

Die Chronik, der Bild-Teil und die Erläuterungen dazu sollen sich gegenseitig stützen und ergänzen. Der Kern jedoch, das Hauptstück ist die Chronik. Auch sie ist, wo und wie es nur anging, im Umfang eingeschränkt, an nicht seltnen Stellen aber auch ergänzt worden. (Die häufigen Verweise der Chronik in Klammern auf eine Abbildung sind meist zugleich als Verweise auf die Erläuterung zu dieser zu verstehen, die den Text der Chronik ergänzen und bereichern soll.)

Einer Chronik sind Grenzen gesetzt, an denen sie hinter einer abgerundeten, geschlossenen biographischen, psychologischen oder existenzanalytischen Darstellung wie auch hinter einer problem- oder form- und stilgeschichtlich orientierten Interpretation zurückbleibt. Sie kann nur »punktuell« vorgehen, die Ereignisse, Begegnungen, Situationen des von ihr vermittelten, »verfolgten« Lebens einzeln in der zeitlichen Reihenfolge darbieten. Sie ist unbedingt an das Gesetz der Sukzession gebunden. Im reinen Genus einer Chronik liegen weder ständige Vor- und Rückblicke noch ausgreifende Besprechungen und Deutungen noch Vergleiche mit andern Lebensläufen, so verlockend sie sein mögen. Aber die Sachlichkeit und Nüchternheit der Darstellung, die ihr eigen, ihr auferlegt ist, verträgt sich sehr wohl mit Eindringlichkeit, mit der sie die einzelnen Ereignisse und Lebensdaten vor Augen führen kann und muß. Gelegentlich, doch immer sparsam, mag durch den nüchternen Vortrag das Nacherleben, das Mitempfinden des Chronisten hindurchklingen. Die Eindringlichkeit darf aber niemals Aufdringlichkeit werden. Immer muß sich der Chronist der markierten Grenze, die er nicht aufheben, nur von Fall zu Fall erweitern kann, bewußt bleiben. Er kann nicht eine Biographie als geist- und blutvolle Nachschöpfung der Gestalt, nur das Gerüst, besser: das Skelett einer Biographie schaffen.

Eine Chronik von Hölderlins Leben aber, das so viel ärmer an großen Ereignissen und Begegnungen, auch an direkten und indirekten Zeugnissen ist als etwa das Goethes und das Schillers: eine solche Chronik kann, und darf, eben darum mehr Einzelnes »aufheben«. Sie kann aufschlußreiche Momentbilder aufnehmen, wichtige und reizvolle Streiflichter auf einzelne Erlebnisse, Zustände, Stimmungen werfen. Sie kann den seine Tage so stark bestimmenden Wechsel von *frohen* und *trostlosen Stunden* nachzeichnen, das Auf und Ab der Stimmung, das ihn schon früh erkennen läßt: *Ich bin zum Stoiker ewig verdorben . . . Ewig Ebb' und Flut.*

Die vorliegende Chronik sucht eine Eigenart darin, daß sie danach strebt, die Vermittlung der Fakten des äußern Lebens mit Elementen einer »biographie intérieure« zu verbinden. Aus dieser Absicht ist die chronikalische Darstellung, wie ja auch die Erläuterungen, mit Zitaten aus Briefen und Gedichten Hölderlins sowie mit solchen mancher Zeitgenossen durchsetzt. So tritt der Chronist zurück hinter den Dichter, der sich selber mitteilt und deutet.

Die Überlieferung der Jahrzehnte der Krankheit ist recht detailreich, dieser Teil der Chronik daher verhältnismäßig umfänglich gehalten. Dies hat, außer dem stärkeren Fließen der (allerdings z. T. verfälschten) Quellen, drei Hauptgründe. Zum einen sollte von dem besondern Zauber vieler Bilder in Gedichten des Kranken, in denen Gustav Schwab noch Hölderlins »ganzes Genie« fand, etwas durch Zitat mancher Strophen vermittelt werden. Zum andern wurde versucht, in der Vergegenwärtigung jener Zeit das Nebeneinander von Lebensgeschichte und Wirkungsgeschichte sichtbar zu machen: ein öfters schroffes, erschütterndes Nebeneinander von traurig zerrüttetem Dasein des Menschen und Beginn tiefer Einsicht in den Rang des Werkes, daher Aufgang höchster Verehrung des Dichters. Und unabhängig von diesem Nebeneinander steht die schlichte Liebe zu dem Kranken von einfachen Menschen wie den Zimmers und von einigen Studenten, vornehmlich Christoph Theodor Schwab. — Zum dritten — das hängt mit dem zweiten Grund zusammen — schien »Realismus« in der Vergegenwärtigung des

Lebens in der Krankheit, die nun einmal zu Hölderlin gehört, angebracht, und das heißt: Wiedergabe sowohl der dunkeln, bedrückenden wie der helleren Bilder, die beide von manchem Besucher in Berichten und besonders von Vater und Tochter Zimmer in Briefen festgehalten wurden.

Eine Erörterung der Krankheit – wohl sicher Schizophrenie in Form der Katatonie –, ihrer Ursachen und Symptome gehört nicht zu den Aufgaben der Chronik; ebensowenig die schwierige Ergründung der zu den Krankheitssymptomen gehörenden Verleugnung des eigenen Namens und der Annahme fremder Namen wie Buonarotti u. a. (Knappe Erörterung dieser Probleme, mit Anführung wichtiger Literatur, in Bd. VII, 3, 1974, S. 339–343 und 304–306.)

Hier ist die Grenze einer Chronik zu ermessen. Sie kann aber auch durch Fakten, und vielleicht durch deren Beleuchtung, Probleme, vor die der Dichter gestellt, Konflikte, in die er geworfen wurde, andeutend sichtbar machen. Sie kann Fragen anregen, denen der Leser nachgehn mag. Vornehmlich aber soll sie in schlichter Darstellung, wie eingangs vorbemerkt, einen der größten Meister des dichterischen, prophetischen und die Zeichen der Zeit deutenden Wortes als Menschen in seinem Wesen und Schicksal, seiner so vornehmen und in diesem Schicksal tapferen wie sensiblen, »zerstörbaren« Natur, seiner armen äußeren, doch unermeßlich reichen und weiten inneren Welt nahebringen. Sie möchte letzten Endes etwas von der Ergriffenheit, die in erster Linie vom dichterischen Werk ausgeht, erregen: Ergriffenheit von dem so hohen wie bittern, tragischen Schicksal des Menschen, den der Theologe Gustav Schwab, mit einem Wort des Paulus, kühn zu denen zählte, »derer die Welt nicht würdig«.

Der Knappheit und Eindringlichkeit halber ist in der Chronik in Hauptsätzen Nominalstil (»Wanderung . .« für: »Er wandert«) bevorzugt, aber auch Verbalstil angewendet, wo er näherliegt. Im Streben nach Vergegenwärtigung ist dabei vorwiegend das Präsens gebraucht.

Worte Hölderlins, ob einzeln, in Satzteilen oder Sätzen zitiert, sind kursiv ohne Anführungsstriche wiedergegeben, Titel seiner Werke kursiv in einfachen Anführungsstrichen. Zitate aus andern, fast immer zeitgenössischen Quellen sind in Geradschrift zwischen doppelten, Titel fremder Werke zwischen einfachen Anführungsstrichen gedruckt.

Die Schreibung ist modernisiert.

Register

Zu dieser Ausgabe

insel taschenbuch 2873, Hölderlin, Chronik seines Lebens. Herausgegeben von Adolf Beck. Die Ausgabe folgt dem insel taschenbuch gleichen Titels (it 83), © Insel Verlag Frankfurt am Main 1975. Umschlagabbildung: Franz Karl Hiemer. Porträt Hölderlins (Pastell), 1792. Schiller-Nationalmuseum, Marbach, Foto: Archiv für Kunst und Geschichte Berlin

Biographien · Leben und Werk
im insel taschenbuch
Eine Auswahl

Jane Austen. Leben und Werk in Texten und Bildern. Von Angelika Beck. it 1620. 214 Seiten

Lou Andreas-Salomé. Eine Biographie. Von Cordula Koepcke. it 905. 474 Seiten

Elizabeth von Arnim. Eine Biographie. Von Kirsten Jüngling und Brigitte Roßbeck. Mit zahlreichen Fotografien. it 1840. 426 Seiten

Johann Sebastian Bach. Eine Biographie. Von Charles Sanford Terry. Mit einem Nachwort von Klaus Peter Richter. it 2588. 304 Seiten

Bertolt Brecht. Sein Leben und Werk in Bildern und Texten. Mit einem Vorwort von Max Frisch. Herausgegeben von Werner Hecht. Gestaltet von Willy Fleckhaus. it 1122. 351 Seiten

Die Brentanos. Eine deutsche Familiengeschichte. Von Klaus Günzel. Mit zahlreichen Abbildungen. it 1929. 330 Seiten

Die Schwestern Brontë. Leben und Werk in Texten und Bildern. Herausgegeben von Elsemarie Maletzke und Christel Schütz. it 814. 230 Seiten

Caffarelli. Das Leben des Kastraten Gaetano Majorano, genannt Caffarelli. Von Hubert Ortkemper. Mit Abbildungen. it 2599. 272 Seiten

NF 38/1/2.02

Dostojewski. Leben und Werk. Von Wolfgang Kasack. Mit Abbildungen. it 2267. 160 Seiten

Elisabeth von Österreich. Tagebuchblätter von Constantin Christomanos. Herausgegeben von Verena von der Heyden-Rynsch. Mit zeitgenössischen Abbildungen. it 1536. 213 Seiten

Elisabeth von Thüringen. Von Reinhold Schneider. Mit einem Geleitwort von Bernhard Vogel. Mit Bildern von Moritz Schwind. it 2118. 136 Seiten

Dietrich Fischer-Dieskau. Eine Biographie. Von Hans A. Neunzig. it 1984. 384 Seiten

Theodor Fontane. Leben und Werk in Texten und Bildern. Herausgegeben von Otto Drude. it 1660. 296 Seiten

Frauen um Goethe:

Christiane und Goethe. Eine Recherche. Von Sigrid Damm. Mit 10 Abbildungen. it 2800. 544 Seiten

Cornelia Goethe. Von Sigrid Damm. it 1452. 260 Seiten

Ottilie von Goethe. Von Ruth Rahmeyer. it 2875. 400 Seiten

Werthers Lotte. Goethes Liebe für einen Sommer. Die Biographie der Charlotte Kestner. Von Ruth Rahmeyer. it 2272. 270 Seiten

NF 38/2/2.02

Georg Friedrich Händel. Von Christopher Hogwood. Übersetzt von Bettina Obrecht. it 2655. 500 Seiten

Heinrich Heine. Leben und Werk in Daten und Bildern. Herausgegeben von Joseph A. Kruse. it 615. 352 Seiten

Hermann Hesse. Sein Leben in Bildern und Texten. Herausgegeben von Volker Michels. Mit einem Vorwort von Hans Mayer. Gestaltet von Willy Fleckhaus. it 1111. 365 Seiten

Hermann Hesse. Werk und Wirkungsgeschichte. Von Siegfried Unseld. Mit zahlreichen Abbildungen. it 1112. 414 Seiten

Hermann Hesse. Leben und Werk im Bild. Herausgegeben von Volker Michels. Mit dem ›kurzgefaßten Lebenslauf‹ von Hermann Hesse. it 36. 235 Seiten

Marie Hesse. Ein Lebensbild in Briefen und Tagebüchern. Von Adele Gundert. Mit einem Essay von Siegfried Greiner. Mit frühen Lithographien von Gunter Böhmer. it 261. 261 Seiten

Friedrich Hölderlin. Eine Biographie. Von Pierre Bertaux. it 2652. 730 Seiten

Hölderlin und Diotima. Eine Biographie. Von Beatrix Langner. it 2716. 228 Seiten

E. T. A. Hoffmann oder Die Tiefe zwischen Stern und Erde. Von Eckart Kleßmann. Mit zahlreichen Abbildungen. it 1732. 592 Seiten

Marie Luise Kaschnitz. Eine Biographie. Von Dagmar von Gersdorff. Mit Abbildungen. it 1887. 364 Seiten

NF 38/3/2.02

Katharina die Große. Memoiren. Übersetzt von Erich Boehme. Mit einer Einleitung und einem Nachwort von Hedwig Fleischhacker. it 1858. 467 Seiten

Harry Graf Kessler. Eine Biographie. Von Peter Grupp. it 2533. 400 Seiten

Lawrence von Arabien. Leben und Werk. Von Werner Koch. Mit einem Bildteil und Lebensdaten von Michael Schroeder. it 1704. 190 Seiten

Vögel, die verkünden Land. Das Leben des Jakob Michael Reinhold Lenz. Von Sigrid Damm. it 1399. 425 Seiten

Das Ende König Ludwigs II. Von Philipp Fürst zu Eulenburg-Hertefeld. Herausgegeben von Klaus von See. it 2734. 192 Seiten

Die Familie Mendelssohn. 1729-1847. Nach Briefen und Tagebüchern herausgegeben von Sebastian Hensel. Mit einem Nachwort von Konrad Feilchenfeldt. Mit zeitgenössischen Abbildungen. it 1671. 936 Seiten

Yehudi Menuhin. Von Tony Palmer. Übersetzt von Cornelia C. Walter. Mit zahlreichen Abbildungen. it 1989. 266 Seiten

Das Leben Michelangelos. Von Herman Grimm. it 1758. 865 Seiten

Claude Monet. Von Georges Clemenceau. Betrachtungen und Erinnerungen eines Freundes. Aus dem Französischen von Hannah Szàsz. Mit farbigen Abbildungen und einem Nachwort von Gottfried Boehm. it 1152. 140 Seiten

NF 38/4/2.02

Leopold Mozart. Eine Biographie. Von Erich Valentin. it 2224. 223 Seiten

Mozart. Leben und Werk in Texten und Bildern. Von Gernot Gruber. it 1695. 286 Seiten

Gabriele Münter und Wassily Kandinsky. Von Gisela Kleine. Mit zahlreichen Abbildungen. it 1611. Überarbeitete Neuauflage. 814 Seiten

Franziska Nietzsche. Von Klaus Goch. Mit zahlreichen Abbildungen. it 1623. 392 Seiten

Friedrich Nietzsche. Leben · Schriften · Zeugnisse. Von Ralph-Rainer Wuthenow. Mit zahlreichen Abbildungen. it 2601. 175 Seiten

Nijinsky. Der Gott des Tanzes. Von Romola Nijinsky. Mit einem Vorwort von Paul Claudel. Übersetzt von Hans Bütow. Mit zahlreichen Fotografien. it 566. 399 Seiten

Novalis. Dokumente seines Lebens und Sterbens. Herausgegeben von Hermann Hesse und Karl Isenberg. it 178. 220 Seiten

Edith Piaf. Ihr Leben in Texten und Bildern. Von Monique Lange. Übersetzt von Hugo Beyer. Mit einer Discographie. it 516. 227 Seiten

Marcel Proust. Leben und Werk in Texten und Bildern. Von Renate Wiggershaus. it 1348. 350 Seiten

George Sand. Leben und Werk in Texten und Bildern. Herausgegeben von Gisela Schlientz. it 565. 407 Seiten

NF 38/5/2.02

Mary Shelley. Eine Biographie. Von Muriel Spark. Übersetzt von Angelika Beck. it 1258. 368 Seiten

Schillers Sohn Ernst. Ein Psychogramm in Briefen. Herausgegeben und mit einem Nachwort versehen von Hilde Lermann. it 2788. 304 Seiten

Clara und Robert Schumann. Eine Biographie. Von Wolfgang Held. it 2715. 272 Seiten

Peter Tschaikowsky. Eine Biographie. Von Edward Garden. Übersetzt von Konrad Küster. it 2232. 302 Seiten

Iwan S. Turgenjew. Eine Biographie. Von Juan Eduardo Zúñiga. Übersetzt von Peter Schwaar. Mit zahlreichen Abbildungen. it 2744. 288 Seiten

Giuseppe Verdi. Eine Biographie. Von Christoph Schwandt. Mit zahlreichen Abbildungen. it 2696. 304 Seiten

Antonio Vivaldi. Eine Biographie. Von Michael Talbot. Übersetzt von Konrad Küster. it 2217. 378 Seiten

Das Leben des Voltaire. Von Jean Orieux. Übersetzt von Julia Kirchner. it 1651. 1024 Seiten

Wilhelmine von Bayreuth. Eine preußische Königstochter. Neu herausgegeben von Ingeborg Weber-Kellermann. Mit Illustrationen und sieben Porträts. it 1280. 562 Seiten

Stefan Zweig. Leben und Werk im Bild. Herausgegeben von Donald A. Prater und Volker Michels. it 532. 362 Seiten

NF 38/6/2.02

Im Aufbruch. Biographien deutscher Jüdinnen. Von Marianne Goch. it 2541. 287 Seiten

Luise F. Pusch (Hg.)

- Mütter berühmter Männer. Zwölf biographische Portraits. Herausgegeben von Luise F. Pusch. it 1356. 490 Seiten
- Schwestern berühmter Männer. Zwölf biographische Porträts. Herausgegeben von Luise F. Pusch. Redaktionelle Mitarbeit: Jutta Wasels. it 796. 561 Seiten
- Töchter berühmter Männer. Neun biographische Portraits. it 979. 468 Seiten

Fünf Dichter – ein Jahrhundert. Frank Schirrmacher über George, Hofmannsthal, Rilke, Trakl und Benn. it 2549. 190 Seiten

Berühmte Liebespaare. Von Johann Wolfgang Goethe und Christiane Vulpius bis Simone Signoret und Yves Montand. Herausgegeben von Thomas Schröder. Farbig illustriert von Hans Hillmann. it 2532. 304 Seiten

Frauen mit Flügel. Lebensberichte berühmter Pianistinnen. Von Clara Schumann bis Clara Haskil. Herausgegeben von Monica Steegmann und Eva Rieger. it 1714. 402 Seiten

Die großen Komponistinnen. Von Hildegard von Bingen bis Germaine Tailleferre. Mit zahlreichen Abbildungen. it 2116. 435 Seiten

NF 38/7/2.02

Klassische deutsche Literatur im insel taschenbuch Eine Auswahl

Wilhelm Busch. Gedichte. Ausgewählt von Theo Schlee. Mit Illustrationen von Wilhelm Busch. it 2531. 195 Seiten

Annette von Droste-Hülshoff
- Der Distel mystische Rose. Gedichte und Prosa. Ausgewählt von Werner Fritsch. it 2193. 170 Seiten
- Die Judenbuche. Ein Sittengemälde aus dem gebirgichten Westfalen. Mit einem Nachwort von Christian Begemann. it 2405. 128 Seiten
- Sämtliche Erzählungen. Herausgegeben von Manfred Häckel. it 1521. 234 Seiten
- Sämtliche Gedichte. Nachwort von Ricarda Huch. it 1092. 750 Seiten

Marie von Ebner-Eschenbach. Dorf- und Schloßgeschichten. Ausgewählt und mit einem Nachwort versehen von Joseph Peter Strelka. it 1272. 390 Seiten

Joseph Freiherr von Eichendorff
- Aus dem Leben eines Taugenichts. Mit Illustrationen von Adolf Schrödter und einem Nachwort von Ansgar Hillach. it 202. 154 Seiten
- Gedichte. Mit Zeichnungen von Otto Ubbelohde. Herausgegeben von Traude Dienel. it 255. 163 Seiten
- Gedichte. In chronologischer Folge herausgegeben von Hartwig Schultz. it 1060. 268 Seiten
- Liebesgedichte. Herausgegeben vonWilfried Lutz. it 2591. 280 Seiten
- Novellen und Gedichte. Ausgewählt und eingeleitet von Hermann Hesse. it 360. 325 Seiten

NF 26/1/4.00

Theodor Fontane

- Briefe an Georg Friedlaender. Herausgegeben und mit einem Nachwort von Walter Hettche. Mit einem Essay von Thomas Mann. it 1565. 486 Seiten
- Effi Briest. Mit 21 Lithographien von Max Liebermann. it 138. 354 Seiten
- Ein Leben in Briefen. Ausgewählt und herausgegeben von Otto Drude. it 540. 518 Seiten
- Ein Sommer in London. Mit einem Nachwort von Harald Raykowski. it 1723. 252 Seiten
- Frau Jenny Treibel oder »Wo sich Herz zum Herzen findt«. Roman. Mit einem Nachwort von Richard Brinkmann it 746. 269 Seiten
- Gedichte. Ausgewählt und mit einem Nachwort von Rüdiger Görner. it 2221. 200 Seiten
- Grete Minde. Nach einer altmärkischen Chronik. Mit einem Nachwort von Peter Demetz. it 1157. 154 Seiten
- Meine Kinderjahre. Autobiographischer Roman. Mit einem Nachwort von Otto Drude. Mit Illustrationen und Abbildungen. it 705. 276 Seiten
- Der Stechlin. Mit einem Nachwort von Walter Müller-Seidel. it 152. 504 Seiten

Georg Forster. Reise um die Welt. Herausgegeben und mit einem Nachwort von Gerhard Steiner. it 757. 1039 Seiten

Johann Wolfgang Goethe

- Elegie von Marienbad. it 1250. 128 Seiten
- Erotische Gedichte. Gedichte, Skizzen und Fragmente. Herausgegeben von Andreas Ammer. it 1225. 246 Seiten
- Faust. Urfaust. Faust. Ein Fragment. Faust. Eine Tragödie. Paralleldruck der drei Fassungen. Zwei Bände. Herausgegeben von Werner Keller. it 625. 690 Seiten
- Gedichte. Sämtliche Gedichte in zeitlicher Folge. Herausgegeben von Heinz Nicolai. it 2281. 1264 Seiten

NF 26/2/4.00

- Gedichte in Handschriften. Fünfzig Gedichte Goethes. Ausgewählt und erläutert von Karl Eibl. it 2175. 288 Seiten
- Goethe, unser Zeitgenosse. Über Fremdes und Eigenes. Herausgegeben von Siegfried Unseld. it 1425. 154 Seiten
- Goethe-Lesebuch. Eine repräsentative Auslese aus Werken, Briefen und Dokumenten. Herausgegeben und mit einem Nachwort von Katharina Mommsen. it 1375. 384 Seiten
- Goethe und die Religion. Aus seinen Werken, Briefen, Tagebüchern und Gesprächen. Ausgewählt und herausgegeben von Hans-Joachim Simm. it 2200. 450 Seiten
- Goethe für Gestreßte. Ausgewählt von Walter Hinck. it 2675. 144 Seiten
- Italienische Reise. Mit Zeichnungen des Autors. Herausgegeben und mit einem Nachwort von Christoph Michel. it 2289. 810 Seiten
- Die Kunst des Lebens. Aus seinen Werken, Briefen und Gesprächen zusammengestellt von Katharina Mommsen und Elke Richter. it 2300. 180 Seiten
- Das Leben, es ist gut. Hundert Gedichte. Ausgewählt von Siegfried Unseld. it 2000. 204 Seiten
- Lektüre für Augenblicke. Gedanken aus seinen Büchern, Briefen und Gesprächen. Auswahl und Nachwort von Gerhart Baumann. it 1750. 177 Seiten
- Märchen. Der neue Paris. Die neue Melusine. Das Märchen. Herausgegeben von Katharina Mommsen. it 2287. 232 Seiten
- Maximen und Reflexionen. Text der Ausgabe von 1907 mit der Einleitung Max Heckers, Nachwort Isabella Kuhn. it 200. 370 Seiten
- Novellen. Herausgegeben und mit einem Nachwort von Katharina Mommsen. Mit Zeichnungen von Max Liebermann. it 425. 293 Seiten
- Novelle. Herausgegeben von Peter Höfle. it 2625. 80 Seiten
- Ob ich dich liebe weiß ich nicht. Liebesgedichte. Herausgegeben von Karl Eibl. Großdruck. it 2396. 175 Seiten

NF 26/3/4.00

- Sollst mir ewig Suleika heißen. Briefwechsel mit Marianne und Johann Jakob Willemer. Mit Abbildungen. Herausgegeben von Hans-J. Weitz. it 1475. 568 Seiten
- Verweile doch. 111 Gedichte. Herausgegeben von Marcel Reich-Ranicki. it 1775. 512 Seiten
- West-östlicher Divan. Mit Essays zum »Divan« von Hugo von Hofmannsthal, Oskar Loerke und Karl Krolow. Herausgegeben von Hans-J. Weitz. it 75. 400 Seiten

Der junge Goethe in seiner Zeit. In zwei Bänden und einer CD-ROM. Herausgegeben von Karl Eibl, Fotis Jannidis und Marianne Willems. it 2100. 1479 Seiten

Goethe und die Naturwissenschaften. Bis an die Sterne weit. Bearbeitet von Margit Wyder. Mit einem Essay von Adolf Muschg und Abbildungen. it 2575. 216 Seiten

Goethes Morgenlandfahrten. West-östliche Begegnungen. Herausgegeben von Jochen Golz. it 2600. 320 Seiten

Wilhelm Hauff
- Märchen. Herausgegeben von Bernhard Zeller. Mit Illustrationen von Theodor Weber, Theodor Hosemann und Ludwig Burger. it 216. 325 Seiten
- Das Wirtshaus im Spessart. Eine Erzählung. it 2584. 202 Seiten

Heinrich Heine
- Buch der Lieder. Mit zeitgenössischen Illustrationen und einem Nachwort von E. Galley. it 1957. 322 Seiten
- Sämtliche Gedichte in zeitlicher Folge. Herausgegeben von Klaus Briegleb. it 1963. 917 Seiten

NF 26/4/4.00

Heinrich Heine. Leben und Werk in Daten und Bildern. Herausgegeben von Joseph A. Kruse. it 615. 352 Seiten

Johann Gottfried Herder. Lieder der Liebe. it 2643. 120 Seiten

E. T. A. Hoffmann
- Die Abenteuer der Silvester-Nacht. Mit farbigen Illustrationen von Monika Wurmdobler. it 798. 81 Seiten
- Die Elixiere des Teufels. Mit Illustrationen von Hugo Steiner-Prag. it 304. 349 Seiten
- Der Sandmann. Mit Illustrationen von Hugo Steiner-Prag und einem Nachwort von Jochen Schmidt. it 934. 84 Seiten

Alexander von Humboldt
- Über das Universum. Die Kosmos-Vorträge 1827/28 in der Berliner Singakademie. Herausgegeben von Jürgen Hamel und Klaus-Harro Tiemann. it 1540. 235 Seiten
- Über die Freiheit des Menschen. Auf der Suche nach der Wahrheit. Herausgegeben von Manfred Osten. it 2521. 208 Seiten

Gottfried Keller
- Der grüne Heinrich. Erste Fassung. Mit Zeichnungen Gottfried Kellers. Zwei Bände. it 335. 874 Seiten
- Romeo und Julia auf dem Dorfe. Mit einem Nachwort von Klaus Jeziorkowski. it 756. 139 Seiten

Heinrich von Kleist
- Geschichte meiner Seele. Das Lebenszeugnis der Briefe. Herausgegeben von Helmut Sembdner. it 281. 449 Seiten
- Michael Kohlhaas. Aus einer alten Chronik. Nachwort von Jochen Schmidt. it 1352. 172 Seiten

NF 26/5/4.00

Eduard Mörike. Die schönsten Gedichte. Herausgegeben von Hermann Hesse. Mit Zeichnungen des Autors. it 2540. 220 Seiten

Karl Philipp Moritz
- Anton Reiser. Ein psychologischer Roman. Mit einem Nachwort von Max von Brück. it 2229. 533 Seiten
- Götterlehre. Herausgegeben von Horst Günther. Mit Fotografien. it 2507. 340 Seiten
- Reisen eines Deutschen in England im Jahr 1782. Mit einem Nachwort von Heide Hollmer. it 2641. 200 Seiten

Theodor Storm
- Eine Halligfahrt. Großdruck. it 2387. 80 Seiten
- Der Schimmelreiter. Mit Zeichnungen von Hans Mau und einem Nachwort von Gottfried Honnefelder. Großdruck. it 2318. 180 Seiten

NF 26/6/4.00

Klassische französische Literatur im insel taschenbuch Eine Auswahl

Gustave Flaubert

- Romane und Erzählungen. 8 Bände. it 1861-1868. 2752 Seiten
- Bouvard und Pécuchet. it 1861. 448 Seiten
- Drei Erzählungen. it 1862. 288 Seiten
- Lehrjahre des Gefühls. it 1863. 496 Seiten
- Madame Bovary. it 1864. 432 Seiten
- November. it 1865. 160 Seiten
- Reise in den Orient. it 1866. 464 Seiten
- Salammbô. it 1867. 464 Seiten
- Die Versuchung des heiligen Antonius. it 1868. 272 Seiten

Edmond de Goncourt/Jules de Goncourt

Tagebücher. Aufzeichnungen aus den Jahren 1851-1870. Ausgewählt, übertragen und herausgegeben von Justus Franz Wittkop. Mit zeitgenössischen Abbildungen. it 1834. 447 Seiten

George Sand

- Geschichte meines Lebens. Aus ihrem autobiographischen Werk. Auswahl und Einleitung von Renate Wiggershaus. Mit Abbildungen und Fotografien. it 313. 254 Seiten
- Indiana. Übersetzt von A. Seubert. Mit einem Essay von Annegret Stopczyk. it 711. 321 Seite
- Lélia. Übersetzt von Anna Wheill. Mit einem Essay von Nike Wagner. it 737. 289 Seiten
- Lucrezia Floriani. Roman. Übersetzt von Anna Wheill. it 858. 198 Seiten
- Ein Winter auf Mallorca. Übersetzt von Maria Dessauer. it 2102. 220 Seiten

NF 29/1/6.00

- George Sand. Leben und Werk in Texten und Bildern. Von Gisela Schlientz. it 565. 407 Seiten

Emile Zola

- Das Geld. Übersetzt von Leopold Rosenzweig. it 1749. 554 Seiten
- Germinal. Übersetzt von Armin Schwarz. Mit Illustrationen von Renate Sendler-Peters. it 720. 587 Seiten
- Nana. Übersetzung und Nachwort von Erich Marx. Mit Illustrationen von Renate Sendler-Peters. it 398. 533 Seiten
- Thérèse Raquin. Roman. Übersetzt von Ernst Hardt. it 1146. 274 Seiten

NF 29/2/6.00